相遇

少年时

马从春 著

北京日报出版社

图书在版编目（CIP）数据

相遇少年时 / 马从春著 . -- 北京 ： 北京日报出版
社， 2022.1
（新时代散文）
ISBN 978-7-5477-3978-5

Ⅰ ． ①相… Ⅱ ． ①马… Ⅲ ． ①散文集－中国－当代
Ⅳ ． ① I267

中国版本图书馆 CIP 数据核字（2021）第 081968 号

相遇少年时

出版发行： 北京日报出版社
地　　址： 北京市东城区东单三条8－16号东方广场东配楼四层
邮政编码： 100005
电　　话： 发行部： （010）65255876
　　　　　　总编室： （010）65252135
印　　刷： 三河市嵩川印刷有限公司
经　　销： 各地新华书店
版　　次： 2022年1月第1版
　　　　　　2022年1月第1次印刷
开　　本： 880毫米×1230毫米　　1/32
印　　张： 10
字　　数： 239千字
定　　价： 59.80元

序

让盛满时光的鞋子更有能量

金 妤

收到马从春发过来的《相遇少年时》的书稿，我很吃惊，早先是教师后来在寿县教体局工作的马从春，居然写了那么多的文章，而且多发表在全国知名的报刊上，比如《人民日报》《新华每日电讯》《新民晚报》《解放日报》《羊城晚报》《北京日报》《北京青年报》《文艺报》等，据他自己介绍，至今已经创作出散文、诗歌、随笔、小说等各类文学作品三千余篇，计二百余万字，在海内外一千多家报刊上发表。马从春从这些发表过的文章中选取百余篇，以书名《相遇少年时》结集出版。

翻看这些文章，不能不称赞作者的勤奋耕耘，不能不称赞作者对发表文章的执着追求。收入书中的文章都是发表过的，无偏颇错漏之虞。其特点大致如下：

1. 颇有技巧的应时之作

我当过近二十年的报纸副刊编辑，从编辑的眼光看这些文章，毫无疑问，都是报纸副刊栏目需要的文章，无论是内容、文字还是体裁、篇幅，都恰到好处。副刊上发表的文章，对文学性的要求不是太高，但要体现报纸的新闻性和时效性，这就要求副刊能够结合当下的社会热点和时令节气做文章，于是，在春节到来的时候必发迎春节的文章，在春季的时候必发写春天风景和春天故事的文章。马从春三千篇文章在报刊上发表，他是经过一番望闻问切，号准了副刊文章的脉，才能够每投必中的。书中第一辑《四季履痕》里的文章，大抵都是这般春夏秋冬"四季歌"类型的文章。

这只是一个方面，更重要的是文章的质量。文通字顺是最低的要求，作为老师都能做到这一点。但在国内一流大报上发表文章，就需要非常高的写作技巧了。马从春做到了，这是他的非凡之处。

读马从春的文章，不长的文字里内容非常丰富，写景叙事都突出主题，不拖泥带水，也不用华美的辞藻堆砌。父亲节写父亲、母亲节写母亲、七夕节写爱情，马从春的这些文章应时而作，都不是应景，而是通过故事表达真情实感。"小切口"是马从春文章的一个特点，深谙这个写作技巧的他，是文章胜过他人的一个重要因素。

2.细致挖掘的深耕之作

收入书中的文章，有不少是写春夏秋冬四季景致的，如果是其他的作者，一个季节写一篇文章就够了，要再写就感到没有什么可写的了。而马从春不是这样，他把每个季节都当成一块能收获许多茬庄稼的肥沃田地来深耕细作。比如夏季，他写了很多文章，收入书中的就有《绿夏》《浅夏时光》《夏至又至》《清新初夏》《夏日看花》《蝉鸣夏日长》《清塘荷韵》《栀子花的夏天》《夏日蜻蜓款款飞》《枕着蛙鸣入眠》等多篇。之所以能写这么多夏季的文章，缘于他写景叙事的角度不同，从不同的层面去发现美、描写美、歌颂美。对于初夏季节，他写了《浅夏时光》和《清新初夏》两篇文章，都是在写景，难免有雷同，但是马从春就用不同的视角，通过细致的观察进行细致的描写，成就了两篇美文。

深耕细作的关键是要能沉下身子埋头去耕耘，不断地播种，不断地收获。

对于马从春这位资深写手，我还有更高的期待。

马从春的文章大都是为时而著，为时而著的文章更要有使命感。对于"结缘文学二十余年"、深谙写作技巧的马从春，我真的希望不要只在为报纸副刊写二字文，而更应该在寿县这片文学的热土上施展自己的文学才华，书写大时代、书写厚重的历史灿烂的文化。

马从春将这些散落在各种报刊上的文字结集成册，为的是让这些文章聚拢在一起，彼此温暖，我觉得更重要的是要聚集文学的能量，让自己的文学之路走得更远。借用《岁月是一双旧鞋子》一文标题的比喻，我想说，岁月是双鞋子，盛满了时光的留痕，留痕的斑驳和多彩，让人难忘，让人回味，这是回望的缠绵和乡愁的深情。但是鞋子终归还要回归到它的基本功能上，那就是穿上它，继续向前走，向着未来行走，行走在历史悠久文化灿烂的寿县大地上，让鞋子里盛满大时代里的寿县故事，为寿县的发展聚集文学的力量。

（金妤，著名作家，《淮南子》研究专家，中国作家协会会员、中国民间文艺家协会会员、安徽省作家协会理事、淮南市作家协会主席）

第一辑

四季履痕

第二辑

灯火可亲

第三辑　乡愁何处

第四辑

半盏闲情

第五辑

草木物语

第六辑

流年碎影

第
一
辑

四
季
履
痕

　　季节，就像一个不断旋转的大舞台，时光悄无声息地转换，带来美轮美奂的不同场景。

处暑之秋

　　季节，就像一个不断旋转的大舞台，时光悄无声息地转换，带来美轮美奂的不同场景。"立秋十天遍地黄"，立秋之后，秋天的大门徐徐打开，一个金色的季节即将来临。这时候，夏天的余威仍在，而要想真正能够感受到凉爽的秋意，还要等到处暑时节。

　　《月令七十二候集解》曰："处，止也，暑气至此而止矣。"处暑，意味着炎热的暑天已经结束，秋意浓浓的季节正式到来。我国古代将处暑分为三候：一候鹰乃祭鸟；二候天地始肃；三候禾乃登。此时，秋高气爽，鹰击长空，秋叶萧瑟而落，谷物已经成熟。时令，仿佛一只无形的大手，把季节轻轻翻到静美的秋之华章。

　　处暑之时，迎面而来的是阵阵畅快的凉爽。今年的夏天特别热，连续数天的高温让人印象深刻。当久违的凉风轻抚你的脸颊，一股清新顿时袭遍全身。一场痛快淋漓的秋雨是必不可少的，空气湿润，万物润泽，阵阵凉意充盈天地。秋雨，随秋意而下，纷纷扬扬飘飘洒洒，涤荡暑热滋润万物，如泣如诉的曼妙琴声里，演绎着绝美的冷冷清秋。

　　处暑的秋天，是成熟而丰硕的。"处暑高粱遍地红"，长长的高粱穗儿，低垂着脑袋，红彤彤的脸膛，像是喝醉了酒的乡野汉子在地里田间肆意酣睡。"谷到处暑黄"，金灿灿的稻谷，在夏天喝饱了阳光的乳汁，仿佛顽皮的孩子，在秋风里嬉笑奔跑，成长为一地金黄。葡萄穿上了紫袍，一粒粒圆滚滚的。香梨换上了黄衣，一个个沉甸甸的。最动人的是火红的石榴，开心地咧着嘴欢笑，露出颗颗晶莹剔透的牙齿。

秋意浓浓，秋声又起。池边的柳枝上，寒蝉嘶鸣，没有了酷夏里的恣意激情，却多了份低沉以及岁月的沧桑。秋高云淡的天空之上，雁阵整装待发，啾啾雁鸣声里，谁家的女子倚在落日楼头，痴痴守望着远方的人儿归来。乡村暮晚，秋意凉凉，晚归的农人荷锄而归，一头晃晃悠悠的老牛，踏着牧歌，踩碎一地的夕阳和晚霞。蟋蟀的歌声，从乡间小径上飘起，氤氲弥漫在整个黄昏。

这个时节，天空高远而明澈，落木萧萧，枫叶渐红，无限曼妙的意境，如诗如梦。荷塘有些落寞，蛙声隐去，失去了夏日的繁华，却有了简约的秋意。碧绿的荷叶仍在，红荷结成莲蓬，却早已被顽皮的孩子偷偷采去。一池残荷，删繁就简，有秋的静美诗意。"白马湖平秋日光，紫菱如锦彩鸾翔。"采菱，正当其时。迎着飒爽秋风，坐着小船，秋风乍起，秋水潺潺，一路欢笑一路歌，仿佛从汉乐府里走来，仿佛从唐诗宋词里走来，古典唯美之极。

处暑之秋，心情远离炎热不再烦躁，开始变得宁静而洒脱。夏天的身影渐行渐远，秋意款款而来，没有惆怅和忧伤，季节的变换让人思索和感悟，充满了人生的美好真谛。一缕秋风拂过，鸿雁南归，岁月的列车继续向前，引领我们走进沉甸甸的金秋。

刊于 2013 年 8 月 29 日《承德日报》

风筝是春天的标点

　　春回人间，阳气渐转，万物生辉，大地为大片大片的绿色所覆盖。天空开始变得高远而纯净，仰望天际，碧空如洗，那一汪澄澈的蔚蓝令人沉醉。一只蝴蝶风筝悬浮其间，迎风高翔，在一片蓝莹莹的空间里，宛如一只摇曳在大海中的小船，自由地劈波斩浪，豪迈向前。

　　哦，三月，风筝的季节。

　　"草长莺飞二月天，拂堤杨柳醉春烟。儿童散学归来早，忙趁东风放纸鸢。"清代高鼎的这首脍炙人口的《村居》，历来为人们所津津乐道。诗人隐居乡村，春日到来，草长莺飞，依依杨柳轻拂堤岸，使人赏心悦目。一群顽皮的孩子，散了学，早早地放起了风筝。多么美的春景，多么浓郁的生活气息！时至今日，春天的乡村，柔风乍起，空旷的原野上，还可以见到几乎与数百年前一样的画面，暖阳、顽童、纸鸢，一个都不少！

　　记得小时候，每每春暖花开柔风拂面的时候，我便是那些顽童中间的一个。风筝是自己做的，找来竹篾、油皮纸、糨糊和小刀，自个儿就开始忙乎起来。先用小刀将竹篾削薄，做好骨架，再把油皮纸按照图样儿剪裁好，形成三角、蝴蝶、游鱼等自己喜欢的样式，最后用糨糊把骨架和风筝纸黏合起来，晾干固定之后，一个风筝就做好了。

　　当然，这样的风筝是非常简易的，既不牢固，也不精致，有些时候，甚至都飞不起来。记得我第一次做的风筝，是按照美术课本上介绍的步骤制作的，可轮到要去放飞时，才想起没有丝线。思来想去，我翻箱倒柜，终于找到一卷母亲做针线活儿用的棉线。

　　这次试飞以失败而告终。我手拿着那个不争气的风筝，带着失望和害怕回了家，因为我糟蹋了一卷珍贵的棉线。所幸母亲并没有训斥我，慈爱的父亲更是帮我改进了技术，小小的风筝最终上了天，带着那颗渴望飞翔的童心。

　　那个蝴蝶风筝仍然在高高地乘风飘荡着，丝线的另一端，牵着女儿胖乎乎的小手，还有串串银铃般的笑声。这风筝是妻子买的，比我做的好看多了，飞得也更高。我默默地看着女儿，在春天来临的时候，她已经不会如我当年，为一个小小的风筝而绞尽脑汁，但是我想，永远不变的，依然是放风筝的乐趣和快乐的童年。

　　"纸花如雪满天飞，娇女秋千打四围。五色罗裙风摆动，好将蝴蝶斗春归。"三月的天空是浪漫的，如果说春天是一本耐读的书，让漫长等待一冬的人们思想不再冬眠，那么风筝就是这个季节的标点，缠缠绵绵的分割之中，给予我们无限的遐想和希望。

　　　　　　　　　　　　刊于 2013 年 3 月 15 日《三峡晚报》

绿　夏

　　一直以为，轮回的四季之中，每个季节都有一个属于自己的主色调，就像是一个人的身份证号码，独特而唯一，一看就能认出他是谁。果实累累的秋天是金色的；雪花飘舞的冬天是白色的；百花盛开的春天固然也是绿色，却只是娇嫩的一抹新绿，不像是夏天，那种铺天盖地的翠绿，浓浓实实的，让人产生无限的神往。

　　从一棵小草开始，绿色在春天里开始悄悄蔓延。春天的小草虽然美丽，但太过于柔弱，只有到了夏天，小草才显露出大片大片的浓绿，充满了勃勃生机。

　　盛夏时节，旺盛的草是生命的象征，它的绿色让大地不再单调，远远望去，像是一床床硕大的凉席，为人们带来满目清凉。一场雨后，青草疯长，宛如一个个顽皮的孩子，倏忽间个头蹿得很高，草色入眼，心生翠绿，凉爽异常。

　　在夏天，还有什么绿色能比得上一棵树呢？无论是城市还是乡村，一棵棵的大树，或在路边，或在公园，或在不知名的荒野，它们总是枝繁叶茂散发热情，撑开一树树浓荫，为大地奉献阴凉。酷暑难耐，鸟儿躲在枝丫间，调皮的蝉，站在高高的枝头上，唱着高亢的歌儿。孩子们在树下玩耍，老人们摇扇纳凉，夏日的绿树浓荫下，日子悠闲而美好。

夏天，荷塘里的绿色，是一种别致的清凉之绿。"接天莲叶无穷碧，映日荷花别样红。"当年的杨万里，不也曾经为这绿色所深深折服吗？别的绿仅仅只是绿，只有视觉上的效果，而荷塘的绿，是带有清香的绿，能够打开你的嗅觉，并且由此及彼，触及味蕾和心灵，让你浮想联翩、遐思飞扬。荷是水中的精灵，绿是生命的颜色，绿荷上的夏天，绚丽而多彩。

夏日看绿，乡下最宜。地里西瓜青绿，藤蔓缠绕，秧苗青青迎风含笑。小小的菜园里，青了辣椒绿了黄瓜，各种时令鲜蔬绿得扎你的眼。

爬山虎最是淘气，一座座农舍全在它的覆盖之下，房屋仿佛披了层绿毯，分不清哪里是植物哪里是房子，人与自然和谐地融为一体。最爱农家小院的那一排丝瓜架，绿叶密密麻麻不透缝隙，成了天然的凉棚，人们在下面聊天喝茶、下棋打牌，好不自在。

炎炎夏日，绿色入眼，多了一份别样的雅致与清爽。

刊于 2014 年 5 月 22 日《贵阳日报》

四月春未央

林徽因在《你是人间的四月天》里说："你是一树一树的花开，是燕在梁间呢喃，——你是爱，是暖，是希望，你是人间的四月天！"人间四月，春光未央，慈母般的春天敞开温柔而博大的胸怀，把爱带给万物众生。

春天像是一部交响乐，四月是它的高潮部分。早春二月，春天的种子刚刚萌芽，万物还未完全苏醒，寒冬的阴霾未散，春寒料峭，春意姗姗。到了三月，太阳开始发挥它的威力，天气渐暖，柔风吹拂，小草迎着春风奔跑。及至四月时节，春天达到最盛，清明和谷雨，从古老的二十四节气中款款而来，韵味悠长，诗意迷人。

祭祀祖先，缅怀逝者，是四月永恒的主题。"南北山头多墓田，清明祭扫各纷然。纸灰飞作白蝴蝶，泪血染成红杜鹃。"人生犹如这大好春光，美丽而短暂，对于死者的怀念，可以让我们珍惜光阴，感恩美好的生活。生命虽然易逝，可是人类还是无比坚强，一年年，一代代，好似春日树木，开枝散叶，生生不息。

四月，花朵的世界。"小楼一夜听春雨，深巷明朝卖杏花。"娇美的杏花，是踏着缠绵的春雨而来的。杏花与春雨，仿佛一对经年的恋人，千百年来相依相偎，始终忠贞不渝。

　　比起杏花的含蓄，桃花就要泼辣得多。你看，火红火红的桃花漫山遍野，像是一团团燃烧的火焰，把春天的天空彻底照亮。还有梨花和菜花，一个洁白似雪，一个灿烂如金，把一个缤纷曼妙的四月装扮得多姿多彩。

　　舌尖上的四月，春天的滋味妙不可言。"城中桃李愁风雨，春在溪头荠菜花。"小小的荠菜，是许多人的最爱。荠菜营养丰富，清香诱人，可以凉拌、做汤，也可以做春卷、包子和饺子等。美味的香椿，鲜嫩爽口，做成香椿拌豆腐、香椿炒鸡蛋等，是十分难得的春日乡野特色菜。

　　"夜雨剪春韭"，大诗人杜甫的一句话，让韭菜入诗，唇齿生香。一刀绿莹莹、水灵灵的春韭，会让吃腻了大鱼大肉的人们味蕾大开，勾起那些久违的食欲。

　　"落花人独立，微雨燕双飞。"春花，在枝头绚烂，蜂蝶嘤嘤嗡嗡盘绕，为它们的美喝彩；春雨，淅淅沥沥飘飘洒洒，犹如甘醇的美酒，滋润着广袤的大地。

　　人间四月天，融融春未央。季节的列车继续向前，春天的背影渐行渐远，在炎热的夏天抵达之前，请让我们一起铭记，并且珍惜这段美好的时光。

刊于 2014 年 4 月 12 日《陇南日报》

叶落秋渐霜

迷人的秋天，就像是一列长长的火车，载满沉甸甸的丰饶与收获，从立秋开始，到霜降结束，为人们带来一个硕果累累的金秋。霜降，是秋天的最后一个小站，当霜降来临，秋天便向我们挥着依依不舍的大手，在凛冽的寒风之中渐行渐远。

霜降，是我国农历二十四节气之秋天里最后一个节气。《月令七十二候集解》云："霜降，九月中。气肃而凝露结为霜矣。"农历九月中旬，天气渐渐寒冷，露水开始凝结成霜。

这个时候，漫天的黄叶簌簌而落。原本繁华热闹的枝头，现在已经删繁就简，大多只剩下光秃秃的一片。地上的枯草残叶结上了厚厚的白霜，经霜的枫叶愈发红艳，像是一团团火焰，动情地燃烧着最后的秋天。

作为秋天与冬天的一种过渡，霜降历来受文人墨客们的青睐。"远上寒山石径斜，白云生处有人家。停车坐爱枫林晚，霜叶红于二月花。"霜降时节，晚唐诗人杜牧登上寒山观赏枫叶，这首《山行》写出了诗人对于这个季节的偏爱。宋代诗人陆游也赞咏过霜降时节，他在《霜月》一诗中写道："枯草霜花白，寒窗月影新。"而宋代词人吕本中在《南歌子·驿路侵斜月》中也说："驿路侵斜月，溪桥度晓霜。"如此凄冷寂寞的晚秋时节，难免引起诗人的羁旅之思。

"霜降摘柿子，立冬打软枣。"霜降之时，红红的柿子熟了，在高高的枝头上演绎着别样的季节风情。小时候，每年霜降时节，母亲都会摘下院子里的甜柿子给我们品尝。她说，落霜之后的柿子最甜，秋天吃了，冬天里可以防止嘴唇干裂。我不知道她的话有没有道理，只是在儿时的记忆里，那甜蜜多汁的柿子滋味，氤氲弥漫了整个童年。

霜降之秋，父亲开始忙碌起来。"寒露收割罢，霜降把地翻。"不识字的父亲，对于节气和农事，敏感得像是一只准时的闹钟。从立秋到霜降，长长的秋天里，什么时候秋收，什么时候秋种，他早已烂熟于心。庄稼收割完毕，稻子已经颗粒归仓，落霜时节，父亲开着旋耕机，一遍遍地翻耕着土地。轰隆隆的机器声里，忙忙碌碌的秋种已经开始。

"千树扫作一番黄，只有芙蓉独自芳。"晚秋的黎明之际，脚下踩着咯吱作响的白霜，闲看无边落木萧萧，欣赏木芙蓉的独自芬芳，思绪袅袅，感慨万千。

霜降，是秋天的句点，它用晶莹和洁白，给秋天画上一个完美的句号。霜降又是冬天的信使，那冷冷白霜便是素洁的信笺，在秋天的末尾给冬天写信，引领我们走进一个充满诗意、无比浪漫的季节。

刊于 2013 年 10 月 24 日《江淮晨报》

春联是春天的信笺

　　贴春联，是我国春节的传统习俗。过年之时，家家户户写春联、贴春联，成为千百年来一道亮丽的风景。

　　红彤彤的春联，写满吉祥喜庆的语句，不仅增添了节日的气氛，更是对美好生活的一种祝福。新春时节，品读春联，阳光更加灿烂，雪花也不再寒冷，人们笑靥如花，心情大好。

　　春联，起源于桃符，一种悬挂在大门两旁的长方形桃木板。清代《燕京岁时记》载："春联者，即桃符也。""新年纳余庆，嘉节号长春"，这副春联是后蜀主孟昶的作品，曾被认为是中国历史上的第一副春联。后随着考古的发展，发现了更早的春联，为唐人刘丘子所作，"三阳始布，四序初开"。

　　到了宋代，在桃木板上写春联已经相当普遍。"爆竹声中一岁除，春风送暖入屠苏。千门万户曈曈日，总把新桃换旧符。"通过王安石的《元日》一诗，我们可以看到当时千家万户挂桃符的盛况。后来，桃符换成了红纸，更加喜庆动人，内容则是祈福转运和渴求丰收等等。

　　"春联"一词，出于明代。据明代陈云瞻记载，"春联之设自明太祖始。帝都金陵（今南京），除夕前忽传旨，公卿士庶家，门口须加春联一副，帝微行出观。"有了皇帝朱元璋的大力提倡和亲自监督，春联之风日盛，一直流传至今。

　　根据使用场所的不同，春联可分为门心、框对、横批、春条、斗斤等。门心一般贴于门板上端中心部位，框对贴于左右两个门框上，横批贴于门楣的横木上，春条则是根据不同的内容，贴于不同的地方。斗斤也叫门叶，为正方形，多贴在家具、灶台上。最常见的斗斤是"福"字，极为简单的一个字，却几乎浓缩了新春之际的所有祝福。

　　春联，不仅是过年时的一种装饰，更是一种独特的文学艺术形式。悠悠千年，我国人民积累了大量优秀的联语。"一元复始，万象更新"的言简意赅，"春回大地，福满人间"的诗意祝福，还有"民安国泰逢盛世，风调雨顺颂华年"的歌颂祖国，都让人津津乐道。随着时代的进步，人们对于春联也在不断地创新，赋予了更多贴近时代和生活的新鲜内容。

　　红红的春联，是人们写给春天的信笺。看似简单的长长短短的对偶句，里面却蕴含了众多的美好心愿，打开春联，就是打开一个阳光明媚、姹紫嫣红的美丽春天。

刊于 2018 年 2 月 14 日《金陵晚报》

芒种，忙种

　　长长的夏天，就像是一场紧张激烈而精彩纷呈的运动会，立夏是热身准备，小满是开幕式，而芒种时节，已经到了正式比赛的关键时刻。所以，芒种之忙，是这个季节里最为突出的一个动词，繁忙而热烈，引领我们走进夏天的深处。

　　对于农人来说，芒种之忙，从砍油菜开始。春天金黄烂漫的油菜花，在夏日阳光的滋养下，将全部的热情变成一粒粒黝黑饱满的油菜籽儿，贮藏在长长的油菜荚里。镰刀挥舞，砍下油菜，放在大油布上晒干揉搓，沉甸甸的油菜籽儿便"哗哗"而落。农人的汗滴倒映着收获的喜悦，这珍贵的果实，可以用来榨油，成为一家人餐桌上飘香一年的美味记忆。

　　"芒种忙，麦上场。"地里的麦子，经过秋天的播种，冬天的考验与历练，在春天里疯狂拔节生长，最终到达夏天的终点站，走向成熟。一粒粒麦子，犹如一粒粒金子，从秋到夏，经历四季的风雨洗礼，始见它们的丰稔与珍贵。

　　千里沃野，风吹麦浪，一片金黄。麦收宛若一场战争，那田野里整齐站立的麦秸，就是身穿黄金甲的百万雄兵，收割机的轰鸣犹如催人奋进的战鼓，一场丰收的战役已经打响。从黎明张开翅膀到夜幕降临，对于农人们来说，不分昼夜，不辞辛劳，这场战役必须完胜，颗粒归仓。

"芒种芒种，忙种忙种。"麦收结束，秧苗闪亮登场。地里田间，男女老少，人人忙着插秧。太阳热情地照着，白花花的水田里，一顶顶草帽之下，一双双灵巧的手来回移动，所到之处，一排排秧苗迎风含笑。那优雅的姿势，就像钢琴家在敲击琴键，让人为之动容。

旧时的乡下，插秧的记忆伴随我的一生。每每芒种之时，麦收完毕，繁忙的插秧让一家人全体参战。父亲先将麦茬地翻过来，灌满水后，又一遍遍地将水田耙平整。水田耙好后，我们就开始插秧了。父亲和母亲当然是主力，我和妹妹们也来帮忙。孩子们一开始插得都很慢，经过一段时间的训练，也变得有模有样了。

大自然是最高明的魔法师，不同的季节呈现不同的风物与景象。"东风染尽三千顷，白鹭飞来无处停。"广袤的乡村大地，前几天还是一片金黄，现在却已是尽显碧绿。水田里的秧苗，层层叠叠，青翠欲滴；田边树木郁郁葱葱，繁花盛开，大好田园风光，蕴含着浓浓的诗意。

"春争日，夏争时。"芒种之时，时间的指针已经指向夏天的中央，让我们抖擞精神，一起拥抱这段美丽而迷人的大好时光。

刊于 2020 年 6 月 7 日《江淮晨报》

冬天的扉页

　　一场冷冷的白霜之后，秋天的列车轰隆隆地驶过季节的最后一个小站，挥着依依不舍的大手与我们渐行渐远。时令，开始进入立冬。

　　如果说冬天是一本厚厚的大书，立冬便是它的扉页，随着古老的农历轻轻翻开这一页，我们走进诗意而美丽的冬天。

　　"秋风吹尽旧庭柯，黄叶丹枫客里过。一点禅灯半轮月，今宵寒较昨宵多。"（明·王稚登《立冬》）这个时候，不再是凉爽的秋风怡人，凛冽的西北风劲吹，枝头落叶蝴蝶般飞舞，几乎一夜之间，众多的树木便已经删繁就简，只剩下光秃秃的枝干。

　　风是冷的，雨也是凉意十足。"细雨生寒未有霜，庭前木叶半青黄。"即便没有寒霜，但是那冷雨，就已经是寒气逼人了。闲坐窗前，看初冬的细雨飘飘洒洒，从天空悠悠而下，漫过山川树木，漫过苍茫大地，带来阵阵寒意。

　　立冬时节，秋天的盛装即将卸去，冬天的号角已经吹响。"落水荷塘满眼枯，西风渐作北风呼。"当秋天的西风化作冬天的北风，荷塘便失去了它亮丽的颜色，几只枯荷跌落在水面上，歪歪斜斜地低垂着脑袋，尽显苍凉之气。广袤的原野中，地里的金黄不见了，新翻的泥土之中，麦子发出了嫩芽，油菜翠绿动人，那一片片醉人的绿，让这个萧条的季节有了些许生机。

初冬之时，寒冷的北国，性急的雪花已经按捺不住心中的热情，纷纷扬扬翩翩起舞。雪花是冬天的信使，是这个季节最美的花朵，它开在枝头，开在草垛，开在房屋，开在苍苍茫茫的大地。

"冻笔新诗懒写，寒炉美酒时温。醉看墨花月白，恍疑雪满前村。"（唐·李白《冬景》）如此冷清的季节，就连大诗人李白都懒得动笔了，一壶温热的美酒，就着冷冷的月光和诗意的雪花，也是畅快至极。

寒来暑往，秋收冬藏，季节的转换悄无声息，让人感慨无限。走过了春的明媚，尝过了夏的灿烂，告别了秋的甜美，冬天的大门徐徐打开，我们走进一个白色的世界。

冬天的冷峻发人深省，启人思索。漫长的寒冬，看似冷酷无情，实则慈爱无限。寒冬的洗礼，让我们更加坚强，正是严寒的考验，才能够让我们珍惜春天的温暖，每一个严冬的深处，都孕育着一个崭新亮丽的春天。

立冬是冬天的扉页，阅读冬天，你不能错过这个迷人的时节。心若在，梦就在，风霜雨雪不足惧，换个心情，它还是一样的美丽动人且韵味悠长。

刊于 2017 年 11 月 14 日《安庆晚报》

立春之美

"立春一日，百草回芽。"立春，又称"打春"，《群芳谱》曰："立，始建也。春气始而建立也。"

立春，是农历二十四节气的第一个节气，标志着春天的开始。立春之时，大地回暖，万物复苏，一切充满着浓浓的诗意，给人以崭新的希望。

立春是季节的头版头条。四季就像地球的一张日报，从立春开始，到大寒结束，一共二十四版，每一个节气就是一个版面，演绎着各具特色的春夏秋冬。作为头版头条，"一年之计在于春"，立春是最为重要的开始，当立春来临，冰雪融化，春江水暖，新的气象就在眼前。

立春似慈母，催生了姹紫嫣红的春天。因为立春，才有雨水，继而惊蛰、春分、清明、谷雨……这一个个季节，宛如立春的孩子，只因了立春的开始，方才一个个如破壳的小鸡一般，鲜亮地展现在人们的面前。尽管北风依旧，尽管偶尔雪花飘零，可是立春一到，我们知道，真正的春天已经不远了。

立春如诗，那些平平仄仄的诗行，处处是迷人的意境。"嫩于金色软于丝"，二月的春风是此时最为顽皮的孩子，一夜之间，便用剪刀剪裁出柳树的嫩叶。"春到人间草木知"，那泥土中的小草已经醒来，它们揉一揉惺忪的睡眼，舒展着娇嫩的身子跃跃欲出。

　　春天是一场演出，万物各尽其能，一切美丽得以精彩地演绎，而立春，就是春天发出的第一道召集令。它召唤春风回归，寒流不再，柔柔的风儿吹拂着，心底泛起久违的暖意；它召唤暖阳返回，阳光一如慈母的手掌，抚摸大地，所有的种子都发出灿烂的光辉；它召唤树木返青，花朵绽放，一切绿色重归人间。

　　立春时节，天空明澈，鸟儿高叫，春姑娘踏着轻盈的步子，正从远方走来。

　　立春时节，孩子们伸出手指，迎接春风，欢乐的叫喊声，响彻广袤大地。

　　人间有大美，最美是立春。春天是一本大书，立春是它的扉页，轻轻翻开，韵味悠长地品读，让人沉醉。

刊于 2013 年 2 月 4 日香港《大公报》

秋色醉重阳

九九重阳日，最美金秋时。

如果说秋天是一个婉约的古典美女，那么重阳之秋就是她一汪秋水般深情的眼眸，明眸善睐含情脉脉，最能得其神韵。它没有初秋的含蓄矜持，没有晚秋的萧条落寞，像是一幅完全打开的画卷，完美地呈现在你的面前。深秋时节，佳节又重阳，秋意浓浓，美丽无限。

秋色无边，到处是硕果累累。看吧，那红彤彤的是高粱，火红火红的脸膛，像是喝醉了酒的汉子；那鼓胀胀的是玉米，一边吹着口哨，一边迎着风咧嘴笑；那沉甸甸的是稻谷，大片金黄的颜色，宛如满地耀眼的金子。秋天是丰硕的，重阳的秋天是迷人而多彩的，收获的气息弥漫着大地。

还是学学古人，来一次登高吧。连绵起伏的山峦，层层叠翠，秀丽的景色令人沉醉。顺着山势拾级而上，漫漫山路，一步一脚印，一步一风景。登高望远，极目远眺，抛却人间万千烦恼，胸中有丘壑，大美在眼前。

重阳山色，满目青翠。密密麻麻的绿色在你的眼前闪耀，多情的桂花肆意绽放，一缕缕甜美温柔的香气，招呼远道而来的客人。枫叶渐红，清风拂过，宛若跳动的火焰，雁阵南归，秋虫嘶鸣，袅袅而起的思绪，随风飘散，感慨万千。

作为重阳节之花，菊花是这个时节的宠儿。"秋菊有佳色，裛露掇其英。"秋菊迎风怒放，诗意无限，黄的金灿灿亮闪闪，白的雪花般高洁，粉的娇嫩可人，紫的高贵典雅。五颜六色的菊花，各式各样，清香淡雅，身处其间，令人流连忘返。菊花是重阳节的情人，从数千年前开始，飘香在中华民族的农历里，每年一次，赶赴诗意浪漫的重阳之约。

如此良辰美景，怎么能够少得了重阳糕和菊花酒呢？吃一块重阳糕，品一口菊花酒，秋天爬上舌尖，流传千年的重阳佳节滋味万千。古时候，人们在重阳节这天吃重阳糕，希望自己百事俱高；饮菊花酒，意在祛灾祈福、养生保健。种种美好的寓意，都表达了人们对于美好生活的无限企盼。

美景怡人，美食诱人，美酒飘香，重阳之秋深深醉倒了每一个华夏儿女。

现在的重阳节成了老人节，想想也倒是名副其实。老人们正处在人生的金秋时节，虽然已经没有了春天的烂漫、夏天的热烈，却也是风景无限。敬老爱老是中华民族的传统美德，关爱他们，恰似珍惜这迷人而丰饶的金秋。

刊于 2013 年 10 月 16 日《中国文化报》

浅夏时光

落花满地，绿色渐浓，春天踏着季节的节拍悄然远去，美丽的夏天款款而来。初夏时节，浅浅的，淡淡的，犹如青春的初恋，清纯怡人，让人无限迷恋，带来一段曼妙无比的时光。

浅夏时节，红了樱桃，绿了芭蕉。这两样季节风物，仿佛两位美丽的女子，冰雪聪明，最懂得挑时候，在一年之中最好的日子，把自己的优雅风姿悄悄绽放。小小的樱桃树，春天里发芽，慢慢抽叶，直到开花结果，漫长的等待，只为初夏的那一颗颗迷人的果实。粒粒樱桃，颗颗饱满，颜色由青变红，仿佛夏天里少女害羞的脸蛋。芭蕉抽出层层绿叶，绿色逐渐加深，恐怕最好的画家，也难以调出那么动人的颜色吧。小轩窗前，植芭蕉一株，绿色映入纱窗，骤雨突降，细听雨打芭蕉，诗意至极。

初夏的原野，拥有别样的风景。春天的那抹娇嫩的绿色不再，取而代之的是层层叠叠的深绿。在雨水的滋润下，小草开始漫山遍野地疯长，少了早春的柔弱，多了夏日的坚韧，变得风华正茂。麦子已经抽穗，鼓胀胀的，每一棵都扬着花儿，宛如一个个怀孕的少妇，沉甸甸的日子里，等待着分娩的喜悦。油菜花早已凋谢，长长的菜荚儿鼓鼓囊囊，预示着一个丰稔的夏天。

池塘里的浅夏时光，同样妙不可言。莲藕从淤泥中醒来，波平如镜的水面上，漂着几片薄薄的荷叶。这些荷叶十分可爱，仿佛一夜之间冒出来似的，颜色由浅变深，面积从小到大，迅速地铺展开来。一支小荷偷偷地冒出水面，如同羞答答的少女，悄悄地窥视着周围的一切。蜻蜓与青蛙，是她的追求者，一个落在小荷上面，一个坐在下面的荷叶上，含情脉脉地痴痴守候着。

浅夏的花朵绚丽多姿，美丽如画。当春天的人间芳菲散尽，夏天的花朵又开始次第绽放。槐花是这里的宠儿，一朵朵，一串串，高高地挂在初夏的枝头上，充满诗意。远远地站着，就可以闻到槐花的清香，抬头仰望，满树挂雪，柔风拂过，一如粉蝶翩飞。初夏之时，榴花也慢慢开放，打苞的像小喇叭，绽开的似小伞，红红的颜色，热烈奔放，宛若一团团燃烧的火焰。榴花是浅夏的化身，它用一抹热情奔放的红，向人们宣告夏天的来临。

阳光越来越明媚，不像是春天中那么柔软，它明亮地照着，让万物加快生长。风，也不再是春天里那般淡淡的杨柳风，而是有了几分力道。夏雨骤降，飘飘洒洒甚而狂风暴雨，那份气势，也是春天所不曾有过的。

浅浅的初夏，恰似枝头的青梅，虽然有些酸，细细品尝，却能够咀嚼出其中无尽的季节况味。

刊于 2014 年第 8 期《意林 12+》

简约初冬

当最后一片黄叶恋恋不舍地落向大地的时候，秋天便缓缓地从季节的边缘滑落，时令进入初冬。相比于金秋的硕果累累，初冬则要素净得多，如同一位卸了妆的古典女子，铅华去尽，素面朝天，充满了无限的简约之美。

秋收已经结束，乡村的大地，恢复了泥土的本色。麦子刚刚播下，大片大片新翻的土地，熟睡在初冬的阳光中，安详而洁净。园子里的白菜青翠欲滴，新出土的蒜苗，宛如亭亭玉立的二八少女般清纯可爱。大黄狗在村口"汪汪"叫着，谁家的小院落里，枝头上举着一个个小小的红灯笼，挑逗着树下嘴馋的顽童。

无边落木萧萧，敏感的树木，是最会应景的。白杨树叶子已经落光，经过春的慢慢酝酿，夏的盛世绽放，秋的高远深邃，在肃杀的冬天，它们删繁就简，低调地蛰伏，为明年的盛装归来而积聚力量。暗香犹在的桂树，叶子仍然青绿，花朵不在，树下的放蜂人也不见了踪迹。最妙的是漫山的红叶，烟笼晚霞，红润似火，层林尽染的水墨画卷里，书写着千百年来不变的唯美意境。

初冬的荷塘里，演绎着别样的简约之美。夏天的遮天莲叶不见了，秋天里籽粒饱满的莲蓬也没有了踪影，只留下一片片枯枝残叶，横七竖八地躺在硕大的水塘里。"留得枯荷听雨声"，小雨沙沙，塘面无风，守着一份清静的时光，惬意之至。看过吴冠中的画作《残荷》，寥寥数笔，点点墨痕，画面极为清瘦简约，可谓深得大自然造物曼妙之精髓。

　　冬日有意义之事，莫若读书。春日踏青，夏日游泳，秋日登高，固然乐在节令中，然而皆须耗费时间精力，不如冬日，一卷在握，畅快淋漓地读书。冬日读书，可早可晚，可周末大快朵颐，亦可工作日忙里偷闲。不受天气所限，也不需要太多的外在条件，一人一书一心情，如此而已。

　　初冬之美，简约而不简单，人生亦应如此。冬日，水瘦山寒。水，看似波澜不惊；山，仿佛也无半点颜色，实则运筹帷幄、成竹在胸。你见与不见，水就在那里；你爱或者不爱，山也在那里。它们静默不语，是一种更高层次的生存状态，一种返璞归真的洒脱。

　　人心浮躁的时代，很多人为物质所累，整日里忙于名望、地位和金钱，为各种各样的琐事而疲于应付。细想之下，事实上，大可不必如此。钱多钱少，够用就好；事大事小，开心就好；名誉地位，终究是昙花一现、过眼云烟。花开花落终有时，云卷云舒且随意，过优游任运的生活，不受现实的物欲束缚，不为无奈诡秘的命运而停留。

　　初冬时节，冬的序幕缓缓开启，万物沉寂而蓄势待发，所有的等待，只为下一个春天的抵达。

刊于 2019 年 12 月 19 日《市场星报》

最美人间五月天

五月，一声嘹亮的汽笛之后，春天的末班车渐行渐远。

五月，如鼓的蛙鸣响起，池塘的水面上，小荷露出尖尖的一角。

五月，愈发热情的阳光，穿过绿荫如盖的树冠，搭乘一辆金黄的马车，夏天悄然来临。

春夏之交的五月，是美丽而闪亮的。这个时候，季节像是一位即将参加选美比赛的美女，已经把自己的状态调整到最佳。她热烈而不失婉约，淋漓而不失柔美，张扬的青春咄咄逼人。

五月之美，美在劳动。劳动让古猿直立行走，促使人脑形成，并最终产生人类。劳动创造了一切，劳动最光荣，劳动者最美丽，人类漫长的文明史上，所有辉煌的成就，劳动功不可没。"田家少闲月，五月人倍忙。"五月的乡村，劳动的气息弥漫大地，割麦插秧，种菜点豆，田园一片浓浓诗意。在五月劳动是幸福的，天气冷热适宜，没有春寒的料峭，也没有盛夏的酷热，心情怡然自得，劳动者笑靥如花。

五月之美，美在青年。青年是一轮朝阳，从希望的山岗冉冉升起，带着无限的热情，发出耀眼的万丈光芒；青年是一个号角，从理想的路上出发，一声嘹亮的呐喊，青春的声音响彻云霄。这是一个令人热血沸腾的词汇，每次想起它，都让我们充满无穷的力量；这是一个拥有光荣传统的日子，从百年前开始，已经让我们为之深深地骄傲。

五月之美，美在母亲。"谁言寸草心，报得三春晖。"从一卷泛黄的唐诗里，从孟郊的笔下，我们感受到一颗千古殷殷慈母心。小时候，母亲是我们最亲近的保护伞，喂我们吃饭，教我们走路，冷了给你穿衣，饿了给你煮鸡蛋，无微不至的关心永不知疲倦。长大后，像一只只振翅的小鸟，我们挣脱她的怀抱，一头扎进无垠的蓝天，自由飞翔。我们开始疏远母亲，偶尔的电话里，也总是烦躁于她的唠叨，直到有一天，自己也开始做了父母，才突然发现一切是多么的艰辛与不易。人生在世，母亲伟大如暖阳，母爱深深似大海！

如果有一支歌，我要唱给五月，唱出它的激情，唱出它的美好。

如果有一首诗，我要写给五月，写出它的富饶，写出它的浪漫。

如果有一幅画，我要画出五月，用最缤纷亮丽的色彩，用最热情奔放的思绪。

人间有大美，最美五月天。

刊于 2012 年 5 月 4 日《中国科学报》

舌尖上的秋天

"一场秋雨一场寒"，从一场绵绵的秋雨开始，秋天仿佛一个婉约的美人，踏着轻盈的步子，微笑着向我们走来。秋风习习，秋水潺潺，季节好似魔法师的魔棒，只那么轻轻一点，原野便一片金黄，成熟的气息弥漫大地。

熟得最早的是葡萄。这种甜美多汁的水果，我想没有人不会喜爱的。记忆中，农家的小院子，抑或房前屋后，一大簇一大簇满是的。其实，夏天葡萄还未成熟时，嘴馋的小孩子们就已经在偷食了，酸酸的，可以解困。"葡萄美酒夜光杯，欲饮琵琶马上催。"我不喝白酒，却偏爱诱人的葡萄酒。买来葡萄，洗尽剥皮去籽，按一定比例加入白糖，放在密封的玻璃缸里，过一段时间之后，自己酿造的葡萄酒就做好了。打开瓶口，醇香四溢，品入口中，甜蜜不可言表。

秋天，枣子是树上的宠儿。小时候，老宅后有棵大枣树，斑驳的树皮，高耸入云的枝头，树干有两个人怀抱那么粗。枣子是在我们眼皮底下长大的，从一丁点儿大的青疙瘩开始，孩子们几乎每天都会去盯着它们。直到有一天，最眼尖的那个孩子发现有一些枣子"红了屁股"，大家便蜂拥而上。到了最后，只剩下枝梢上的几个枣子，又红又大地挂在那里让人望而兴叹。贪吃的孩子还是有办法的，找来长长的竹竿，或者等待一场大风，往往都能一扫而尽。

"入村樵径引，尝果栗皱开。"栗子，原产于中国，在古代被列为五果之一，常为贡品。栗子不仅好吃，而且是著名的食疗佳品。《名医别录》载："栗子主益气，厚肠胃，补肾气，令人忍饥。"《千金方》也说："栗，肾之果也，肾病宜食之。"栗子不但可以生吃、煮食，还能做成多种保健菜品，栗子糕、栗子糊、栗子羹羹、栗子烧白菜都是不错的菜品。母亲也爱吃栗子，拿手菜是红烧栗子鸡。两斤左右的乡下土公鸡，生栗子半斤余，加入料酒、盐、糖、酱油和适量的上汤，烧熟后鲜香爽嫩，滋养身体。

水中美食也引人注目。肥美的鱼鳖虾蟹自不待言，单是那白生生的脆藕和红红的菱角就已经让人垂涎欲滴。荷属于夏天，藕属于秋天，荷只可远观，藕却能入口品味，唇齿之间，香味升腾。藕，实在是荷的精魂。至于菱角，匍匐于水中，经过一个夏季的生长，尽得水之精华与曼妙，嫩的爽脆，老的香糯，老少咸宜。细想之下，藕和菱这两样东西，的确是水中的精灵，取而为食，其味蕾上的快感，实在是妙不可言。

秋，是深邃的，无穷无尽的美景像一幅长长的画卷，缓缓展现在我们眼前。秋也是慈爱的，宛若一位慈母，在一场宏大的盛宴之上，为我们准备了众多的美味。凉风吹起，枫叶渐红，在如诗的意境里品味秋天，让我们懂得珍惜与深深地感恩。

刊于 2013 年 10 月 1 日《天津日报》

夏至又至

　　漫长的夏天，就像是长长的列车，运载热情的阳光，一路欢歌驶向季节的深处。夏至时节，夏季的里程行驶过半，天气迅速变得炎热起来，久违的盛夏模式已经开启。

　　夏至，又称夏节、夏至节，为民间"四时八节"之一。"日北至，日长之至，日影短至，故曰夏至。至者，极也。"勤劳智慧的华夏先民，用"立竿见影"的方法测量影子长短与太阳的位置，以此确定节气以及气候变化，用于指导农业生产和日常生活。古时，上至君王、百官，下到布衣百姓，都对夏至节极为重视，有众多的祭祀庆祝活动。

　　高温，是夏至的显著特征。"夏至入头九，羽扇握在手。"气温升高，扇子成了不能离手的避暑用品。小时候的乡下，夏日炎炎，大人、小孩几乎人手一扇，或为蒲扇，或为芭蕉扇。人们在院子里纳凉，间或串门闲谈，扇面如花，摇曳生风，成为乡村一道亮丽的风景。

　　孩提时代，我曾埋怨过，为什么会有汗流浃背的夏天？父亲说，四季皆有时，夏天是生命中最高的温度，没有这个高温，光照不足，庄稼就不会生长，更不会结籽儿，也就不会有遍地金黄、果实累累的秋天。想想也是，夏天的高温让人畏惧，可它的好处也显而易见。事物都具有两面性，须辩证地看待，季节转换，人间冷暖，万事万物皆同理。

夏至时节，繁忙的农事仍在进行。麦子已经收割完毕，插秧成了乡人忙碌的主题。今年干旱少雨，秧季有所延迟。河渠水量匮乏，父亲用两部抽水机，搭配使用长长的塑料水带，方才将宝贵的水抽进地里。周末，我带着孩子回到乡下老家帮父亲插秧。面向白花花的水田，背朝火辣辣的太阳，那一刻我再一次深刻地感受到，生活并不都是充满诗意，岁月的静好，往往是因为有人为你负重前行。作为农民的孩子，农民的辛苦、农村的不易让我刻骨铭心，也让我懂得深深地感恩。

这个时候，老家正处于梅雨时节。酸酸甜甜的梅子，伴随着飘飘洒洒的雨滴，给大地带来难得的清凉和滋润。阴雨绵绵，大人们干不了活儿，孩子们也自由了。摘西瓜、钓鱼、钓龙虾、捉黄鳝，每一样都让我们兴奋不已。当然，我们最喜欢的就是下河游泳。老家水系众多，无处不在的河渠成了孩子们天然的泳池。河水清凉，打水仗、摸螺蛳、挖莲藕，欢笑声声，童年的夏天多彩多姿。

"冬至饺子夏至面"，吃夏至面，是必不可少的节令饮食习俗。新收获的麦子，磨成白花花的面粉，有一股清新的田园气息。勤劳的母亲，用一根自制的擀面杖，将反复揉搓的面团做成宽宽的面条。开水入锅，加入菜园里刚掐的嫩苋菜头，出锅后香喷喷的，韧而弹牙，麦香清甜，我一口气能吃上两大碗。

夏至之时，热情的蝉开始在枝头上鸣叫。老家把蝉叫作知了，小时候母亲曾告诉我，知了是不爱学习的典型，每天总是在树枝上喊着"知了——知了——"，你可千万别学它。于是，我就想着，捉一只知了来教训它一下。可是知了站在高高的枝头，我根本捉不到，只好去捉"知了猴子"——它的幼虫。"知了猴子"藏在树下的泥土里，上面有个小洞，比较容易辨认。捉来后，玩够了，就卖给中药店，换点零钱买糖吃。

　　花开半夏，夏至又至，又闻蝉鸣蛙声，荷香阵阵，美好的时光如梦如幻……

刊于 2020 年 6 月 19 日《重庆法制报》

落叶笺

　　秋深，叶落，一片复一片，于枝头恋恋不舍地落向大地。它们，是树木写给季节的信笺，小小的落叶笺。

　　两个因为空间距离相隔的人，如何取得联系？今人打电话、聊微信、发 QQ，最不济也要发个短信。古人则不同，只能写信。铺一纸素笺，拈一支毛笔，沉吟片刻，落笔成章情感飞扬，清新的墨香之中，期待对方可以见字如面。

　　落叶也一样。它们，从春天里开始出发，二月春风的剪刀裁出一片片嫩叶，热烈的夏天里走向繁华和热烈。及至入秋，绿色渐黄，思想业已成熟，千言万语的酝酿化作一枚枚落叶笺，深情而感恩，跌落在季节的怀抱中，无怨亦无悔。

　　小城的马路边，植有些许菩提子。某一日，我下班回家，见路上一堆金黄，仰望树上，菩提子由青变黄，细长的叶子随风摇落，似一群黄色的蝴蝶。地上落叶，层层叠叠，无人打扫，仿佛躺在信箱里的信笺，静待有人拆封，继而深深阅读和品味。

　　落叶笺，梧桐以为最。"一声梧叶一声秋，一点芭蕉一点愁。"叶落悲秋，芭蕉点愁，曼妙的晚秋，便纵有千种思绪、万般离愁，一片美丽的梧桐叶，也足以背负和承载。倘若有雨，则尤为妙极，疏疏落落的唯美意境里，有古典的浪漫诗意。

　　三两野塘残荷，落叶笺中的水墨丹青。世人皆爱夏日赏荷，菡萏妖娆，荷叶田田，遮天蔽日之下，皆为清凉。秋冬之日，荷塘已老，许多人不愿观看，实则不必。冷风萧萧，瘦了荷塘，枯秆残叶的沧桑，美得沉稳，美得厚重。每一片残荷素笺之上，都写满了岁月的芬芳，或是一段旧日月光下蛙鸣的思念。

　　银杏，落叶笺中之极品。寿州大报恩寺，植于唐贞观年间的两棵银杏，已经一千三百多岁。周末，我去看望它们，仿佛去看望两位老人。它们微笑不语，脚下的落叶笺堆积如山，灿若黄金。我俯首拾起一枚，千年时光一眼望尽，历史的云烟缓缓流动。我，一个孱弱的痴儿后生，读得懂它们。

　　红叶题诗，绝美的落叶笺。唐代书生卢渥，赴京应试时在皇宫附近游玩，得御沟中流出红叶一枚，其上题诗一首。诗曰："流水何太急，深宫尽日闲。殷勤谢红叶，好去到人间。"后卢渥婚配一出宫宫女，正是当年红叶题诗之人。此种良缘，古典浪漫，引来后人无数艳羡。

　　发丝，亦是一种落叶笺。人，不过是行走的树木，头发，自然是身上的枝叶。天冷，树叶飘零，头发也容易脱落。曾经十万烦恼丝，试问今朝剩几根？人到中年，脸上油腻，头上稀疏，秋冬叶落时尤甚。树心有年轮，发丝藏密码，老旧岁月的密码。

　　远山，黄叶簌簌而落，一层又一层。我常常地幻想着，兴许能获一个机缘，在山上搭间草房，每年秋冬小住几日。阳光薄薄地斜射过来，十分欣喜地将那些落叶笺一一捡拾起来，慢慢展开阅读。又或者，想念远方的一个人，给他寄几枚落叶笺，上面没有一个字，亦觉得十分美好。

　　一地的落叶，一地的思念。

刊于 2020 年 11 月 25 日《兰州晚报》

子规声里麦儿黄

　　清晨，在黎明的大幕还未开启之前，勤快的布谷鸟就已经早早地起床，它们舒展轻盈的双翅，飞过透明的天空，飞向广袤的大地，一声声"咕咕"的鸣叫，穿越我们的头顶，水一样流过我们的耳膜。

　　我问母亲，布谷鸟在说什么？"割麦插禾——"母亲笑着答道。说罢，就拿起挂在墙上的镰刀，取出一块长方形的磨刀石，固定在条凳上，用力地磨起来。"磨刀不误砍柴工"，母亲并不着急，直到那把锈迹斑斑的镰刀随着"沙沙"的响声，渐渐变得亮光闪闪。她停了下来，用大拇指轻轻地摸了摸　确认刀口已经足够锋利，方才满意地点点头。

　　我拿了把小镰刀，跟在母亲的后面，来到麦田。

　　那是多么美丽的景象啊！无数的麦田紧紧挨着，连成一个整体，金黄的麦子已经成熟，远远望去，像是一块巨大的毛茸茸的地毯。微风吹来，麦浪阵阵翻滚，几只白色的蝴蝶蹁跹起舞，仿佛海面上的几朵浪花。我被这迷人的景象惊呆了，不禁低下头嗅了嗅，一阵怡人的清香顿时袭来，我知道，那是麦子成熟的气息，是它们特有的香气。

　　我还记得麦子小时候的情景。秋天，一粒粒饱满的麦种，被父亲撒播到田野里，那肥沃的土壤，像是温暖舒适的棉被，让它们躲在温柔的呵护中。一段时间以后，这些小家伙从泥土中醒来，冒出嫩绿的芽儿。经过漫长的冬季，当慈母般的春天微笑而来，它们焕发了新的生机，宛如一个个顽皮的孩子，节节疯长，个头蹿得很高。那一块块翠色欲滴的绿呀，美得让人心醉。

而今，才不过短短数日的工夫，那些绿色怎么就变作一片耀眼的金黄了呢？是哪个神奇的魔法师有如此强大的法力，手指只那么轻轻一挥，一切瞬间变样？太阳已经移到天空正中，热情地投射着万丈光芒，我看了看，突然间明白了。是的，一切都是它的杰作。你看，那麦子的金黄不是源于太阳的颜色吗？那麦芒上闪耀的汁液，不正是来自阳光液体的流淌吗？

母亲像是一台不知疲倦的收割机，在她瘦小的身影之后，一排排麦子整齐而卧。她右手紧握镰刀，左手拢起一束麦子，轻轻俯下身子，用力一割，麦秆就撒欢似的扑倒在地上。那割麦的姿势，熟练而优雅，连同脸颊上滑落的汗珠，一起打湿我的童年，走进我多年以后的梦境。

"田家少闲月，五月人倍忙。夜来南风起，小麦覆陇黄。"往事如流水，倏忽间多少回忆渐渐远去，当布谷声声，麦子再一次黄了的时候，又一季美好的时光即将开始。

刊于 2014 年 5 月 29 日《石家庄日报》

漫步浅秋

　　立秋之后，盘踞一夏的炎热天气渐渐结束。初秋如画，安静而美丽，我更爱叫它浅秋，宛如小溪般清澈透明，在季节里潺潺流淌，充满了无穷的浪漫与诗意。

　　浅秋时节，凉爽的秋风是必不可少的。盛夏之时烈日炎炎，天地间像是一个大蒸笼，可是一旦秋风乍起，一切就不同了。阳光柔和了，小河涟漪层层一片清凉，原本紧缩的心情也如花朵般层层绽放，化作一汪秋水流向远方。秋风，仿佛一台天然的大空调，不消几天的吹拂，便让广袤的天地凉爽宜人，秋意渐浓。

　　要是下点秋雨，就更妙了。好雨知时节，一场痛快淋漓的秋雨，缓解了酷夏的旱情，赶走了难耐的暑热，留下一个清爽的世界。庄稼张着干裂的嘴唇，贪婪地喝着如酒的雨水，池塘里荷叶圆润清水滴滴，雨中的美景引人入胜。"空山新雨后，天气晚来秋。"远处，浣衣的女子归来，溪头竹林处，一片欢歌笑语。

　　浅秋时节，大地处处金黄。稻子熟了，沉甸甸的谷穗黄灿灿的，在秋风中低头含笑，等待着农人的收割。玉米鼓胀胀的，一个个粗壮如孩子的手臂，掰玉米的老人，挎着篮子满载而归。最好看的是那些黄澄澄的豆荚，它们在秋风的深情抚摸下由绿变黄，在山坡，在平地，一大片一大片满是的，夕阳的余晖中映衬出耀眼的金色。

树上的秋天，也演绎着别致的风情。葡萄串串，或紫或红，还有绿色的翡翠和乳白的玛瑙；梨子黄了，香气扑鼻，一个个沉甸甸地挂在枝头，诱惑着嘴馋的孩子们；最为迷人的是那些石榴，红艳似火，咧嘴笑着，露出一口洁白的牙齿。时光流转，树叶变黄，一枚枚的枫叶开始发红，一切青涩走向成熟。秋天的内心，是辽阔而丰足的。

最爱这个时节，听得秋虫二三声。寂寞的荷塘里，聒噪的蛙鸣已经退去，池边柳枝上的寒蝉仍在嘶鸣。这秋蝉的鸣声，低沉而苍凉，整个秋天都跟着深沉起来。暮晚的蟋蟀，在黄昏里弹琴。循着牵牛花的小喇叭，秋天节节上升。头顶的天空，雁鸣声声，抒情的雁阵开始整装待发。这些充满灵性的生物，随着季节的令旗挥师南下，啾啾雁鸣里，抖落一地的乡愁。

转眼四十而立，人生已近浅秋。时间流转，人生四季，童年少年是春天，纯真烂漫而稚嫩；青年如夏天，阳光灿烂激情澎湃；老年似冬天，简朴而沧桑。而中年，则恰如浅秋，思想成熟从容洒脱，岁月的章节里，写满秋高气爽、风轻云淡。

浅秋时节，天空澄澈明净，鸿雁南归，思绪袅袅。经过春天的酝酿、夏天的历练，在收获的秋天，我们变得平静而坚强。岁月静好，往事如昨，多少启迪和感悟伴随着萧瑟的落叶翩翩而至。漫步浅秋人生，云卷云舒花开花落，宠辱不惊忧思两忘，心情恰似那一泓静谧的秋水，诗意柔情地流向季节的深处。

刊于 2019 年 9 月 12 日《人民代表报》

诗意清明节

　　清明，我国农历二十四节气之一，《历书》曰："春分后十五日，斗指丁，为清明，时万物皆洁齐而清明，盖时当气清景明，万物皆显，因此得名。"作为一个被列为国家法定节日的节气，其博大的文化内涵让人深深叹服，充满了无限的诗意。

　　清明的诗意，首先在于它是踏着明媚的春天而来。这个时候，春天真正来临，她像一位慈爱的母亲，用那宽大无私的胸怀，给万物带来朝气蓬勃的生机。天空变得透明而清澈，太阳愈发热情，阳光如橙汁般倾泻下来。大地开始热闹起来，巨大的绿色覆盖了一切。婀娜多姿的柳树舒展着娇嫩的身子，高大的白杨树撑起硕大的伞盖，五颜六色的花朵竞相绽放，就连小草，也都个个露出笑脸，在春风中尽情地舞蹈。

　　春耕春种的如火如荼，是清明的又一诗意。"清明前后，种瓜点豆。"清明时节，气温渐渐升高，雨量增多，正是春耕春种的大好时节。"好雨知时节，当春乃发生。"绵绵的春雨滋润着大地，所有的种子都张大了嘴巴，畅快淋漓地喝饱之后，快速地在春天里奔跑。柳树是清明里最受欢迎的树木，也最容易栽植，房前屋后随意插下那么几支，绿色的春天就会赏心悦目地出现在你的眼前。

清明的诗意，莫过于祭祖扫墓。此时此刻，缅怀先人追忆逝者，是永恒的主题。这是一种流传千年的习俗，淡淡的忧伤里却不乏浓浓的诗意。"清明时节雨纷纷，路上行人欲断魂。"人们在清明节纷纷带着祭品，赶往先人的墓地，满怀恭敬地祭扫。在传统的华夏文化里，死亡并不意味着消失，活着的人可以和他们交流，这种怀念实在是一种伟大的美德，因为它会让死者安息，而生者更加坚强，珍惜眼前的幸福生活。

我们可以出去踏青，吟诵经典的古诗词，诗意满满过清明。春天就像一台晚会，到了清明时节，最精彩的演出全部为我们一一呈现。"千里莺啼绿映红"，此时山清水秀、桃红柳绿，悦耳的鸟鸣划过天空，空气中到处是各种花儿的香味。邀请友人，带上全家，走进大自然之中，让疲惫的身心得以放松，何其洒脱！抑或带上一本书，最好是唐诗宋词，只身一人坐在清明里阅读春天，一片浓情诗意尽收眼底。

如诗似画清明节，一片春光在其中。让我们以此为契机，享受大好春光，感受中华传统文化的精髓，去懂得深深地感恩和珍惜。

刊于 2014 年 4 月 2 日《京郊日报》

清新初夏

骤雨初歇，阳光愈发热情，枝头芳菲方才散尽，转眼间却已是梅杏青青。

季节的转换悄无声息，只那么轻轻地一挥手，春天的列车渐行渐远，夏天悄悄驶来。美丽的初夏，仿佛一位不施粉黛的嫣然女子，清纯而亮丽，从大自然中款款而来，为我们带来一段舒适怡人的梦幻时光。

宋代诗人杨万里在《闲居初夏午睡起》中写道："梅子留酸软齿牙，芭蕉分绿与窗纱。日长睡起无情思，闲看儿童捉柳花。"梅子已经挂果，毕竟没有成熟，还是很酸的，绿色的芭蕉映入窗帘，天日渐长，午睡起来，看着孩子们四处追逐随风飘散的柳絮，煞是有趣。悠悠初夏时光，惬意而自在。

初夏时节，到处都是诗意的绿色。春天的绿是鲜嫩的，就像新长出来的绿茶叶，绿得仿佛可以拧出水来，淡淡的，柔柔的。而初夏的绿色，不淡不柔，不浅不深，没有春天的清浅，也没有盛夏的热烈，一切刚刚好。翠绿的柳树是那么妩媚，婀娜多姿，随风起舞；青青的麦子已经抽穗，饱满的绿那么有层次，那么养眼；疯长的青草，占领了大地和山岗，柔柔地迎风含笑。

清新的初夏，扉页里写满动人的篇章。风，仿佛恋人的手掌，温柔地抚摸着你的脸，令人倍感温馨。雨，不再是淅淅沥沥，而是飘飘洒洒，打着窗外的芭蕉，"沙沙"节奏明快而动听。初夏的花，不再是春天里那般含羞答答，而是开得烂漫，开得舒展，开得洒脱。花香弥漫，空气甜润，一切轻盈明媚，恍然若梦。

初夏的荷塘里，别有一番情趣。"泉眼无声惜细流，树荫照水爱晴柔。小荷才露尖尖角，早有蜻蜓立上头。"荷塘，宛如一个冬天的睡美人，在春天里苏醒，在初夏里开始打扮自己。清清的水面上，新生的荷叶一圈一圈，一支小荷按捺不住自己的热情，早早地露出尖尖的脑袋，却被喜爱它的蜻蜓候个正着。小荷与蜻蜓，就像一对经典的恋人，一年的等待，只为那一瞬间含情脉脉的守候。

初夏之时，枕着幽幽花香入梦，轻盈而美丽。槐花已经如约绽放，朵朵如粉，串串似雪，引人遐想无限。记忆中的乡下，小时候和小伙伴们一起采槐花，让母亲拌上面粉蒸着吃。榴花打着苞儿，一枚枚红红的花骨朵，躲在绿色的叶子中间，好似团团的火焰。它们在向我们宣告，迷人的夏天已经来临，火红的生活诗意而美好。

又闻虫声阵阵，蛙鸣声声，清新浪漫的初夏时光，嫣然一笑，便沉醉了一地如水的月光……

刊于 2017 年 5 月 8 日《皖江晚报》

味蕾上的春天

春回人间，万物萌动。

热情的阳光，深情地抚摸苍茫的大地，柔柔的春风拂过，所有的种子都睁开惺忪的睡眼，在雨水的滋润下，欢快地生长发芽。在田野，在枝头，青的草，绿的叶，都争先恐后地探出一个个嫩嫩的小脑袋。

春天把温暖和绿色带给我们，而众多的时令鲜蔬也随之而来，在我们跳动的味蕾上，演绎着别致的春天。

春上舌尖，韭菜不可或缺。"夜雨剪春韭"，韭菜，实在是一种平凡而迷人的百姓之蔬。它朝沐春光，夜饮春雨，汲取这个季节得天独厚的精华，把自己出落得亭亭玉立，绿意盎然而盈盈含笑。正如一位娴静的女子，温柔而婉约地站立着，等待伊人的到来。韭菜最宜炒食，与青椒、蛋类、肉类同炒皆可，鲜嫩爽脆，清香氤氲，实为春日必备之家常小炒。

荠菜，是嗅着春天的气息而来的。宋代词人辛弃疾有词云："城中桃李愁风雨，春在溪头荠菜花。"是的，荠菜作为一种越冬植物，尘封在白雪皑皑的冬天里几乎看不见，待到春风乍起，只温柔地那么一吹，就会绽放自己亮丽的容颜。在溪头，在河畔，在原野里，清灵灵、绿油油的荠菜，密密麻麻一大片一大片的。

开花的荠菜太老，不宜食用，首选那些个儿大无花的，叶子肥硕而丰满，又很鲜嫩。荠菜吃法很多，或凉拌，或清炒，或做成饺子、包子，那特有的清香扑鼻而来，吃在嘴里，口齿生香，留在胃里，妥帖踏实。这是一种来自春天里和泥土深处的纯粹味道。

香椿是春天的又一种美味。香椿树并不太好看，树皮黝黑粗糙，可它的叶子却美得迷人。春姑娘来临的时候，那些高大的枝丫上，新生的叶芽嫩绿中透着紫红，散发出一股类似兰花的幽幽香味。香椿营养丰富，食来风味独特，具有一定的食疗作用。我尤其爱吃，乡下母亲的院子里有两棵香椿树，每年春天我总会回老家解馋，香椿炒鸡蛋、香椿炒竹笋、香椿拌豆腐，都是她老人家的拿手菜。

"寒随一夜去，春逐五更来。"当林木返绿，鲜花绽放，一片鸟鸣划过蔚蓝的天空，走出家门，采摘点春天的野菜鲜蔬，在我们的舌尖上感受季节转换的美妙、春天的多彩与宽容慈爱，也别有一番滋味。

刊于 2012 年 4 月 20 日《精神文明报》

霜冷晚秋

一场冷冷的白霜之后，秋天，开始变得深邃起来。

霜降，是秋天的最后一站。从立秋开始，到霜降结束，秋天的列车徐徐前进，它给我们带来一个沉甸甸的金秋，让我们以微笑面对收获，而今它的背影，穿行在古老的农历里，渐渐远去。

夜晚，寒意阵阵，洁白的霜花缀满了窗户，一轮秋月似水，凉凉的月光下，大地一片静寂。清晨，晨光熹微，走在林荫道上，无边落木萧萧，地上的枯草残叶已为白霜凝结，轻轻地踩在上面，一片咯吱作响。

广袤的田野，也失去了金秋的盛装。早稻早已收割完毕，大片大片的灿烂金黄不复存在，空荡荡的原野之中，偶见一抹绿色，那是未收获的晚稻。远处，一畦畦的土地上，有人正在忙着采收红薯，一个个硕大鲜红的红薯，里面贮藏着晚秋的甜美。秋种已经开始，勤劳的农人开着旋耕机翻开土地，轰隆隆的忙碌声中，一粒粒麦子被迅速播种。绿色的希望，就这样再一次躺在泥土的怀抱里，等待明年的灿烂回归。

晚秋时节，树上也演绎着别致的季节风情。这时候的树木，虽然没有春天的明媚灿烂，也没有夏天的浓妆艳抹，却删繁就简，像是一幅返璞归真的书法作品，简约而大气，充满极致之美。落日余晖之中，微风拂过，漫天的黄叶簌簌而坠，蝴蝶般飞舞的美妙意境里，尽是浓浓的秋意。

有一种树叶是最能够代表秋天的，那便是枫叶。"停车坐爱枫林晚，霜叶红于二月花。"经霜的枫叶，红艳似火，美丽赛花，难怪晚唐才子杜牧也会为之动情，惊诧于它如诗般的亮丽了。

在晚秋，柿子是这个季节的压轴之果实。"霜降摘柿子，立冬打软枣。"一枚枚的柿子，红彤彤、亮闪闪的，高高地挂在落光了叶子的枝头上，宛若一盏盏明亮的红灯笼，照亮了晚秋的天空。小小的柿子，饱满而圆润，恰似一个大大的句点，为即将离去的整个秋天画上一个完美的句号。剥开柿子咬上一口，甜蜜而多汁，香甜馥郁的气味里，秋天的迷人滋味涌上舌尖，氤氲弥漫。

落霜之后，充满诗意的荷塘别有一番景象。接天的莲叶不见了，娇美的荷花不见了，有的只是一池枯荷残叶，尽显苍凉之美。

我爱初夏的小荷初绽，爱盛夏的荷叶田田，也爱晚秋的瘦弱枯荷。"秋阴不散霜飞晚，留得枯荷听雨声。"多情的李商隐，最是懂得欣赏枯荷之美。一株株残荷，卷曲着枯黄的叶子，匍匐在深秋的湖面，如果再来上几滴秋雨，沙沙叮咚其上，可不就是一首经典唯美的古诗，一幅写意的水墨中国画？

霜冷晚秋，可我的内心却依然是温热的。慈母般的秋天给了我们太多，在寒流到来之前，秋天的美丽与丰饶还是那样迷人，令人如痴如醉。

刊于 2014 年 10 月 14 日《江淮时报》

第二辑

灯
火
可
亲

　　我们就像两棵曾经伫立在春天里的
小树，风起的时候，偶尔枝柯碰撞，在
尘世里相遇，只那么倏忽间，便断然分
开，然后各自生活在自己的阳光雨露
中，从此就没有了交集。

父亲写的散文诗

　　第一次听到许飞的歌《父亲写的散文诗》，我禁不住泪流满面。歌曲中的父亲，慈爱而温暖，贫穷的日子里，他用日记的形式记录了女儿成长的点点滴滴。时光带走了父亲的青春，父爱的记忆却得以永存，许飞深情的抒唱娓娓道来，为我们讲述父亲那段光阴的故事。

　　我的父亲，是一位勤劳朴实的农民。父亲生于20世纪50年代，正赶上缺吃少穿的年代。父亲是家里的长子，下面有弟妹六人。那个时候，爷爷长年在外，奶奶一个人拉扯着七个孩子，生活异常艰苦。贫困的生活让父亲早早地懂事了，作为大哥，年幼的他便帮着奶奶做活，还要照顾更小的弟弟妹妹们。农忙时割麦插秧，闲时侍弄牲口。

　　父亲上过两年学。他聪明好学，读书刻苦，深受老师们的喜爱。有一次，父亲干完农活去上学，迟到了，严厉的语文老师让他站在窗户外面听课。老师讲课完毕，向班里学生提问题，没人能够答得出来。父亲站在窗外，正确地回答了问题，受到老师的赞赏。可是，父亲还是辍学了。他既要帮助奶奶干活，又要照顾弟弟妹妹，老师几次三番到家里做工作，见到他手里拉着大的，身上背着小的，也只能无奈地摇头叹息。

辍学后的父亲，逐渐成了家里的主要劳动力。那时候，没有机器，耕地全靠人力和畜力。夏忙时节，天刚蒙蒙亮，父亲便扛着犁铧赶着老牛，迎着湿漉漉的雾水出发了。犁田耙地，割麦插秧，打场晒谷，凭着一股不服输的劲儿，父亲的农活磨炼得样样精通。

父亲生育了我们兄妹三人。小时候，家里很穷，父亲竭尽所能地让孩子们吃饱。夏天，父亲用鱼叉在河里抓鱼，自制钓钩和笼子在沟渠里捉黄鳝；秋天，下河挖莲藕、采鸡头，变着法子改善全家人的生活。家里没有钱，父亲却经常赊肉给我们吃。幼时，我经常听见父亲对母亲说："孩子们正在长身体，得加强营养，要经常买肉给他们吃，欠的账咱慢慢还。"得益于父亲的坚持，孩子们都很健康，个头比村里同龄人高出不少。

不善言辞的父亲，不会说大道理，却有着深深的父爱。父亲很严厉，平日里不苟言笑，也不会轻易表达什么。十二岁那年，我在学校里和别人打架，自己腿受了伤。父亲拉着我，跑到对方家里道歉，狠狠地批评了我。在他的观念里，不管别人对错，先要从自己身上找原因。回来的路上，看着我一瘸一拐地走着，父亲跟在后面心疼得掉泪，慌忙到村里的小商店里买来零食安慰我。

一生土里刨食的父亲，对生活却无所怨言，充满知足和感恩。初中毕业那年，成绩优异的我，放弃高中选择了中等师范学校。看着众多的同学走进高中为大学梦而奋斗拼搏，我常常自怨自艾。父亲说，教书育人是神圣的职业，你虽然没有上大学，却能成为一名光荣的人民教师，咱家几代人务农，现在出了个教书先生，还有什么不知足的呢？

在时光的岸边，日子花开花落，转眼间我们长大成人，父亲却渐渐老了。他依然清瘦，头发却已经花白，因为常年风吹日晒而黝黑粗糙的手上青筋纵横，宛如一棵被岁月磨砺的老树。接近古稀之年的父亲，仍然坚守在他心爱的土地上，仿佛一只守时的候鸟，在四季里飞翔，在二十四节气里穿梭，传统的农活一样都没落下。

老实说，对于父亲，我常常有着深深的愧疚。孩提时的夏天，乡村的小院子中，我曾经躺在父亲的怀抱里，一边数星星，一边向父亲保证，长大后让他享福，给他买最好的烟酒。我没能兑现自己的承诺，在城里参加工作、娶妻、生子，整日为冗繁的琐事所累，一年到头，根本回不了几次老家。父亲仍旧在乡下，田地里种稻米，菜园中摘果蔬，笼子里养鸡鸭，生活完全自给自足。而我，工资微薄，开销巨大，房贷、车贷，还要抚养两个孩子，几乎没有给过他一分钱。

小学二年级文化水平的父亲，不会写日记，更不知道什么是散文诗，可是在我心中，他却是实实在在的作家。他用一生的光阴，在故乡贫瘠的土地上写作，而孩子们，就是他最好的作品。

刊于 2020 年 6 月 15 日《石家庄日报》

儿时的中秋节

　　秋风渐起，大雁南归，季节的转换总是那么悄无声息，转眼又是一个三五月明之夜。

　　天气晴朗，凉风袭人，如水的夜空，一轮皎洁的明月早已高高地挂在苍穹，澄澈明净，仿佛为了过节，有人用清水悄悄地洗濯过。鞭炮声此起彼伏，路边，一群孩子拿着一些易拉罐制作的火球，小鸟般兴奋地奔跑着，身后洒落串串银铃似的笑声。我跟在三岁的女儿后面，目睹此情此景，飘飞的思绪穿越时空，回到了自己儿时的中秋节……

　　"大人忙种田，小孩盼过节。"那些贫困的年代，平日里缺吃少穿，每逢过节，小孩子们才有机会得到些新衣服和食品，自然格外高兴。这一天，我们全家都起得很早，母亲从鸡笼里抓出一只肥肥的大公鸡，我知道晚上就有香喷喷的鸡腿吃了。父亲在集市上买来果脯、花生、冰糖等原料，请村里的师傅打月饼。我和妹妹坐在一个大水缸中，在门前的池塘里，边唱歌边翻采红红的菱角。而调皮的弟弟，早已爬上屋后那几棵高大的果树，准备着诱人的水果，扁扁的柿子、黄澄澄的香梨、咧开嘴的石榴、紫红紫红的葡萄……

　　夜幕悄悄降临，一阵雾霭升起，给宁静的乡村披上一层朦胧的薄纱。远处渐有零星的鞭炮声响起，继而由远及近，噼噼啪啪地连成一片，我们家也开始放炮过节了。因为有些雾气，月光不算亮，但是大家的心情都很好。不大的小院里，一张八仙桌上摆满了丰盛的晚餐。尽管我们馋得直流口水，但是母亲不许我们吃，因为要先祭拜月亮娘娘。母亲搬来一张小桌子，挑了些食物和水果放在上面，然后毕恭毕敬地面对月亮，带领我们焚香祭拜，祈求家人安康，生活幸福。

　　夜色渐浓，一阵狼吞虎咽之后，我和弟妹们慌忙放下碗筷，一手拿着月饼，一手搭在肩上，扛着长长的火把，飞也似的出门去了。走过屋后，向西边拐弯，有一片面积很大的稻田，前些天刚刚收割完，正好可以尽情地玩火把。村里那些性急的小伙伴们早就到了，空旷的原野里，火光冲天，一支支火把犹如一条条长长的火龙，在阵阵欢笑声中肆意舞动。我们赶紧加入队伍当中，火光映红了一张张天真可爱的小脸，田里的稻茬和枯草，烧得哔哔啵啵地作响。

　　玩过火把，我们开始"摸秋"了。所谓"摸秋"，是指中秋之夜，只要是成熟的瓜果梨桃，不论是谁家的，都可以随意摸点儿。按照家乡风俗，这样不但不算偷，而且还得到鼓励，据说晚上如果没有"摸秋"，空手而归，是非常不吉利的。得了如此机会，孩子们自然不会放过，东家的瓜，西家的枣，谁家的个儿大，都在什么位置，大家很早就打探好了，摸起来自然得心应手。夜色深深，疯玩了半个晚上的我们，总是满载而归。

　　"年年岁岁花相似，岁岁年年人不同"，沁人心脾的三秋桂子再度开放，月亮还是一如当年般圆润晶亮，而月光下玩耍的孩子，却在一茬茬地变化。望着眼前仍然在欢呼雀跃的女儿，我知道尽管自己童年已逝，往事不再，但是儿时的中秋节却依然历历在目，永远停留在记忆的最深处。

刊于 2013 年 9 月 16 日《三门峡日报》

毕业纪念册里的流年

　　又是一年毕业季，盛夏的校园里，到处弥漫着依依惜别的思绪。

　　栀子花开的时节，像一群迁徙的候鸟一样，同学们为了心中的理想，终究风流云散，各自飞向外面更广阔的天空。每每这时候，我就会翻开一本泛黄的毕业纪念册，在冥想和回忆里，细数着那段美好的青春时光。

　　那年，十七岁的我就读于一所中等师范学校。临近毕业，大家既紧张兴奋又恋恋不舍，兴奋的是毕业后即将参加工作，成为一名光荣的人民教师，不舍的是相聚三年的兄弟姐妹马上就要分别。也难怪，三年了，从一张张陌生的面孔到彼此熟悉的笑脸，这份感情谁又能轻易割舍？

　　那天下午，拍完毕业照之后，班主任给我们每人分发了一本毕业纪念册。纪念册是学校统一印制的，封面上是美丽的校园风景，里面是一张张彩色的纸页，厚厚的一大本，很是精美。

　　拿着毕业纪念册，我首先来到了班主任的办公室。班主任是个年近六旬的瘦小老头，须发皆白，很有些仙风道骨。三年来，在我们眼里，他就像个慈父，全班四十多个人在他的教导下，一个个都成为合格的人民教师。班主任年轻时也是个才子，稍作沉吟，便提笔在纪念册的扉页上留下了热情洋溢的文字，那一份祝福让我感动至今。

最让我感动的，是我的同桌良子。他是我最好的朋友，也是难得的知己，我俩相约毕业后一边工作，一边考研继续深造。临别之际，此君洋洋洒洒，在我的毕业纪念册上写下了好几页心里话，多是相互激励的文字，至今读来，仍然让人动情。后来他考研成功，成为一所名牌大学的研究生，而我则由于种种原因不得不放弃，实为人生一大憾事。

一位女同学的留言引起了我的注意。那时候，我钟情于文学，整日风花雪月摆弄文字，大量的诗歌散文见诸报端，是学校有名的校园诗人。后来听同学说有很多纯情女生仰慕我，可惜那时的我少不更事，胆子也小，整天泡在图书馆里，错过了很多浪漫情事。这位女生在我的毕业纪念册里足足用了六页纸，倾诉对我的思念，其言辞之恳切，语言之柔情，现在读来还让我觉得心潮澎湃。可是毕业在即，我们又无感情基础，终究辜负了佳人的一番美意。

总铭记青春时光，更难忘绿意同窗。学生时代是纯洁的，一本尘封多年的毕业纪念册里，多少难忘的往事起起落落。那里镌刻着曾经的青春岁月，述说着光阴的故事，每一次的回首，都会唤起无数的美好以及深深的感动。

刊于 2020 年 9 月 4 日《江苏教育报》

梨香满故园

　　秋风吹来，果实飘香。这个时候，太阳开始变得温柔起来，金色的阳光照在树枝上，梨子发出金黄灿烂的光芒。季节的轮回转换带来生命成熟的喜悦，经过一个夏天的漫长生长，在秋风的轻轻抚摸下，一个个沉甸甸的梨子挂满枝头。

　　梨子，你只要稍微想一想它的前世今生，就会觉得诗意动人。春天，梨花胜雪，一簇簇一丛丛，在蜂蝶嗡嗡的枝头，仿佛从唐诗宋词里走出的古典女子，一袭白衣袅袅婷婷，尽情地绽放着自己亮丽的容颜。而不过短短的几天，她们便脱下粉白的盛装，好似变戏法似的，成了弹丸大小的梨蛋子。梨园风起，枝柯摇曳，这些小梨蛋子，宛如顽皮嬉笑的孩子，在林间枝头随风打闹，最后搭乘秋风的马车，长成圆滚滚黄澄澄的梨子。

　　少时顽皮，暮春之时，梨子才刚刚结出小梨蛋子，我就急不可待地去观看。母亲告诉我，这些梨崽子不能用手摸，摸了它会生气，然后落下，一个秋天的大梨子就白白糟蹋了。及至盛夏，梨子越长越大，变得拳头般大小，我馋极了，偷偷摘下一个，一口咬下去，又苦又涩的滋味儿在嘴里肆意弥漫，难受得直吐舌头。想来，花开皆有时，果子的成熟，亦非朝日之功，在岁月的深处，正是辛勤努力的慢慢积累，方有收获的迷人甜美。

　　故乡的酥梨极有名。寿州八公山，是汉代淮南王刘安炼丹的地方，乡人爱梨，漫山遍野广植梨树。春天梨花似海，金秋硕果累累，满树满树的梨子压弯了枝头。许是沾了八公的仙气吧，那里的梨子个大形正，皮薄汁多，甘甜如蜜，深受人们欢迎。细细品尝，酥软的梨肉入口即化，清甜的汁水缓缓渗入五脏六腑，清爽怡人。

　　还记得儿时，跟着大人一起摘梨子的情景。盼望着，盼望着，秋天到了，梨子由青变黄，到了采摘收获的季节。父亲抬着竹筐，母亲挎着篮子，我蹦蹦跳跳地跟在后面。来到果园，仿佛置身于童话般的世界，大大小小的树上都是摇摇晃晃的梨子。那棵最大的梨树，是爷爷小时候所植，虽然已是几十岁的高龄，可仍然枝繁叶茂、子孙满堂。那时候，我爱看热播的电视剧《西游记》，总是把这棵大梨树，幻想成里面镇元大仙的"人参果"树，而那些迎风含笑的梨子，就是一个个笑哈哈的人参娃娃果。

　　每一朵梨花，都会积极向上，努力成为一个梨子；每一个梨子，都是梨花涅槃后的重生，里面藏着梨花的精魂。轻抚梨子，嗅其迷人之香气，观其硕大之体态，轻轻咬上一口，春天的梨花落英缤纷，秋天的梨园就在眼前。这氤氲在时光里的芬芳，是大自然的慷慨馈赠，贮藏了经年岁月的味道。

　　秋天回到老家，梨树仍在，父母却已是两鬓染霜。一个晴朗的下午，我们一家三代人去摘梨子，一篮篮，一筐筐，丰收的梨子写满秋的华章。吃着甜美的梨子，望着日渐苍老的父母，我突然意识到，他们就是两棵扎根于家园的老梨树，而这么多年，我是一个在城市里漂泊流浪的梨子，望着故乡的方向，时时渴望回到春天的梨树上，重新做回一朵小小的梨花。

刊于 2020 年 9 月 7 日《彭城晚报》

相遇少年时

　　那天，我正在办公室伏案写材料。突然，一个熟悉的声音传过来："这不是我的老同学吗？"我吃了一惊，与她四目相对，半晌，竟无语凝噎。

　　老实说，这次偶然的重逢，让我始料未及。这不是我想要的时刻，我还没有来得及做好任何思想准备。在内心深处，我曾经模拟过成百上千次我们之间突然的邂逅，一如电影里的经典桥段，在某个特定的时间和地点，浪漫而唯美。

　　还记得那年，十七岁，如花似梦的年龄，带着少年的懵懂和满脑子的七彩梦幻，第一次离开父母的怀抱，来到县城的师范学校读书。九月的校园里，飒爽的秋风不时吹过，一大群青春的少年，在最美的年华蝴蝶般飞来飞去，在菁菁校园里相遇。

　　我和她也就这样相遇。那时候，我是校文学社社长，主编校文学期刊，又是学校足球队主力队员，颇受女生青睐。可是我的爱情却如同冬天的梅花，似乎总是来得很迟，直到她的出现。事实上，我一直在关注她。一个短短的马尾辫，梳着长长的刘海，一袭白底带浅蓝格子的长裙，青涩的脸上洋溢着自信的微笑。

　　那天晚自习，我们终于说话了。她坐在我后边，我扭转头，仿佛微风轻拂的海浪，两颗年轻的心有了浅浅的碰撞。谈话的内容已记不清了，大概是关于学习。她娓娓道来，我侧耳倾听，甜美的声音，温柔芳香的气息，让我漂泊的心找到停泊的港湾。

可是我终究没有勇气向她表白。我的懦弱来自家庭，兄弟姐妹众多，年迈的父母整日劳作在贫瘠的土地上，微薄的收入几乎全部用来供养孩子们读书，家里早已负债累累。穿着地摊上淘来的廉价衣服，清瘦猥琐地站在她面前的时候，我时常感到自己像一只自卑的鸵鸟，把头深深地埋在时光的沙堆里而不能自拔。

我不再理她，因为我知道，除了贫穷，我不能给她任何幸福。整个整个下午，我把自己泡在图书馆里，胡乱地翻着书，然后在稿纸上写下一行又一行的忧伤。周末，没有回家的同学都在忙着约会，而我却在学校那个长满野草的足球场上，狠狠地发泄着自己内心的郁闷。

荷花再次开放的时候，我们毕业了。看着班里修成正果的情侣夫妻双双把家还，我脆弱而敏感的心跌落到谷底。毕业了，要回老家了，我能给她什么呢？我年幼的妹妹，还在等着我赶紧上班赚钱给她们交学费呢！面对我的伤感，上铺的好兄弟拍了拍我的肩膀，在毕业纪念册上写道："爱情，是有钱人的游戏；寂寞，让你如此美丽！"那一刻，我泪流满面。

一年后，一个下雨的星期天，在另一座城市，我们偶然相遇。她美丽依旧，我落寞依然。我们没有说话，她偷看了我一眼，幽怨的眼神似乎闪着泪光。

如今，她的孩子已读初三，我也成了两个孩子的父亲。她在省城一所重点学校里教书，我在老家的小县城里上班。我们就像两棵曾经伫立在春天里的小树，风起的时候，偶尔枝柯碰撞，在尘世里相遇，只那么倏忽间，便断然分开，然后各自生活在自己的阳光雨露中，从此就没有了交集。

是谁说过，相濡以沫，不如相忘于江湖。是的，相遇少年之时，在最好的年华，曾经想过念过，淡淡地忧伤过，即便没有深爱，回望青春岁月，也足以让人怀念。

刊于 2018 年 1 月 11 日《东南早报》

当你老了

偶尔听到一首歌《当你老了》："当你老了／头发白了／睡意昏沉／当你老了／走不动了／炉火旁打盹儿／回忆青春……"歌手赵照低沉舒缓的声音，那么富于穿透力，顷刻间，我流泪了，为歌声所感染，为母亲而感动。

赵照的母亲，是一位平凡的母亲，也是一位伟大的母亲。为了心中的音乐梦想，很多年前，年轻的赵照离开家在外面闯荡，许久都不曾回过家，见到母亲的机会少之又少。但他的母亲没有抱怨，有的只是对儿子事业的默默支持。节目的现场，赵照的母亲被请来，当着母亲的面，赵照深情地唱着，用自己的歌表达了对母亲的感恩。母亲潸然泪下，那是幸福而骄傲的眼泪。

我想起了我的母亲，一位勤劳朴实的乡下劳动妇女。母亲身材不算高大，但是干起农活却像个男人，耕地、播种、插秧、收割，样样精通。小时候，父亲身体不好，母亲一个人长年劳作在十几亩的土地上，从没有喊过苦叫过累。母亲生育了三个孩子，日子艰难的年代，她总是想办法让我们吃饱穿暖，把最好的留给孩子们。长年的超负荷劳动，母亲落下了一身疾病，她忍着病痛，供养孩子们读书。她经常教育我们，人穷志不短，读书要争气，不能偷懒落后。

　　每个人都有母亲，每一个母亲都会给予子女母爱，这是人类最为高尚纯洁的感情。怀胎十月，母亲小心翼翼地呵护着我们，生怕有半点闪失。一朝分娩，母亲忍着阵痛，喜极而泣，用生命的乳汁耐心地哺育孩子。从咿呀学语到步入学堂，从吃饭穿衣到外出求学，母亲无时无刻不在照顾着我们，奉献最深的母爱。学生时代，她牵挂我们的学习成绩；参加工作了，她教我们多做实事、搞好人际关系，她为我们的婚姻选择而发愁，她为我们自己孩子的教育而焦虑。

　　天底下最无私的、最不需要回报的，就是母爱。冬去春来，年复一年，我们早已习惯于母亲的关爱，心安理得地享受着母爱的各种福利。隔三岔五回家蹭饭，临走时还要带上鸡蛋、大米、蔬菜等土特产。结婚买房子，她给你凑首付；你想买车子，她也张罗着借钱；甚至你有了孩子，她也接过去，心甘情愿地做个全职保姆，为你照顾下一代，让你安心工作。总想着，孝敬母亲早着呢，等我升了职，等我发了财……

　　可是，孝心不能等，突然间你发现，母亲老了！她头发白了，眼睛塌陷，满脸的皱纹，仿佛一棵经年的老树。青春不再，容颜易逝，如果母亲生病有个三长两短，子欲养而亲不待，留给我们的，只能是无尽的思念和追悔。所以，趁着母亲健在，趁着大好时光，孝顺母亲，刻不容缓。

　　母亲，当你老了，别怕，有我默默地陪伴在你的身旁，就像儿时，你默默地跟在我身旁一样。

刊于 2020 年 8 月 14 日《安顺日报》

婚姻这张试卷

　　有时候，我就在想，人世间纷纷扰扰的婚姻，又何尝不是一张试卷？

　　婚姻这张试卷，判断题首先登场。无论男人还是女人，面对心仪的对象都要作出判断，他（她）是什么样的性格？有哪些优点和缺点？我们之间合适吗？结婚之后，家长里短，夫妻琐事，甚至是矛盾纠纷，判断题几乎无处不在。判断对了，情投意合感情和睦，无往不利；判断错误，立马失分，积怨聚少成多，为以后的婚姻破裂埋下伏笔。

　　选择题是常见题型。判断之后，往往就会产生选择，茫茫人海中，你选择了他（她）而不是另一个人，这本身就是人生中的最大一个选择。至于婚后，从谁做家务到谁接送孩子上学，从家里谁掌管经济大权到结婚十周年要不要浪漫一下，都充满了选择。选择好了，家庭幸福、夫妻情深，婚姻生活如鱼得水；选择错了，两人就会磕磕碰碰，婚姻亮起红灯。

　　填空题必不可少。任何一张试卷中，填空题万来考查的都是最基础的知识。因此，能不能做好婚姻中的填空题，是这张试卷你能否得高分的关键。他（她）不在家，你该做些什么？在他（她）的家人和朋友面前，你该如何为他（她）挣面子？某个场合，当他（她）无语，却用一种期待的眼神看着你时，你是否懂得了其中的含义？这一个个空白都需要你去用心填好。其实这道题得分并不难，关键是需要长期的细心、恒久的耐心。

简答题出现了。对于大多数已经磨合得差不多的夫妻来说，这种题型得分率较高。他（她）有哪些爱好？最喜欢吃什么菜？他（她）的好朋友都有哪些？他（她）发火的时候，你该怎么做？这些题目的答案，你多半已烂熟于心，早已能够对答如流。

最后一道是论述题。此种属于拔高性题型，完全开放式，没有固定答案。人生数十年，婚姻生活伴随大半生，每个人答这道题都会有不尽相同的答案。答题时往往要结合自身婚姻实际，对自己的婚姻予以总结，写出有一定深度的独特感悟。那些虽平平淡淡没有独创性，却能够一生相守的，也是容易得高分的。

婚姻这张试卷，就像当年上学时一样，我们都不可避免地要去做一做。不能统一进考场，答题也有先有后，每个人面对的题型一致，题目却不一样，根本无法抄袭。若想取得好成绩，只有一个办法——用一颗包含着忍耐、宽容、体贴和爱的真心，穷其一生去认真作答。

刊于 2012 年 2 月 26 日《广州日报》

每个孩子都是天使

那年，我到一个偏远的乡村支教。

学校的地理位置偏僻，被称作当地的"西伯利亚"。从小镇上出发，沿着一条狭窄的黄土路，七拐八弯，直到周围几乎荒无人烟，只有几间破旧的青砖瓦房孤零零地立在那里，能够看到院子里飘荡着的国旗，那便是学校。

校长是个五十多岁的瘦小老头，一阵寒暄之后，热情地向我介绍起学校的一些情况。虽然条件比我想象的还要艰苦，带着年轻人特有的激情，我还是安顿了下来，准备奉献自己的热血青春。

一切按部就班，我很快融入了新的教学生活。一个阳光灿烂的星期五下午，送走了学生，我正和同事们聊天，享受这难得的片刻安逸。突然，办公室闯进了一位老妇人，挎着竹篮的手，还牵着一个孩子。那孩子八九岁的样子，斜着身子，眼睛向上翻，小嘴也歪着。一看，就知道是个智障儿童。

还没等我们开口，老妇人便"扑通"一声跪下，眼泪汪汪地说："求求你们收下这个可怜的孩子！"校长慌忙走过去，从地上扶起她，说："大嫂，别这样，有话好好说。"

老人不肯起来，经过大家的反复劝说，才勉强站起身，抹一把眼泪，诉说起事情的来由。原来，这孩子是老人的孙子，先天智力低下，如今九岁了还没上学。看到周围小伙伴们每天背着书包来来去去，孩子也想上学。可是，农村没有特教学校，普通学校不收智障儿童。祖孙俩跑了一整天，没有一所学校答应要他。

听完老人的遭遇，大家颇为同情，但是，学校也确实没有收过这类孩子的先例，能教得怎么样是个问题，搞得不好，还会影响其他学生的正常学习。同事们面面相觑，无言以对。望着老人泪眼婆娑的样子，半晌，校长作出了决定，先收留着看看。

老人受宠若惊，慌忙拿出篮子里的鸡蛋，要分发给大家表示感谢。校长说："大嫂别多心，孩子我们尽最大能力教他，鸡蛋就不要了。"老人过意不去，执意要给。校长说："你再给，我们就不收这孩子了！"这么一说，老人方才罢手，几次三番的千恩万谢之后，高兴地走了。

孩子进了我带的班级，因为我接手的是一年级。

老实说，我最初的情绪也是皱眉头。我没有这样的经历，更谈不上什么经验。万一带出个什么事儿，更是不好说，可想到自己来支教时的誓言，只好勉为其难了。

那孩子的确不省心。上课的时候，他时而站着，时而跑出座位。我跟他说话，他也不大明白。有时候，他甚至满校园乱跑，从一个教室溜向另一个教室，我只好一次次地把他找回来。

困难面前，我没有放弃，尝试着与他沟通。慢慢地，奇迹发生了。他开始能听懂我的话，也能说出一些简单的词语和句子。有一天，我正在办公室批改作业，他来了，交给我一个作业本。我打开一看，里面居然是我今天布置给其他学生的作业！他做了，而且大部分正确！

我兴奋不已，抚摸着他的头说："孩子，你进步了。"他的小脸绽开了红晕，羞涩地说："谢谢老师！"

　　一年的支教生活很快结束了，我带着依依不舍的心情离开了学校和那个孩子。

　　很多时候，我常常想，其实每一个孩子都是天使，只要我们懂得接纳，并投入耐心，不抛弃不放弃，他们早晚都能在自己的天空里翱翔！

　　　　　　　　　　　　　　刊于 2012 年 5 月 31 日《教育导报》

十八岁的借条

十八岁那年，我闯了一个大祸。

事情源于我班的一位同学。男生宿舍楼里，按照学校的管理，一年级新生住在二楼，我们二年级的则在一楼。那天，有个一年级学生在洗完脚后，随手往楼下倒了一盆脏水。说来也巧，水不偏不倚，正好落在我的那个同学身上。同学被淋了个"冷水澡"，火气很大，碰巧那家伙也很蛮横，一来二去，两个人打了起来。

后来的结果是我同学吃了亏。那家伙是北方人，人高马大的，我同学身材瘦小，实力悬殊。看着鼻青脸肿的同学，一帮哥们儿义愤填膺，迅速召开了讨论会。大伙儿你一言我一语，最后一致决定——教训一下低年级的小学弟。理由是，高年级的师兄惹不起，可不能叫新来的小师弟骑在咱头上。

后果相当严重。或许是因为年轻气盛，也或许是被繁重的学习压抑太久，最后双方演变为两个班级打群架，对方那个惹事的同学被打伤，宿舍楼的公共财物也损失惨重，玻璃、门窗、桌椅、床等物品损毁颇多。

学校的处分决定很快出来了。根据所犯"罪行"的严重程度，肇事者分别被处以留校察看、记过、警告等处分，每人罚款三百元，用于赔偿被毁坏的公物。受罚的人中，自然包括我。

老实说，我多少有点儿冤。理智告诉我，这件事情不应该去做。那天我并不想去，也极不赞同这种以武力处理问题的方式。可是，当看着全班所有的男生都出动时，我还是去了。作为一个嘴上已经长满胡须的男子汉，我害怕他们嘲笑我胆小、没种。

这个处分让十八岁的我寝食难安。从小到大，我一直是品学兼优的"优等生"，邻居眼中艳羡的"别人家的好孩子"，父母心中的骄傲。尤其是那三百元，可是我两个月的生活费啊！

犹豫良久，我还是硬着头皮回到了乡下老家。

那是个阳光灿烂的星期天，可我的心情一点儿也灿烂不起来。走到村口，有熟悉的乡亲朝我打招呼："大学生回来啦！"我强作欢颜，勉强应对。终于挪到了家门口，几间破旧的草房里，小狗"旺旺"亲热地迎了出来。家里没有人，这会儿，父母应该在地里干活。

村西边的坡地里，父亲正赶着那头老黄牛犁田，母亲弯着腰，握着一把铁锹，吃力地开着墒沟。看到我回来，母亲喜形于色："儿子回来啦！"我点点头，苦涩地笑笑。父亲停住了犁，树皮般苍老的脸上露出疑惑："咦，这个月的生活费不是回来讨过了吗？"

我羞愧难当，脸立马红到了脖子根儿，口里支支吾吾，说不出个所以然。看到这情况，父亲表情严肃，默不作声，母亲赶紧拍拍我，说："孩子，啥事啊？别急，咱好好说……"

巨大的压力面前，打小不会说谎的我，还是老老实实说出了一切。我低着头，不敢正眼看父亲，他是这个家的顶梁柱，向来以严厉著称。在这个贫穷的村子里，我们兄妹几个都能够上学，得益于他的全力支持和严格管教。

没有人说话，空气沉闷得可怕。半晌儿，只听见父亲缓缓地说："你知道，你们兄妹几个读书，全家的担子都在我一个人身上。你的生活费我每月按时供给已很不容易，现在你已经十八岁了，应该懂得为自己的行为负责。这个钱我不能给你，但是可以借给你，你还必须打个借条。家里没有现钱，下午我和你妈拉一车稻子去镇上卖。"

父亲的话让我无地自容，他说得句句在理。是的，我已经十八岁了，必须为自己的行为买单。我含着泪花打了借条，第二天返回了学校。

毕业后，我应聘到一家著名的外企工作。第一个月发工资后，我请假回到了乡下老家。昏黄的灯光下，父亲从一个厚厚的木箱子里面，找出那张发黄的借条："孩子，你理解我的良苦用心了吗？咱家的负担重，为了能把你们教育成人，我才用这种方法激励你。希望你不要怪我。现在你出息了，它也没用了。"说着，就要撕那张借条。

我早已泪流满面，哽咽着说："不，爸爸，它有用。这张借条我要好好地保存着，它是我受用一生的财富啊！"说罢，我长跪地上，给父亲磕了个响头。

刊于 2020 年 6 月 25 日《贵州政协报》

秋风吹来枣儿香

　　秋风好像一个神奇的魔法师，只那么呼啦啦一吹，大地便是一片耀眼的金黄。果实累累的树上，也飘起了诱人的香味，枣儿成熟的季节到了。

　　金秋的乡村，到处是枣儿的海洋。漫步在集市上，每一个水果摊上都有新鲜的枣儿，长枣、圆枣、葫芦枣、鸡心枣、马牙枣……一簇簇一堆堆，红红的颜色像是跳动的火焰，惹人眼球。

　　走进村庄，随处可见挂果的枣树，细长的叶子中间，沉甸甸的枣儿点缀其间。它们有的半青半红，那种新鲜和娇嫩，宛如孩子的娃娃脸，秋风拂过，在树枝上蹦蹦跳跳，仿佛能够听到顽皮的笑声；有的已经熟透，通体红透，好似一个个喝醉了酒的汉子，躲在枝头上酣睡；还有的随风掉落到地上，远远望去，满地耀眼的红。

　　记得小时候，香甜的枣儿是我的最爱。老屋后面有两棵枣树，一棵是爷爷栽的，枝繁叶茂很是高大，粗壮的身子让我抱不过来；另一棵是父亲栽的，树龄不大，却也已经挂果。夏天的时候，枣树上结满了米粒大的果子，我便急不可待地去观看。一天天过去，枣儿渐渐生长，从小到大，由青到红，到了最后，终于成熟了。站在树下，一眼望去，满树红艳如火，秋风阵阵，一股特有的枣香味氤氲弥漫。

打枣子开始了。父亲拿着长竹竿，我挎着篮子，全家一起来到枣树下打枣子。父亲用竹竿伸向枝头，用力地一阵敲打，地上便下起了一场"枣雨"。母亲赶紧往篮子里捡，我最是心急，刚想挑个最大的尝尝鲜，又一阵"枣雨"落在头上，砸得我抱头逃窜。枣子打到最后，只剩下树梢上的一些，父亲的竹竿派不上用场了。我抱着大树，一口气爬到树顶，使劲地晃动着枝梢，那些又大又红的枣子便成了我们的囊中之物。

记忆中，父亲总是会在树梢尖儿上留下一些枣子。这些枣子，高高地挂在枣树的上方，最先接受阳光雨露的滋润，硕大而红艳，宛如村庄上空闪闪的小红灯笼。我觉得可惜，父亲却不以为意，说："枣儿这样的果子不是粮食，不需要像稻子那样颗粒归仓。秋天，留一些枣儿在树上面，既好看，也能给孩子们留一些念想。"多年以后，我慢慢明白了这话的含义，懂得感恩，索取有度，方能长久享受岁月的恩赐。

枣子营养丰富，颇受人们青睐。老人们说："日食三枣，青春不老。"小孩子们不懂其中的道理，也不管它，打下的枣儿，成了我们最爱的零食。我喜欢生食，咬在嘴里，甜蜜香脆，慢慢咀嚼，味道好极了。也可以煮熟了来吃，香甜绵软，易于消化。勤快的母亲，把枣儿去核捣碎，加入面粉等，做成枣泥糕，好吃而滋补。

今秋回到老家，枣树仍在，密密麻麻的枣儿满院飘香。女儿吃着枣儿，高兴地说："这里的枣儿又大又甜！"我说："可不是吗，而且它没有公害，真正的纯天然绿色食品。"临走时，母亲挑些好的给我们带了一大包，一颗颗一粒粒，里面贮藏了秋天的味道，还有沉甸甸的亲情。

刊于 2019 年 9 月 1 日《遂宁日报》

为母亲写诗

　　这些年，像一只飞向远方的小鸟，我离开母亲，总是不在她的身边。每年五月，当母亲节来临，心中想念远在乡下的母亲，恨不得立马飞回她的身旁，可是往往由于工作繁忙等原因，经常不能如愿。

　　我是个生性内向，不善言辞的人。每次给母亲打电话，心里想说，妈妈，我爱你。但是如此简单的几个字，却让我一次次难以说出口。记得小时候，我躺在母亲的怀抱里，经常对着她这样说，可是如今却为什么说不出口呢？放下电话，我决定写点东西，表达自己对母亲的爱，或许，一首诗最能寄托我的无尽情感。

　　是的，母爱是一首诗。"慈母手中线，游子身上衣。临行密密缝，意恐迟迟归。谁言寸草心，报得三春晖！"古往今来，"母亲"都是一个极其温暖的词汇，母爱都是人们最纯洁美好的感情，每一位母亲，都让人肃然起敬。我写不出唐代诗人孟郊那样的千古名句，但是我想，我希望表达的对母亲的感恩之情，不会有丝毫逊色之处。这种感情，穿越千百年的历史云烟，一代代传承，至今未变。

　　我拨通了电话，把自己写的诗歌念给母亲听。母亲虽不识字，但是她听得很认真，一贯喜欢唠叨的她，竟然默默听了很长时间。良久，母亲才说，孩子，有些东西我听不懂，可我能够感觉到你的赞美，只是我想告诉你，其实我没有你说的那么好，天底下所有的母亲都是一样的。

母亲说她很平凡很普通，但是在我眼中，她却是个伟大而慈爱的母亲。母亲出生在生活困难的年代，从小过着颠沛流离的生活，吃了不少苦。小时候，父亲长年在外，母亲一个人带着三个孩子，靠着几亩薄田度日。缺吃少穿的年代，她勤奋地劳作，精细地过日子，几乎凭借一己之力把孩子们抚养成人。

去年母亲节，我抽空赶回乡下老家。来到家门口，却发现大门紧锁，前前后后找不到人。邻居告诉我，母亲在地里干活。我赶到地里，母亲正赤着脚，蹲在水田里插秧。母亲已经年近古稀，却仍然在干着繁重的农活，劳动，几乎是她一生的生存姿态。望着白花花的水田，我突然想到，其实母亲才是诗人，一个真正的乡土诗人，那一行行青青的秧苗，以及她一生为之牵挂的孩子们，不就是她最杰出的诗行吗？

前几天，我打电话给母亲，说今年又不能回家看她了，但我会继续给她写诗。母亲说她不在乎什么母亲节，可是她喜欢我的诗歌。还说几天前，村里小学的王老师在报纸上看到我的诗歌，拿来读给她听，她为此很是骄傲。

我明白了，对于母亲来说，一个节日并不重要，只要能够听到孩子的声音，只要知道他们在牵挂着自己，每一年她的心情都会美丽如诗，每一天都是快乐的母亲节。

刊于 2013 年 5 月 6 日《太原晚报》

月光如酒的中秋夜

当最后一班汽车从县城到达小镇上的时候，天已经黑了。

一切都黯淡下来，我拖着疲惫的身体，跨出车门，望了望黑幽幽的四周，叹了口气。

我在县城的师范学校读书，今天是中秋节，学校放假，我回家过节，顺便讨取下个月的生活费。

小镇没有路灯，借着人家屋里星星点点的灯光，我疾步穿过那条唯一的街道。走出最北边的小桥，向西拐个弯，就可以通向我们村了。

村路极其难走，弯弯曲曲的，昨天又刚落了层雨，全是湿湿滑滑的泥泞路。好在今夜天气晴好，一轮亮汪汪的圆月从旁边的枝头升起来，像是一盏高高悬挂的明灯，为夜行之人照着回家的路。

路两边都是稻田，地里还有一些正在干活的农民。借着月光，打着手电，他们像辛勤的蚂蚁一般，三三两两地移动着，推着小推车往返于村庄与稻田之间，运送割下的一捆一捆稻子。

噼噼啪啪的鞭炮声开始响起来，声音由远及近，从疏到密，连成一片。若隐若现的村庄周围，可以看见一些烟火，那是顽皮的孩子们在外面玩火把。火把慢慢变多，一点点的火光渐渐变成团团的火焰，最后形成一条条空中飞舞的火龙，伴随孩子们的阵阵笑声，穿越小小的村落。

我加快了脚步，越来越浓的节日气氛鼓励着我，我要赶快回家过节。

父亲不在家，母亲抚摸着我的头，心疼地责怪道，我早已杀了一只大公鸡，你怎么回来这么晚？我饿极了，顾不上与她多说话，便扑在桌子上，一顿风卷残云，大吃起来。

吃过饭，母亲拿出几块月饼和糖馍，说你爸在晒谷场打稻子，还没有吃饭，你给他送去，先垫一垫。

晒谷场在村子里的一条小河边，我迎着月光，快步跑到那里。父亲正手拿鞭子，赶着一头拖着石磙的老黄牛，在月光下打稻子。

听到我的声音，父亲喝停了牛，和我一起坐在石磙上吃月饼。我说，爸，饿了吧？他接过月饼，笑笑，说不饿，你能回来过节最好。

我吃着月饼，说可惜现在没有酒，不然咱爷俩干一杯。父亲望着如水的月光，说你看现在的月色多美，就像酒一样，月光下咱俩吃月饼，好啊！我笑了，父亲也笑了。

那一年，我十六岁，那个月光如酒的中秋夜，是如此的温馨和美好，永远停留在我年少的记忆里。

刊于 2012 年 9 月 25 日印尼《千岛日报》

师爱是一盏明灯

七岁那年，我终于上学了。

出生在偏僻落后的村庄，那里人多地少、交通不便，乡人生活异常贫困。我家孩子众多，老实巴交、面朝黄土背朝天的父母，一年到头在地里田间勤苦地劳作，孩子们却还是吃不饱饭。我排行老大，按说是要待在家里帮助父母干活的，还算识几个字的父亲说，孩子到了该上学的年龄，不能老是这个样子，去上学吧。

于是，九月阳光灿烂的一天，穿过阡陌纵横的田间，踩着村里唯一一条像样的土路，我和几个小伙伴一道儿，高高兴兴地上学了。学校不大，南北两排破瓦房围起的院子里，几棵矮矮的松树，在阳光的映衬下，散发着绿油油的光芒。相对于村民们横七竖八的土坯房子，这儿，已经算是村里最好的建筑了。

那时候，小学是五年学制。老师一共有五个，一到五年级每班一个，包班教授所有的课。教我们一年级新生的，是学校的校长，一个干瘪消瘦的老头，花白的头发，细小而有神的眼睛里，透露着一种睿智和慈爱。他很喜欢我，摸摸我的脑袋，考了几个简单的问题后，当场收下我这个学生。我也很争气，脑子好使又很勤奋，一段时间下来，成了班里成绩最好的学生。

但是，我也有让他感到无奈的时候。因为家里劳力不够，课余时间我必须帮着父母干活，隔三岔五地迟到。别看老师平时和蔼可亲，可教学上却对我们要求非常严格。按照班级管理规定，迟到学生不准进教室，我只好站在门口听课。他严肃而爱怜地看着我，一边细心讲课，一边随着教学进程时不时向我提问，我认真地一一作答，他满意地点点头。

有一次，父母都到地里干活去了，我做完家务正准备上学，两个幼小的妹妹哇哇大哭，非要跟我一块儿去学校不可。可是，大人们都不在，谁来照顾她们呢？思来想去，我只好背起小的，拉着大的，三个人一起去上学。两个小妹妹实在顽皮，常常在教室里上蹿下跳，我带着她们根本无法听课，父母又没时间照料，几次三番下来，我只得含泪辍学。

老师见我几天都没去上学，在一个细雨蒙蒙的星期天，踩着泥泞来家访。听父母说完情况后，他说："我理解你们家的困难，但是孩子终归要上学的，而且这孩子聪明好学，是个好苗子，不能糟蹋了。"在他的一再劝解下，父母终于答应，把妹妹送给外婆照看，让我继续去上学。那一刻，我低着头，再一次泪如雨下。

初中毕业后，成绩优异的我，放弃了县城的重点高中，选择了师范学校。我知道，上师范意味着以后要做一名教师，而这，正是我心里最为向往的。这么多年，我的那位小学老师，就像是一盏明灯照耀着我，激励着我奋进，使我拥有一颗感恩的心，懂得什么是奉献，什么是爱和无私。

从师范学校毕业后，我回到了儿时的学校任教。昔日破旧的瓦房已变成三层高的教学楼，当年亲爱的老师已经退休。我接过他的教鞭，沿着他走过的足迹，手捧一颗红心，面对讲台下同样求知若渴的孩子们，奉献自己的青春岁月。

时光荏苒，屈指算来，我参加工作已经二十年了。期间，先后任教于两所小学和一所初中，直到进入县教育局工作。虽然远离了教学一线，但是一直未曾离开教育岗位，我的人生已经与教育融为一体。

师爱是一盏明灯，从学生到老师，这种伟大而无私的爱，将会沿着时光的脚步一代代传承下去，照亮每一个孩子前行的路。

刊于 2019 年 9 月 1 日《新安晚报》

父亲的端午

端午节到了，父亲开始忙碌起来。

地里的麦子已经熟透了，远远望去，大片大片耀眼的金黄，宛如身穿黄金甲的士兵，让人赏心悦目。父亲是这群士兵的最高统帅，弯弯的小镰刀加上大收割机，不消两天工夫，军队检阅完毕，所有的麦子颗粒归仓。

翻地、抽水、施肥料还有平整田地，这一道道工序，在父亲的手里游刃有余。一切准备就绪，白花花的水田里，只待插秧时刻的来临。

黎明的曙光初现，勤快的布谷鸟发出第一声鸣叫，父亲开始起床，去地里拔秧。秧苗在那里培育，现在到了拔出移栽的时候。父亲坐在育秧田的秧马上，手脚麻利地拔秧。那匹秧马是他自己做的，由木头制成，两头尖尖，人坐在中间，好像骑在马上，所以叫作"秧马"。

秧苗拔得足够的时候，就开始插秧了。父亲是村里有名的插秧好手，虽已年过六旬，可是一般年轻人还是不如他。头戴一顶草帽，脖子上搭着条毛巾，父亲一手拿秧，一手插秧，一行行地快速来回移动着。那娴熟的技术，就像是钢琴家在琴键上弹奏乐曲，行云流水的节奏，让人叹为观止。

插秧的间隙里，父亲开始准备过节。

艾草和菖蒲是现成的，村庄周围到处都是。父亲把它们采来，插在家的大门口。我问父亲，为什么门口要放这些东西，他笑着说这是老祖宗的传统，家家户户都要做的，可以保平安的。

包粽子是必须的。原料都是自家产的，绝对是有机食品，绿色健康。糯米是刚碾的，枣子是去年秋天院子里树上结的，猪肉是自己家圈养的本地黑毛猪，纯粮食喂养，香着呢。至于粽叶，也并不需要去买，屋后小河边的芦苇丛里，那一片片绿油油的青青苇叶，早已是秀色可餐。

炸点心是父亲的一大绝活，也是我们家端午节的保留节目。菜籽油是自家产的，放上一个大铁锅，在旺火上烧沸腾。点心的主原料是面粉、糯米和糖，有长长的油条、圆圆的糖糕，还有糯米做成的黏糍粑。我最喜欢吃的是菜角子，中间扁扁的，两头尖尖的，形似弯月，里面有鸡蛋韭菜馅，好吃极了。父亲告诉我，从前生活困难，油和面都紧张，舍不得每年端午节都炸点心，现在生活好了，啥时候想吃都行。

这就是父亲，一个中国标本似的农民，几十年如一日地固守在自己的土地和家园里。父亲的端午节，紧张而忙碌，却充满了乡村生活的浓浓诗意。

刊于 2019 年 6 月 8 日《中国应急管理报》

带着家的味道出发

正月新春，乡村的年味依然浓郁，在周围噼里啪啦的鞭炮声中，我们依依不舍地告别父母，踏上了返程的汽车。

今年的春节很有意义，在乡下过了个团圆年。腊月二十六，我带着妻子和女儿返回老家，圆了久违的陪父母过年梦。以往春节，不是工作繁忙就是春运车票难买，每每到了年三十，还没有赶回老家，电话里父母的叹息声让我愧疚不已。今年终于回来过年了，从城市里一头扎进乡村的怀抱，处处尽是醉人的亲情气息。

返城前一天晚上，母亲一直忙碌到半夜，为我们收拾东西。咸肉和腊肠是我最爱吃的，母亲准备得最多，一块块一串串，很是诱人。母亲一边打包一边说："你小时候就爱吃我做的咸物，除了咸肉和腊肠，还有咸鸡、咸鸭和干鱼，都带一点回去。"父亲给我准备了一袋大米，我说："爸，这个城里不缺，别麻烦了。"父亲笑着说："这米是我自己种的，没有农药，纯绿色的，城里可买不到。"

想想以前在城里过年，我们一家三口总是出去游玩，今年在乡下，年里年外都待在家里，虽然不是很热闹，却让人倍感温馨。大年三十，一家三代人，老老少少在一起团聚，祝福的酒杯端起来，快乐的笑声不断，家的感觉愈发亲切。吃罢年夜饭，母亲和妻子包饺子，我和父亲聊天，女儿放烟花，各得其乐。在城里住久了的妻子说："还是乡下的年有味道，明年还回来过年。"

　　美好的日子总是过得很快，一转眼到了返程的时间。母亲起了个大早，怕吵醒我们，不声不响地为我们准备饭菜。看到满桌的菜肴，我说："妈，早晨还烧那么多菜干吗？再说，这段时间大吃大喝，我们也不馋。"母亲说："你们就要走了，我弄点好吃的。"说着，眼角已经泛出了泪光。我赶紧安慰她，答应明年春节还回来，她才破涕为笑了。

　　镇上的车站里，返程的人们熙熙攘攘。有在乡下过年的城里人，有出门打工的青壮年，他们大包小包，行李里沉甸甸的，有家乡的米、面、油，也有咸鸡、咸鸭和腊肉，那是老家的土特产，更是亲情的味道。接下来的几天里，在各地大大小小的城市中，这份浓浓的乡情，将穿越悠悠千里，维系着无尽的乡愁。

　　汽车缓缓而行，父母挥着手，两旁熟悉的景物次第后退。我坐在车里，感到有些不舍，却也有一种难以言说的振奋，因为无论终点是哪里，只要带着家的味道出发，就会拥有坚定向上的无穷力量。

刊于 2014 年 2 月 15 日《农民日报》

那些好编辑

编辑与作者的关系，是互为依存的鱼水关系。没有编辑，作者的稿子无从发表；离开了作者这个稿源，编辑也是"巧妇难为无米之炊"。默默无闻的编辑们，为他人作嫁衣，不辞辛苦地看稿、改稿，能够帮助作者提高写作水平，实在是作者之幸。写稿这么多年，写作的道路上一路走来，想起那些好编辑的点点滴滴，着实让我感动。

读初中的时候，爱好文学的我喜欢写写画画，课余时间，写了一些稚嫩的诗歌和散文。有一次，我大着胆子把自己新写的一首小诗投给了一本中学生杂志。一段时间后，我收到了编辑老师的回信。这是一封退稿信，但是写得很委婉，说我文笔不错，鼓励我再接再厉。一接到退稿信，我很失望，因为那是我当时感觉很得意的一篇作品。可是读完信件，我立马转悲为喜。编辑老师的鼓励让我很振奋，我没有气馁，继续写作，不断投稿。终于，我的处女作发表了，捧着印有自己名字的样刊，我的心里高兴极了。

初学写作那几年，我喜欢搜集发表有自己作品的样报。闲暇的时候，看着自己的文章变成铅字登在报纸上，兴奋而自豪。可是，由于人手紧张等原因，大部分报纸都不给作者寄送样报。有一回某国字号大报发表了我的一篇散文，这让我很是激动，便千方百计地寻找样报。我在报亭没买到，又托人寻找，也一样未果。正当着急之际，快递员找到我，说有我的一份快递。我打开一看，又惊又喜，里面正是自己梦寐以求的样报，而且还是好几份！编辑给我寄样报，邮局平邮怕丢，所以用快递，如此良苦用心，让人为之动容。

前段时间，我接到了一位编辑的电话。我与这位编辑从未谋面，却神交已久，在他的手里发过不少稿子。我以为他是打电话与我聊聊，谁知却被他劈头盖脸地骂了一顿。细问原委，他才说今天刚用了我的一篇作品就被别人举报说抄袭，问我为什么会这样。我很委屈，立马给他解释，说那是我的原创作品，而且我从未当过文抄公。过了一会儿，他又打来电话，说已经仔细核实过，是他轻信了别人，不存在抄袭的问题，并且诚恳地向我道歉，希望我以后继续投稿支持。这位编辑非常敬业，对文贼疾恶如仇，知错就改，令人钦佩。

这些年，与文字结缘，与编辑打交道，他们对工作的认真负责、对作者的体贴入微，使人印象深刻。有的编辑对于作者的投稿回复非常及时，用与不用、好与不好，一清二楚，不让作者着急；有的编辑善于改稿，一篇本来不合适的稿子，经过他的"剪裁"与修改后，发表在版面上，让作者惊喜连连；还有的编辑经常通过电话、QQ等方式，与作者讨论稿件，帮助其理解报刊用稿风格。有一次，我发现自己的稿子发表在北京的一家报纸上，可是作者名字署错了，正在狐疑之时，接到了编辑的致歉电话。还有一些编辑，从别的报刊转载我的稿子，千方百计打听到我的地址，寄来稿费和样刊样报，给人意外之喜。

好编辑是作者的好老师和好伙伴，他们与作者很少谋面，却借着文字相互温暖。记者节来临之际，我要深深地祝福他们，因为他们虽然默默无闻地处在媒体背后，却也是当之无愧的"无冕之王"。

刊于 2019 年 11 月 11 日《新安晚报》

流浪的蒲公英

　　母亲从乡下来，带给我一个大大的塑料袋。打开一看，里面是一大包干制的野生植物。母亲说，这是蒲公英，听说它能清热解毒，预防疾病，特意挖了些许，晒干后上锅炒制，做成了蒲公英茶，你可以在办公室里慢慢喝。

　　于是想起，儿时那熟悉亲切的蒲公英。乡村，是野生植物的天堂。春天来了，雨水渐渐丰沛起来，小小的青草开始冒尖儿，植物的叶子水灵灵、鲜嫩嫩，各种知名的和不知名的花朵竞相开放。孩提时代，我喜欢在乡野里玩耍，时而掐片叶子、拈朵小花，时而追蜂逐蝶。尤其喜欢蒲公英，喜欢这种开着黄色小花的美丽植物。

　　蒲公英其实很好辨认。比荠菜宽大，波状齿的叶子，长长的茎干上，顶着一朵曼妙的花朵，像是一把小黄伞。进入秋天，果实成熟，小黄伞变成了小白伞，柔软轻盈，呼之欲出。随手摘了来，放在嘴边轻轻一吹，一枚枚小伞在空中随风起舞，连同儿时的青涩梦想，一起浪迹天涯。

　　旧时的乡下，母亲常常打发我挖蒲公英喂鹅。阳春四月，春和景明。挎着篮子，手拿小铲子，村里的小伙伴们一起浩浩荡荡地出发了。汲取了充足的雨水，植物变得异常繁茂，田间地头，随处可见硕大深绿的蒲公英和它们那特有的黄色小花，不消一会儿工夫，大家便满载而归。

春天的小鹅崽，刚孵出不久，崭新的淡黄色羽毛，仿佛一个个毛茸茸的球儿。母亲把新鲜的蒲公英切碎，拌上饲料，放在盘子里，兴奋的小鹅崽们便蜂拥而上，抖动着圆滚滚的身子，大口大口地抢食。或许是吸取了蒲公英的丰富营养，小鹅崽羽翼渐丰，从春天里出发，在季节的深处渐渐长大。

我常常想，做一棵蒲公英该有多好！蒲公英，从不选择环境而生存，荒郊野外，地里田间，抑或坡上沟旁，都可以见到它亮丽的身影。即使环境恶劣，它也从不抱怨，不和小草争雨露，不与百花争阳光，默默地生长着，静待属于自己的生命绽放。直到某一天，成熟的种子开始飞翔，带着梦想，走遍世界的各个角落。蒲公英，是一种执着于梦想的灵性植物。

这么一大包蒲公英茶，应该有好几斤。它穿越田野、沟渠、湖泊以及一百多里的距离，穿越曾经的岁月，来到城里，进入我的杯子里，再一次与我相遇。蜗居小城后，母亲依然在乡下。她说，住不惯城里的鸟笼式的高层建筑，在乡下好，空气新鲜，自由自在。我可以想象，年老的母亲，挎着篮子，佝偻着老弱的身子，在春天的地头遍地寻找，只因为她听说这东西可能对她儿子有好处。蒲公英的心，是一颗平凡却伟大的慈母之心啊！

我突然间觉得，我就是一棵流浪的蒲公英。从乡村到城市，从懵懂无知的童年到成熟稳重的中年，一直在不停地飞呀飞，却始终飞不出故乡，飞不出母亲那颗柔软慈爱之心。

刊于 2020 年 4 月 19 日《羊城晚报》

夜空中最亮的星

　　流萤从故乡的草地上钻出，提着一盏盏小小的灯笼点缀大地的时候，七夕就到了。

　　小时候，我并不知道什么是七夕节，却是异常神往。大人们说，每年的农历七月初七，是天上牛郎织女相会的日子，这一天晚上，只要躲在葡萄架下，就能听到他们久别重逢的话语。懵懂无知的孩提时代，根本不知道爱情为何物，强烈的好奇心，让我天还没黑，就早早地来到菜园里的葡萄架下偷偷等候。

　　时值初秋，凉风阵阵，葡萄藤蔓摇曳，或绿或紫的串串葡萄掩映其间，让人垂涎欲滴。我等了好久，牛郎织女的情话没听着，却独自享受了一下水果盛宴，牙齿酸得连豆窝都咬不动了。

　　后来又有人告诉我，七夕晌午时分，在西瓜地里放上一盆水，可以在水盆里看到牛郎织女相会的身影。这个传说诱惑挺大，身着七色彩衣的织女，忠厚痴情的牛郎，能亲眼看一下这样的神仙眷侣，想想都让人激动。可是又说，如果真的看到了，眼睛就会永远瞎了。忌惮于这样严重的后果，顽皮的我终究未敢尝试，只能在脑海里奢侈地想象一下两位仙人相会时的浪漫情景。想来也是，人仙有别，此等惊天地传千古的爱情，凡夫俗子或许只能默默仰望。

　　中学时代学习英语，知道了西方有个情人节，与中国的七夕仔细比较，高下立判。西方的情人节又称圣瓦伦丁节，源于基督教徒瓦伦丁被迫害入狱，与典狱长女儿相恋的故事。这样的爱情固然可歌可泣，却远没有中国的七夕节感人。毫无疑问，这种超越朝朝暮暮的精神坚守，更有动人的力量。西方的情人是泛指，不管结婚与否，只要两情相悦即可。中国的七夕有特定的对象，牛郎织女可是在老牛的见证下结了婚的，这样的情人只能是一对，是一种从一而终、不离不弃的永久守候。

　　少时家贫，亦不识爱情。情窦初开的年纪，菁菁校园，青春的气息氤氲弥漫。看到高年级的学长手捧红红的玫瑰，我们班的"班花"作小鸟依人状依偎在身边，刚刚课余兼职回来的同桌，拍了拍落寞的我，说兄弟别羡慕了，这个月的生活费你挣够了没有，爱情，那可是有钱人的游戏。

　　在时光的岸边，日子如同秋草，青了又枯黄。二十八岁那年，有一位乡下女孩，没有嫌弃我的贫穷，执手与我走进婚姻的殿堂。那时候，我在一所乡村学校里当老师，每月微薄的工资除了生活开销所剩无几，是名副其实的"月光族"。蜗居于破旧的老房子里，我唉声叹气自责不已，妻子柔情地安慰："不要急，咱俩慢慢奋斗。"刹那间，从不哭泣的我，一头扑在妻子怀里泪眼婆娑。

　　有一天，我下班回来，在小区的空地上，看到一对白发苍苍的老年夫妻。妻子坐在轮椅上，丈夫在后面推着，他自己的脚已经行动不便，但是仍然小心翼翼地挪动着，以便能够跟上手里的轮椅。两人不时交流，时而低声聊天，时而相视一笑，在他们的前面，一轮温暖的夕阳悬挂在天边。那一刻，我看到了爱情真正的样子。

　　岁月潮起潮落，恍然间已近不惑之年。这些年，在生活的海洋里，我一路辗转腾挪，在城里有了自己的家，还有了可爱的女儿和儿子。晚饭过后，一家四口漫步在橘红色的晚霞里，两个孩子跑在前面嬉闹，我和妻子在后面跟着。我突然间明白，爱是需要相互扶持和陪伴的，世俗的生活，人间的烟火气，本身就是人生最大的乐趣。

今夕又七夕，此时此刻，所有相濡以沫的世间有情人，都是夜空中最亮的星。

刊于 2019 年 8 月 7 日《中国应急管理报》

母亲，一盏守候在家中的灯

有这么一个故事——

一位单亲妈妈，几十年如一日，独自含辛茹苦地将幼小的儿子拉扯成人。儿子娶了媳妇，受了老婆的唆使，逐渐嫌弃起年老体衰的母亲。某一天早上，儿子早早地起床，背起瘦骨嶙峋的老母亲，意欲抛弃在荒无人烟的山林里。

清晨的第一道阳光穿过树林，一切静悄悄的，唯有肩上老母亲的轻声抽泣。一路上，儿子每走一步，母亲便折下一根树枝，丢在地上。儿子感到十分奇怪，于是问娘为什么要这样做。

母亲停止了哭泣，转而充满着怜爱的微笑，说："为了能让你认识回家的路。"

这个熙熙攘攘的世界上，带你而来，甚而临死，还对你恋恋不舍不能放下的，唯有母亲。褓褓里，啼哭的我们不知道感激；成年后，独立的我们又常常烦恼她的唠叨。母亲的心，我一直未能读懂，直到自己也有了孩子，应了那句老话——"养儿才知报娘恩"。

我的母亲，是位勤劳朴实的乡下妇女。她不识字，却是我人生最珍贵的一本教科书。童年的时候，家里穷，不多的几件衣服老大穿了老二穿，全凭母亲的一双巧手改来改去。为了能让孩子们吃饱，榆钱、槐花、野荠菜……经过她的变戏法似的加工，都成了孩子们垂涎的美餐。

记忆中，只要一个孩子没有回到家，母亲就会点着灯等我们。有一天，我放学后在外面玩过了头，回家已是深夜。本以为母亲早已睡下，却远远地望着家里的灯还亮着，她还在边做针线活儿边等我。母亲常常说，灯就是家，有灯就有希望，为你照亮回家的路。

黑塞说，每一条道路都通往母亲。不论你身处何时何地，每个人的心灵深处，都会不时回荡着一种来自母亲的声音，轻唤着你回家，沿着那条最初的路。

刊于 2010 年 5 月 5 日《山西晚报》

人生路上四棵树

三月，春风送暖阳光明媚，植树的大好季节到了。看着周围人们忙于植树的热闹场景，我想起了记忆中那几棵难忘的树。

七岁的那年春天，爷爷在我家院子里栽下了一棵枣树。我问爷爷，这么小的树能做什么？爷爷笑着说，这是枣树，人说"日食三枣，青春不老"，将来挂了果，可好吃了。

我很高兴，天天去看枣树，经常给它浇水。几年后，枣树终于挂果了，红彤彤的枣子让人眼馋。不幸的是，那年夏天爷爷就因病去世了，没能尝到自己劳动的果实。我很喜欢这棵枣树，把它叫作"亲情树"，每次看到它，吃着甜蜜的枣子，就会想起爷爷那慈祥的笑容。

那年，临近小学毕业，我和好朋友大明一起在后山上种了一棵"友谊树"。大明是我最好的朋友，我俩同年同月同日生，从小一块儿玩到大，可谓死党。我们一起捅马蜂窝，一起偷邻居家的西瓜吃，一起去河里游泳、抓鱼，一起因为迟到而被老师罚站。

有一回开学，我交不起学费，大明偷偷地从家里的鸡窝里抱出正在生蛋的老母鸡，在集市上换了钱给我交学费。后来，因为疏于管理，那棵"友谊树"不幸夭折，可是我们的友谊，却越来越深厚。

　　谈恋爱那会儿，我和女友爱得山盟海誓、海枯石烂。有一年春天，我正在家中写作，她突然跑进来，抓起我的手就往郊外走。原来，春天到了，生性浪漫的她，希望与我共同种下一棵"爱情树"。

　　我也很兴奋，买来树苗，我挖坑，她浇水。在两人默契的合作下，一棵载满爱情的小树在春天里迎风含笑。后来，女友成了妻子，我们还没忘记那棵树，有空就去看一看。

　　前些年的一个植树节，女儿回家告诉我，幼儿园老师说今天是植树节，要每个小朋友都种一棵树。我表示支持，当即找来树苗，带上工具，陪着小家伙去郊外植树。

　　春风柔柔，大地青青，父女俩栽的树如今已经生机勃勃。看着女儿开心的神情，我仿佛看到了面前有一棵参天大树，枝繁叶茂，鸟鸣阵阵……

　　人生路上，友情也好，爱情也罢，最终都会转化为亲情，回首往事，那些亲情之树让人感动，使人倍感珍惜。

　　又逢三月，慈母般的春天来临，种下一棵树吧，你会发现，绿树浓荫的生活，原来如此诗意而美好。

刊于 2019 年 3 月 12 日《三江都市报》

田埂上的儿童节

八岁那年，我读小学二年级。

一天，老师在课堂上说，今天是"六一"儿童节，是孩子们自己的节日，下午放半天假，希望同学们开心快乐。这是我第一次听说有儿童节这回事，高兴得不得了，心里想着，要是爸爸妈妈能够给我一个愉快的儿童节，该有多好啊！

可是我知道，这一切只能是痴心妄想。父母都是农民，那个生活困难的年代里，他们上有常年卧病在床的爷爷奶奶，下有三个孩子，一家人全靠几亩薄田度日。两个妹妹还小，不太懂事，家中只有我一个小孩子知道儿童节。

但是我很清楚，没有人会为我过节，沉重的田间劳作已经让父母变得烦躁麻木而冷漠。

时值插秧时节，乡村进入一年之中最为忙碌的时候。放学回到家里，我赶紧生火做饭。父母都在水田里插秧，为了赶时间，往往来不及回家做饭，我必须为他们减轻负担。午饭十分简单，米饭搭配炒土豆丝，一家人吃得很香。

下午不用上学了，我便跟着父母，来到田里插秧。其实父母也是心疼我的，母亲不让我插秧，只让我帮他们运送秧苗。可是我愿意学着插秧，他们干活的艰辛与不易，我看在眼里，疼在心里。我学得很快，虽然个头很小，可是干活一点儿也不含糊，动作迅速，手脚麻利，得到父亲的夸奖。

我们争分夺秒地插秧，白花花的水田渐渐变绿。接近傍晚时分，一大块地终于成了秧苗青青的秧田。父亲很高兴，取出一个牛皮纸包裹的东西给我，说："孩子，你辛苦了，爸爸没本事，让你受累了。我知道今天是儿童节，这里有两个煮鸡蛋给你吃。"

母亲告诉我，那是父亲中午悄悄煮的，舍不得吃，要给我增加营养呢。

那一刻，我泪流满面。

我原以为，不识字的父母是不知道儿童节的，就算知道，他们也不会对我有任何表示。那个物质贫乏的年代，人们缺吃少穿的，并不在乎什么节日不节日的，何况对于小孩子！看着父亲的儿童节礼物，我心里暖暖的。

很多年过去了，我已经成为两个孩子的父亲。生活条件好了，每年儿童节，我和妻子都会为孩子们隆重庆祝一番。每次儿童节，看着孩子们快乐的神情，听着他们幸福的笑声，我就会想起自己的童年，想起田埂上那个难忘的儿童节。

刊于 2015 年 5 月 29 日《解放日报》

母爱的芬芳

　　五月，万紫千红的鲜花遍地，可是没有一朵能有母亲那般亮丽，也没有一朵如母爱那般芬芳。在我的心中，母亲是这个世界上最勤劳的人，也是最坚强的人。

　　母亲是一位平凡的乡下妇女，生下我之前，她还在地里劳动。父亲劝她在家里休息，她不愿意，说要抓紧时间种棉花。干活的间隙，母亲觉得肚子痛了，父亲赶忙把她背回家，不一会儿，我便出生了。在母亲看来，怀孕生孩子没什么大不了的，该干活还得干活。辛勤地忙碌着，是她持续一生的生存姿态。

　　在村里，母亲是出了名的勤快。小时候，父亲身体不太好，家里孩子众多，生活的重担几乎都落在了她一个人身上。乡村的大忙季节，母亲天不亮就起床，到地里干活，中午还要回家做饭，照顾孩子们。家里种了十几亩地，所有的农活几乎都是凭借她一己之力完成的。农闲之余，母亲侍弄牲口，管理菜园，家里总是鸡鸭成群、蔬菜不断，从来没有花钱买过菜吃。

　　母亲一共生育了三个孩子，沉重的家庭负担，并没有让她有丝毫退缩。那时候，乡村物质紧张，生活艰难，总是缺吃少穿的，贤惠的母亲想尽办法，让孩子们吃饱穿暖。春天，母亲挖野菜、采槐花、捋榆钱，让我们吃得津津有味；夏天，她采莲藕、抓鱼虾，为孩子们补充营养。孩子们的一件新衣服，总是做得大大的，老大穿过老二穿，老二穿过老三穿，破了补个补丁接着穿。在母亲的悉心照顾下，几个孩子营养不缺，个头也高，穿得虽然破旧，却干干净净。

母亲虽然不识字，但是对我们的教育，向来严格。母亲常说："我出生在旧社会，没有赶上好时候。你们生在红旗下，长在阳光中，一定要抓住机会，好好读书。"有时候，我放学回家，看见母亲还在劳动，就想帮她干活，但母亲不愿意，她怕耽误我的功课，说再苦再累也不能影响孩子的学习。那年，我考上了师范学校，面对家里的困难，想要放弃。母亲训斥了我一顿，跑遍了所有的亲戚家，凑足了我的学费。

在母亲的呵护和教育下，我们一个个长大成人，走上社会，结婚生子。最终，像一只只羽翼渐丰的小鸟一样，扑棱着翅膀离开了母亲。母亲和父亲一块儿住在乡下老家，我们几个都想把他们接来，以享晚年之福。但母亲不同意，说在乡下住久了，到城里不习惯，再说你们各有各的负担，不想给你们添麻烦。母亲已近古稀之年，却仍然种着一点土地，养着成群的鸡鸭，菜园里终年绿色青青，过着自给自足的田园生活。

感谢母亲，她给了我生命，把我教育成一个自食其力的人。无论我走到哪里，背后都始终有一双眼睛在关注着我，时刻催我上进，教我坚强。疲惫的时候，想到母亲，我立马精神倍增；困难的时候，想到母亲，我会勇敢前进。如果说生命是一条开满鲜花的小径，那么母爱，就是那无处不在的花香。

刊于 2019 年 5 月 23 日《淮河早报》

第三辑

乡
愁
何
处

　　童年的秋天宛如一只红蜻蜓，扑扇
着翅膀飞翔，遁入永不停歇的时光里而
不复见。在人流拥挤的城市，每逢秋意
浓浓的时节，想起故乡田田的芡实叶
子，一粒清甜的小小芡实果，便能喂养
一个人饥渴的乡愁。

烟雨瓦埠湖

一转身，我看到了瓦埠湖。烟水袅袅，碧波悠悠，恣意汪洋地驰骋于广袤的江淮大地上。

瓦埠湖，烟波浩渺，像一条蜿蜒柔软的白练，纵横于寿州和长丰之间，最后流入淮河。清光绪《寿州志》载："（沿河）过庄墓桥西行，至瓦埠街下十五里注肥，其南北滨悉卑下，每遇水涨，数十里皆成巨浸，殆《郦注》所称'水积为阳湖'者也。"古老的东淝河，流经千年寿州，在时光的深处荡漾回转，恋恋不舍地下游积水，成为今日之瓦埠湖。

先民逐水而居，有湖的地方，即有人家。瓦埠镇，三面环湖，是已经有两千六百多年历史的千年古镇。沿着小镇踽踽而行，古老的街道中间巨大的铺路条石上，一道道深深的裂口清晰可见，这是古代车辙留下的痕迹。青砖灰瓦，水陆码头，一幅水墨村镇的历史画卷，穿越尘封泛黄的典籍，在悠悠的湖水畔行走了千年。

温柔谦和的瓦埠湖水，有圣贤先哲的绵绵智慧。春秋末年，孔子弟子"七十二贤"之一的宓子贱，由鲁使吴，客死于此，葬于镇东南之铁佛岗，后人建祠纪念，瓦埠镇由此被称为"君子镇"。"鸣琴而治",依靠劳动人民的力量谋亥发展,两千多年前宓子的治国理政主张,与今天全体华夏儿女共同追梦的新时代思想不谋而合。宓子祠,今坐落于瓦埠小学内,花木扶疏,书声琅琅,才智仁爱的宓子贱,若耳闻目睹后代莘莘学子的勤学苦读,当颇为欣慰。

绵延六十千米的瓦埠湖,水产极为丰美。泊水清澈,水质优异,鱼、虾、蟹皆有名,而以银鱼为最。"白小群分命,天然二寸鱼",唐代杜甫笔下的银鱼,色泽如银,莹透细嫩,娇小可爱。宋代杨万里诗曰:"淮白须将淮水煮,江南水煮正相违。霜吹柳叶落都尽,鱼吃雪花方解肥。"此处"淮白"即为银鱼,吃法众多,银鱼蒸鸡蛋、鸡丝银鱼汤皆为经典菜肴,古人采用无污染的瓦埠湖水烹煮,营养而味美。

悠悠瓦埠湖,包容而热情,孕育了一大批胸怀天下的革命先烈。抗日名将方振武,安徽革命创始人曹蕴真、薛卓汉,"一门三烈士"的曹渊、曹云露、曹少修,"英年早逝的共产党人"方运炽……这些耳熟能详的革命者,是红色瓦埠湖精神的杰出代表。湖畔老街,方振武将军故居犹在,门前枇杷透黄,似火的朵朵榴花,一面无声述说着历史上曾经不屈的民族精神,一面为今日红红火火的中华盛世欢歌。

伫立瓦埠渡口,如水的千年时光,一眼望尽。湖面烟雨迷蒙,渔舟点点,湖边水草丰茂,芦苇随风摇曳,蒲草丛生。遥想古代,四面八方的商贾顺淮河而下,瓦埠湖上舟楫相依,大批的货物辗转于渡口码头,人声鼎沸,往来叫卖声框闻于湖畔,繁华而热闹。而眼前,一桥飞架东西,定于2020年建成的瓦埠湖大桥,就要把阻隔千年的瓦东、瓦西连接起来,天堑变通途的梦想即将实现。

烟雨瓦埠湖，千年寻一梦。天青色的湖水里，有时光的斑驳错落，流淌着浓浓的诗意。

刊于 2019 年 7 月 8 日《淮南日报》

梨花深处是故乡

　　一直喜欢梨花，喜欢那份白色的纯净。春天，百花盛开，姹紫嫣红，风情万千，而粉白高洁、诗意逼人的，窃以为，唯有梨花。

　　据说梨花的花语是纯真，代表唯美纯洁的爱情。想来也是，玫瑰固然浪漫，可是太热烈，极易让人为爱发晕而疯狂；而梨花，冷艳而洁净，美丽而不张扬，最能表达爱情的神圣。

　　故乡寿州，千年历史文化名城，美丽的八公山上，每年春季，梨花似雪，漫山遍野。乡人极爱种植梨树，当地的酥梨相当有名，而春天，便是梨花的天下。作为楚国最后的都城，那里人杰地灵，历史文化积淀深厚。每年清明时节，当地的梨花节、梨花诗会如火如荼，人们观赏梨花，吟诗作文，热闹异常。

　　母亲也喜爱梨花。她种了很多梨树，人间四月，天清地明，梨花开得正盛，朵朵粉白娇艳，微风拂过，远远望去，仿佛一群洁白的蝴蝶在翩翩飞舞。母亲对我说，桃花太俗气，杏花太娇气，你看，梨花正好，美着呢。母亲是不识字的，能说出这番见解，可见她对梨花的偏爱。

　　"梨花风起正清明，游子寻春半出城。"吴惟信肯定也是喜欢梨花的。古时候，每逢梨花盛开，人们爱在花荫下欢聚，雅称

"洗妆"。盛春之时，梨花遍开，朵朵赛雪，大好时光，出门寻春踏青，吟诗作画，实在快乐之至。

"梨风"，梨花林里吹过的风，一个极有味道的词语。梨风是有香味的，清香淡雅，醒脑提神。阳光灿烂的四月，我曾一个人钻入八公山上的梨树林里，静静地享受着梨风的吹拂。然后，感觉自己就像洗了个梨花浴，呼吸通畅，通体幽香。

《三国演义》中，蜀国武将赵云使用的长枪武器，枪头配上红缨，名曰红缨梨花枪。南宋有一位将军李全，凭借一杆梨花枪，"二十年天下无敌手"。明朝的大将胡宗宪，使用梨花枪击杀敌兵，取得巨大胜利。如此，美丽的梨花，与武器结缘，少了一份柔弱，多了一份勇武、冷峻和坚韧。

我的诗人朋友老高深爱着梨花，"倒春寒过去了／春天的城堡和蜂箱／被安放在一根开花的朽木之上／以前开棠棣花／现在它开白白的梨花……"这是他的《梨花辞》，一首梨花般干净的诗歌，在这个春天里，被我一遍又一遍地反复念叨着。

忧愁的时候，打开窗户，一树梨花迎面而来，雪白雪白的，把我一颗敏感而脆弱的心慢慢地净化。于是，我告诉自己，也想告诉全世界，春天了，梨花都开了，没有理由不快乐起来！

刊于 2015 年 4 月 13 日《首都建设报》

梅子黄时雨

又逢梅雨时节，漫天的雨丝飘飘洒洒，如同一张柔情的大网，对这个季节进行着缠缠绵绵的编织。

天气像是娃娃的小脸，复杂而多变，刚才还晴空万里、阳光灿烂，倏忽间已乌云翻墨、白雨跳珠，一片烟雨迷蒙。所以你出门必须带伞，那种黄色的老式油纸伞，戴望舒《雨巷》里的那种油纸伞，只是乡村没有雨巷，房子是随意躺在绿荫的怀抱里的，洒脱而写意。

夏天的植物开始迅速生长，展示它们极其旺盛的生命力。门前的半亩池塘里，荷叶肥硕宽大，荷花婀娜多姿，清风拂过，满塘荷香沁人心脾。雨后的大地，青草疯长，苔藓横生，田野里的秧苗节节拔高，雨水滋润的村庄，掩映在一片浓厚的清爽碧绿之中。

此时，一些事物开始腐败、变质，直至霉烂。夏天，是生命中最高的温度，梅雨的来临，让一些体弱病残的生命个体面临生死考验。一场大雨之后，常常能轻易地发现蝉、蚯蚓，甚至鸟儿的尸体。东西也不易储存，中午时分，难得的片刻阳光，人们纷纷拿出散发着浓重霉味儿的衣服，在自家小院里晾晒。

已经农闲的老人们，围坐在树荫下，"吧嗒吧嗒"地抽着长长的旱烟袋，聊家长里短，侃庄稼长势。一旁玩耍的孩子，时而嬉笑打闹，时而跑过来捋捋爷爷长长的胡子，白发和童颜，衰老与生长，一个乡村的新陈代谢就这么交相辉映。

外婆在世的时候，每到这个季节，就会忙碌起来，张罗着做豆酱。主料是黄豆或者蚕豆，放在锅里煮熟，捞出来清水浸泡晾干，然后滚上面粉展开均匀晾晒。不出几天，这些豆子上便都长出白色的细长霉菌，丝绒线一般，很是好看。再过几天，霉菌慢慢变厚，到了最后，完全裹住了豆子，它的颜色也变了，成了一种特有的绿色，像是给豆子穿上了件绿衬衣。

待到天气晴好时，火辣辣的太阳一出，外婆便在院子里铺展开苇席，把那些穿了绿衬衣的小小豆子均匀地放在上面曝晒。阳光很毒，一两个中午就能晒好，外婆取来一个黄黏土烧制的大瓦盆，把豆子放入，按比例加上盐和水，蒙上薄膜，放在阳光下再次曝晒。

过不了几天，开始能够闻到豆酱的香味儿。打开一看，豆子已经化开成酱，色泽黄中带红，气味儿浓郁甜香。倘若里面放点儿嫩豆角、小扁豆、脆菜瓜条等时令鲜蔬，更是佐菜开胃的必不可少之物。只是外婆已去世多年，现在的人们更习惯于在超市购买那种瓶装的豆酱，传统制作手艺几乎失传，再也吃不到那原汁原味的温情豆酱了。

梅子说黄就黄了的时候，雨也就这么不紧不慢地落着，落在慈母般的大地，落在故乡，落在我曾经年少的心里。

刊于 2012 年 8 月 26 日《北海日报》

火盆里的温暖时光

　　天气越来越冷，办公室的几位同事每人手里都攥着个"暖手宝"，我说要是有个火盆该多好，他们听了，个个张大了疑问的嘴巴。也难怪，对于这些城里长大的"90后"年轻人来说，乡村的火盆不啻外星之物。看着他们好奇的眼神，我的思绪跨越时空，回到了小时候生活的冬天的乡村。

　　秋天，凉风渐起的时候，父亲就开始做火盆了。挖来黄泥，拣去沙砾杂物，在阴凉处放上几天，就可以做了。找来一些废弃的乱麻旧绳，拆开剁碎，一起掺和在泥土里，这样做出来的泥火盆耐用而不易开裂，保温效果好。然后用瓦盆做模具，把泥贴在瓦盆上，包严，晾干，取出，最后抛光，加工装饰，一系列工序后，大功告成。

　　寒冬来临，火盆派上了用场。天还没有亮，母亲便早早地起床，为全家烧上一大锅稀饭。做完饭，趁灶膛里的火还没有完全化为灰烬，把它扒出来，放到火盆里，用脚踩扁压实。那时候，我们一家四世同堂，吃完早饭，十几口人围坐在火盆旁，聊天烤火，热闹异常。

　　火盆的功能，除了取暖，还有其他的妙用。爷爷爱喝酒，晚饭的时候，他把铜质的小酒壶往火盆上一放，不消一会儿，热热的酒香扑鼻。父亲抽烟拿它点燃，母亲在上面给弟妹们烤湿了的棉衣棉鞋，方便极了。至于我们小孩子，在火盆里放些土豆、馒头、玉米粒和各种豆子，整个冬天都是香喷喷的。

记忆里的乡村冬天，火盆是太重要了。白天的时候，闲来无事，家家户户都会围着火盆，甚至有些人家每人手边都有一个，大家边聊边烤，寂寞的冬天温暖无比。冬夜漫漫，人们往往先在火盆前烤暖和了，才上床睡觉。有客人进门，主人首先招呼他火盆取暖，窗外白雪纷飞，室内温暖如春，让人倍感温馨。

随着人们生活水平的提高，取暖器、空调等现代化设备不断更新换代，火盆渐渐淡出人们的视线。长大后的我，一直住在城里，偶尔回故乡，在老屋的角落里，仍然能够看到火盆。它就像一位老人，饱经沧桑后，隐居在故乡的一角，一任纷繁的时光寂寞地缓缓流过。

真的很怀念那些火盆里的旧时光。

如今，每逢冬天，我的脑海中都会浮现出一幅火盆取暖图——宁静的乡村，蝴蝶般的雪花飞舞，一座农家草屋里，一群人围着火盆，大人说笑，孩子蹦蹦跳跳，通红的火盆里，间或有豆子的"噼啪"声，一切唯美而有诗意。

刊于 2018 年 1 月 10 日《安徽青年报》

乡村正月

在乡村，当新年的钟声响起，日子便欢腾起来。躁动的正月，宛如刚刚落地的娃娃，从头到脚都是崭新的，引领人们去迎接一个新的开始。

这时候，到处弥漫着浓浓的年味儿。正月，就是过年的月份，无论是对于大人还是孩子，一切都是欢乐的日子。四里八乡，村村寨寨，家家户户春联绯红，大红灯笼高高挂起。此起彼伏的鞭炮声，绚烂的烟火，冲天的爆竹，都在比赛似的庆祝着过去一年的丰收，抒发着新春的幸福与喜悦。

乡村正月，人们一如撒欢的鱼儿，一阵儿接一阵儿喧闹起来。拜年，是正月里永恒的主题。父母长辈、亲戚朋友，你来我往，煞是热闹。乡村公路上，随处可见手提礼品、成群结队忙拜年的人们。他们或搭农用车，或骑自行车、摩托车，或者干脆结伴步行，这边一对小夫妻，那边三两姐妹，天气很好，陌生的人们也相互有说有笑。正月里，人们的心情，是轻松而愉悦的。

正月的乡村，春天的脚步近了。"吹面不寒杨柳风"，柔风轻抚脸颊，河流早已解冻，溪水潺潺而下，唱着一曲欢快的歌。天空变得纯净而透明，太阳也开始热情起来，麦苗躺在泥土的怀抱里，伸直了懒腰，睁开惺忪的睡眼。整个冬季，它们睡得太久，现在不时好奇而新鲜地打量着大地上的一切。

岸边的柳枝，舒展娇嫩的身子。春风吹得暖洋洋的，不多几天，那些婀娜多姿的枝条上面，便探出一个个鹅黄色的小脑袋，继而变成些嫩绿色的细长叶子，活像一个个小小的喇叭，向人们庄严地宣告——春天真的来了！

"一年之计在于春"，乡村正月，人们各有各的打算。大人们已经在谋划着一季的农事，给庄稼追肥，给麦苗灌溉，在角落里躲了一冬的农机，要拿出来检修，做好春耕生产的准备。孩子们也不再随意疯玩，有计划地看看书，做做寒假作业，要开学了，谁也不想输在这样一个充满希望的春天里。

在喜气洋洋的乡村正月，也渗透着一股离愁别绪。年过完了，打工的人们如同守时的候鸟，又将再一次飞出去。丈夫与妻子告别，父亲与孩子告别，老人与子女告别，在村口，三三两两的家人们围在一块儿，等车的短暂间隙里，相互简单交代，依依惜别。这一别，又将是一年的漫长等待。

正月，是万物萌动的开始；乡村，是我们永远的故乡。乡村正月，就像这扑面而来的春天，一切都是那么有声有色，烂漫生动。

刊于 2017 年第 3 期《江淮法治》

草席之上的故乡

故乡寿县板桥镇，位于著名的古代水利工程——"天下第一塘"安丰塘畔，是全国闻名的草席基地之一。

故乡产草席，具有悠久的历史。小镇人口不多，但几乎家家种植席草，户户编织草席，是名副其实的"席都"。作为极具特色的地方土特产，草席盘活了当地的经济。每天机器声隆隆，一条条精美的席子循声而出，宽阔的街道旁，挤满了一辆辆重型大卡车，它们把满载的货物发向全国各地，乃至远销海外。

编织草席的原料是干席草。席草，灯芯草科多年生沼泽草本植物，茎直立，单生细柱形，坚韧而富有弹性，适用于编席。每年冬天，乡人挖起去年的草根，用手掰开，像插秧一样，在水田里分株插下。

冰雪覆盖的漫长冬天过去，春天终于来临，席草度过了最严峻的考验，开始快速生长。阳光暖暖地照着，这些嫩绿的植物宛如一个个含羞答答的女子，舒展着娇嫩的身躯，一天天出落得亭亭玉立。每年五六月份，行走在故乡的田野边，绿油油的秧苗，青青的席草，随风轻舞，满目青翠，大片大片的绿色侵入你的眼帘，令人赏心悦目。

七月来临，热情的夏天到了，"席草姑娘"也到了出嫁的时候。拿起镰刀，带上早已拧好的稻草绳，到地里去收割席草。割席草也是个技术活儿，从根部整齐地开始，还要掌握好高度，留出合适的草根，以便下一年的种植。我的技术很差，总是给父亲打下手，把他割好的席草捆扎起来，然后用小推车运走。

新鲜的席草收割下来，需要在太阳下晾晒干，才能长久保存，便于编制草席。童年的记忆里，最为难忘的就是每年夏天的晒席草。正值盛夏时节，阳光火辣辣的，鸟儿都躲在树荫里不敢出去，但是对于草农来说，天越热他们越开心，因为只有这样酷热的天气，才能很快地将席草晒干。

晒席草也是需要一定技术的。熟练的人们可以做得很快，晾晒的形状也不一样，有直接铺着的，有一团团成扇形的，煞是好看。气高温的时候，一天就可以晒好；温度低时，往往要接着晒两三天。要是赶上阴雨连绵，可就令人犯愁了，因为没晒干的席草很容易霉变腐烂。

晒干的席草一捆一捆储存起来，可以自己编织草席，也可以卖给上门收购的小贩。我家劳动力少，每年种植的席草都被父亲卖掉，用于给几个孩子交学费。每年暑假，我们兄妹几个也都会回到乡下老家，帮助父母晾晒席草。

如今乡下双亲均已年迈，不能再种植席草，我也离开老家多年，但是对于故乡，对于故乡的席草和草席，却依然是如此地怀念，永远难以忘记。

刊于 2013 年 7 月 10 日《浔阳晚报》

春运，中国式的乡愁

　　台湾著名诗人余光中在《乡愁》中写道："小时候，乡愁是一枚小小的邮票，我在这头，母亲在那头。长大后，乡愁是一张窄窄的船票，我在这头，新娘在那头。"这些期盼祖国统一柔情动人的诗句，曾经感染了一代又一代中国人。而如今，当一年一度的春运来临，对于众多漂泊异乡的游子来说，这种中国式的乡愁，就是那一张张小小的车票。

　　春运，被誉为人类历史上规模最大的周期性大迁徙。每年40天左右的时间里，有几十亿人次的流动，相当于全国人民进行了两次大迁徙。中国春运，入选世界纪录协会世界上最大的周期性运输高峰纪录，创造了多项世界之最。如此规模庞大的事情每年一次，也是极具中国特色的。春运既让我们焦虑，也让我们自豪，这实在是一种幸福的烦恼。

　　造成春运的原因多种多样，有经济发展不均衡的问题，有运力不够的问题，最主要的则是传统文化观念的问题。对于重感情的中国人来说，春节是一年中最重要的节日，无论身在何地，离家多远，都要赶回家与家人团聚，过一个团团圆圆的中国年，共度祥和美好的新春佳节。这种中华文化传承千年，从未间断，是形成春运的最直接原因。

回家过年是春运的源头，古代有春节，自然也有古代春运。"入春才七日，离家已二年。人归落雁后，思发在花前。"这首《人日思归》的作者是隋代诗人薛道衡，"人日"指正月初七，诗人未能回家过年，独在异乡漂泊，惆怅而思乡，当时回家之难由此可见一斑。古代虽然也有春运，但由于交通条件有限，真正能够回家的人少之又少。

像一群准时的候鸟，每年春运一到，众多在城里务工的人们便放下手中的活儿，匆匆忙忙加入春运的大军。辛辛苦苦忙碌了一年，不管收获几何，老家，对于他们来说，都是最大的诱惑。售票的窗口前排成了长龙，候车室里熙熙攘攘，即使买票不容易，他们的脸上也总是笑靥如花。一年了，三百六十五个日子，他们在心里默默地数着，家里妻子的笑脸还有孩子的脸庞，一切都是那么温馨。

春运，是中国式的乡愁，也是一种中国式的喜庆。当拥挤的人流挤进车站，当一趟趟列车呼啸着前进，亿万人归心似箭，即便顶风冒雪，每一个眼神，每一个微笑，都是最为动人的春运表情，因为那里面藏有满满当当的幸福、团团圆圆的欢乐。

刊于 2014 年 1 月 11 日《中国劳动保障报》

稻　香

都说秋天是金色的，这话一点儿不假。凉爽的秋风吹过田野，大片大片的稻子成熟了，阵阵诱人的稻香，弥漫着一股股丰收的气息。

我打小生活在乡村，对稻子极有感情。

春末夏初之时，人们忙于插秧，白花花的水田里，到处都是忙忙碌碌的身影。大家起早贪黑，最终秧苗青青，迎风含笑。夏天的太阳非常热情，秧苗汲取了阳光营养丰富的汁液，一个劲儿地疯长。当秋风阵阵，大雁南归，田野里的稻子黄澄澄的，像是耀眼的金子，灿烂得扎你的眼。

稻子熟了，忙了乡亲们。天还没有亮，人们便已经起床，就着弯弯的磨刀石打磨着镰刀，黎明就这样被轻轻擦亮，露出第一缕晨光。大人们挥汗如雨，小小的镰刀在他们的手中挥舞着，像是艺术家的指挥棒，镰刀所到之处，稻秆应声而倒。小孩子也跟在后面，一个个挎着篮子，蹲在地里拾稻穗，他们知道，每一粒粮食都来之不易，一定要颗粒归仓。

远处，几台收割机在轰隆隆地来回忙碌着。收割机效率很高，一亩地十几分钟就可以收割完毕，而且集收割、脱粒、扬场于一身，人们只需跟在后面，准备把装入稻谷的袋子运回家即可。好奇的孩子们站在田埂上，笑呵呵地看着热闹，他们银铃般的笑声里，大块大块的稻田已经收割完毕。

稻子运回家后，需要及时晾晒。谷场上一片金黄，院子里也没闲着，甚至是平房顶上和房子附近的乡村水泥路上，随处可见成片的稻子。它们躺在秋天的阳光下，懒洋洋地睡着，饱满而丰盈。晒干了的稻子或装进袋子存放，或用稻圈围起来，堆成又粗又高的粮囤，家家户户都粮仓满满，占据了一个房间，一片丰收富足的景象。

从城里回到老家，父亲的稻子刚刚收进粮仓。见我回来，他搬出两口袋稻子，在村里的加工厂里打出新鲜的大米，粒粒饱满，洁白而晶莹。母亲淘米下锅，煮了满满一大锅米饭，又香又糯，好吃极了。临走时，父亲执意要我带点大米回城，我说城里米多好买，他说这是新米，而且绿色纯天然，香着呢。

秋意款款随风来，稻香阵阵说丰年。无论走到哪里，那金黄耀眼的稻子，那一缕缕迷人的稻香，始终让我回味无穷，因为在我的心中，每一粒小小的稻子里面，都隐藏着可爱的故乡。

刊于 2016 年 8 月 9 日《北方新报》

口罩里的春天

　　周末，阳光灿烂。我们一家四口，决定走出封闭多时的小区，到附近的公园里转转。临出门，三岁的儿子突然咿咿呀呀地说："我……我还没有戴口罩。"低头一看，可不是，小家伙虽小，这段时间以来，却也已经知道了出门要戴口罩。

　　这个春天，注定将会因为一只小小的口罩，被历史永远铭记。蜗居的小城不大，却已有千年的历史。疫情突如其来，小城里的人们，原本平静的生活倏忽间凝固，陷入冬眠的模式。人不动车不动，待在家里为国作贡献，始料未及的剧情让人倍感无奈。

　　大年初三，当我正在电视前关注疫情，县政府办的一通电话，将我紧急抽调进县疫情防控应急指挥部办公室。各单位的人员集中办公，忙碌而紧张。作为综合协调组的一员，看着眼前的一堆堆文件、一份份通告、一个个命令，我深深地明白，这些东西绝不仅仅是带字的纸张，而是战场上的枪炮，一定会打得新冠肺炎疫情这个敌人落荒而逃。

　　社区吹哨，党员报到。单位的微信工作群里，党员们奔赴卡点报到值守的照片此起彼伏。不是党员的，也都陆续加入到疫情防控的志愿者队伍里。疫情阻击战中，全民皆兵，每个人都是怀揣必胜决心的战士。县医院的管俊勇医生，更是带着寿州古城人民的嘱托，千里驰援湖北武汉，成为大家心目中的英雄。

网课开始了。上小学五年级的女儿，每天早早地起床，按时在线学习。我问她："你喜欢上网课吗？"小姑娘撇了撇嘴，说："当然不喜欢，网课没有我们老师讲得生动有趣。"顿了顿，又说："不过很不错了，非常时期，我们小学生也要支持国家。"一场疫情，给孩子们上了一堂难得的爱国主义教育课。

我所在的县教体局，对疫情防控期间全县中小学线上教学精准施策，确保学生在线学习"一个都不掉队"。学校的老师们一个也没闲着，通过电话、QQ、微信等方式，指导孩子们的生活和学习。全力做好特殊群体学生关爱工作，给予防控一线人员的子女特别关心。对于没有智能手机、电脑、网络等贫困家庭的孩子，专人走村入户，联系镇村，多方协调解决。

不能正常开学，众多的校外培训机构也无所作为。我在群里呼吁，说疫情防控期间，作为有责任担当的校外培训机构，我们应该体现出应有的爱心，号召大家为疫情防控捐款。各机构纷纷响应，短短三天，二十七家机构共捐款六万余元，善款全部用于支持全县的疫情防控。钱虽不多，却是小城大爱，让我感受到满满的成就感。

这世界，付出就有回报，公道自在人心。寿县，一百四十万的人口大县，四十万流动人口，疫情发生以来始终保持"零疫情"，继而全面复工复产，恢复正常生活秩序。奇迹的背后，是祖国的强大、党委政府的担当和人民群众的支持。

公园里，桃红梨白，春意融融。婀娜多姿的垂柳下，女儿和儿子跑着、笑着，追逐着嬉笑打闹，像两只快乐的小鸟。妻子在一旁忙着拍照，三三两两的人们或漫步或驻足，大多戴着口罩。

没有一个冬天不可逾越，没有一个春天不会来临。口罩里的春天，让我们懂得坚强与感恩，演绎出别样的姹紫嫣红。

刊于 2020 年 3 月 31 日《安徽 E 报》（农村版）

霜降柿子红

"霜降摘柿子，立冬打软枣。"深秋时节，落叶萧萧之际，火红的柿子熟了，它们挂在高高的枝头，像是一只只红彤彤的灯笼，丰硕圆润而喜庆，演绎着沉甸甸的金秋风情。

柿子与霜降，实在是极有缘分。作为秋天里最后一个节气，霜降的来临，意味着秋天即将与我们告别。如果说秋天是一列火车，那么霜降就是它的最后一站，一声长长的汽笛之后，秋天的背影渐渐远去。这个时候，地里的庄稼早已收获，树上的果实也大都采收完毕，只有那一个个圆鼓鼓的柿子，仍然在枝头上，为我们固守着秋天里最后的一抹亮丽风景。

小时候在乡下，最喜欢吃柿子。那时候日子困难，没什么好吃的东西，秋天，自家的柿子是我们最好的解馋水果。老屋的院子里有两棵柿树，一棵涩柿，一棵甜柿。

这两棵柿树，是父亲早年栽种的，我的童年时代，它们是孩子们的好朋友。春夏之时，柿子才刚刚冒出指头大小的果实，我们便急不可待地去观看。我和妹妹喜欢爬上高大的柿树，在宽大的叶子下面纳凉，在枝柯间蹦来跳去，欢乐的笑声抖落满地。

秋风吹起，柿子由绿变红，我们便缠着母亲，想摘柿子吃。母亲笑着说："你们这些小馋猫，太心急，柿子还没有熟透呢！"我们问："那什么时候才熟透呢？"母亲回答："霜打的柿子最甜了，要等到落霜之后才能摘柿子。"于是，我们日日盼望着寒霜的来临。

终于，某一天早晨起床后，我们高兴地发现，地上的枯草上结了白白的一层霜。我们把这个好消息告诉母亲，母亲笑了，默许了我们的摘柿子请求。母亲找来两个大竹篮子，把我们摘下的柿子装好，涩柿一篮子，甜柿一篮子。

甜柿子是可以直接吃的，剥开柿皮，咬上一口，柔软甜蜜，浓浓的果汁香气诱人。涩柿子，则需要人工脱涩。这个活儿母亲最为擅长，她把柿子放在锅中，加入清水，灶底下小火慢慢加热，水温要保持不凉不烫，一段时间之后，锅里的涩柿即可食用。

"味过华林芳蒂，色兼阳井沈朱。轻匀绛蜡里团酥。不比人间甘露。"北宋诗人仲殊曾如此咏赞迷人的柿子。晚秋时节，当黄叶飘零，枝头一片萧条之际，柿子红艳似火，仍旧美丽如初。那一枚枚圆圆的柿子，就像是季节的标点，当金秋踏着鸿雁离去，它们用最火红热情的颜色，为浪漫的秋天画上最后一个完美的句点。

霜降又至，秋天挥着大手恋恋不舍。吃一个经霜的柿子吧，"柿柿"（事事）如意的甜美之中，尽是晚秋的浓浓滋味。

刊于 2014 年 10 月 17 日《安徽日报》（农村版）

千年一梦正阳关

寿州大地，楚国故都，江山皆有古意。我到离寿州城西南六十里之地，寻访正阳关，走进时光的深处，探寻那些流传千年的历史印记。

正阳关，中华八大名关之一，古称颍尾、阳石、羊市、羊石城等，是一座古风浓郁的历史文化名镇。《左传》鲁昭公十二年载"楚子狩于州来，次于颍尾"，明嘉靖《寿州志》说"东正阳镇，州南六十里，古名羊市，汉昭烈筑城屯兵于此"，故追溯正阳关之源，应有两千五百多年的悠久历史，其筑而为城，也该有一千七百多年之久。古老的正阳关，穿越一卷卷泛黄的典籍，在尘封的历史中行走了千年，风雨斑驳，在时光的岔路口与我们再一次相遇。

水，滋养中华文明的血液，过了正阳关，便有了灵气。淮河、颍河、淠河，宛如三条柔软的飘带，在广袤的江淮大地上肆意挥舞，在正阳关打结交汇。"七十二水通正阳"，三条河上游的一百多条支流，仿佛一群群顽皮的孩子，一路嬉戏打闹，在正阳关重新集结而整装待发。

"我行日夜向江海，枫叶芦花秋兴长。长淮忽迷天远近，青山久与船低昂。寿州已见白石塔，短棹未转黄茅冈。波平风软望不到，故人久立烟苍茫。"九百多年前，东坡先生赴任杭州通判途经正阳关至寿州，写下了这首脍炙人口的千古名篇《出颍口初见淮山是日至寿州》。彼时，长淮辽阔，水波汤汤，枫叶芦花随风摇曳，烟雨苍茫处，见巍巍正阳关之雄壮。

正阳关古镇，逶迤蜿蜒，静静地伫立在岁月的岸边。发达的水路交通，引舟帆竞至，各路商贾纷至沓来，一时物盛人众，成为鄂、豫、皖三省商贸重镇。南北大街、新街、后街、断街等数十条大大小小的街道，水流般布于古镇周围。街道青石铺路，上面车辙深深，昔日繁华远去，徒留"正阳八景"之美名，历史的光影斑驳错落。

筑城而居，古老的正阳关古城门，是遗落在淮河岸边的明珠。城设四门，城墙已不复存，除西门毁于抗战时日军炮火外，其余三门皆有保存。东门内额"朝阳"，外额"熙宇春台"，语出《道德经》"众人熙熙，如享太牢，如春登台"，喻指登东门赏美景之舒畅。南门内额"解阜"，见于《史记》之《南风歌》"南风之薰兮，可以解吾民之愠兮。南风之时兮，可以阜吾民之财兮"，言百姓之安居乐业；其外额题字"淮南古镇"，意为正阳关古属淮南国。北门内额"拱辰"，源自《论语·为政》"为政以德，譬如北辰，居其所而众星拱之"，为官以德而治，百姓拥护爱戴；外额为"凤城首镇"，明代正阳关隶属凤阳府，有"江南第一镇"之美誉。

来到正阳关，不能不看"三阁"。独特的地理位置，便利的水路交通，让正阳关繁盛一时，明清时期的中原文化与沿淮文化相互交融，产生了以"抬阁""肘阁""穿心阁"为代表的"三阁"民间艺术瑰宝。遥想当年，正阳关水面舟楫相往，渔帆点点，码头运货繁忙，每逢上元灯节、各种庙会，"三阁"小演员身着彩衣坐立于自制的空中阁楼中，下方壮硕的汉子或抬或顶或扛，气势威武技艺高超，让人叹为观止。

水生正阳关，成就了众多的美食，"三子"便是其中的代表。"三子"，即蒿子、蚬子和鸠子，依水傍河的正阳关，独特的水环境孕育了大自然的美食恩赐。蒿子，本是一种生长在湿地的野草，很多地方都有，但正阳关的蒿子颇具地方特色，其形短而肥，色青翠而微红，有特殊香味，清明之前采而食之，脆嫩清爽美味清香。蚬子是当地独产的一种河蚌，细小狭长，壳薄肉嫩，熬汤入火锅极佳，滋补营养。鸠子是一种野生水鸟，产于正阳关旁的河湖之畔，古时当地人卤制而食，酥嫩味美，如今的环保理念，让这一千年美味不复存在。

传承寿阳文脉，播撒古镇情怀，正阳中学，让千年正阳关追梦新时代。正阳中学，前身为清代寿阳书院，是一所淮上百年名校。漫步校园，草木葳蕤，古亭悠然，建于二十世纪五十年代的苏式建筑犹存，正阳关走出的革命家高语罕的纪念馆矗立其间。校内梧桐粗壮，可数人环抱，中间的百年梓树，高大繁茂，莘莘学子树下苦读，继而走出校门，走出千年正阳关，成为新时代的追梦人。

千年一梦正阳关，荡舟淮水，触摸古城门，漫步在古代车辙深深的青条石上，走着走着，便走进了厚重悠远的历史。

刊于 2019 年第 16 期《江淮法治》

腌制冬天

　　大雪说来就来，整整落了一夜。这雪花仿佛从故乡赶来，一路风餐露宿，穿越悠悠千里，把我的思绪带回到那个乡村的冬天。

　　记忆里，故乡的冬天宁静而悠闲。没有了繁忙而沉重的秋收秋种，农人们开始快乐起来，家家户户都在忙着腌制食物，以备过年之需。于是，儿时的记忆，从味蕾上出发，在腌制的冬天里打开，氤氲着别样的幸福和欢乐。

　　首先腌制的是萝卜干。这个时候，会有成车的萝卜从地里田间赶来，在乡村集市，在村口路旁，与我们相会。那些萝卜，小的纤细苗条，大的粗壮厚实，青白相间，惹人喜爱。母亲拿出袋子，像是挑媳妇似的精心挑选着，很快便装满了两大口袋。我用小推车运回家，母亲把它们清洗干净，仔细剖开，切成厚条状，撒上盐，密封在坛子里腌制。

　　韭菜和辣椒必不可少。这些东西是自家产的，母亲的菜园里，一年四季，绿色不断。与春天不同，这时候的韭菜不再脆嫩，而是老如秋草，已不适于炒食，但是腌制正佳，有嚼劲和韧性。辣椒是秋天遗落的孩子，罢园之后，红的似火焰，绿的像翡翠，储存在坛子里，腌制之后，香辣爽口，每食佐餐，口感极佳。

　　母亲最擅长的是腌制肉食。大雪过后，鸡儿肥硕，鸭儿个大，自家侍弄的，纯粮食喂养，绿色有机无公害，味道美得没法比。天气好的时候，正午暖阳如春，我和父亲架好柴油机和水泵，把自家鱼塘里的水抽干，养了一年的大鱼即将走上新年的餐桌。咸鸡、咸鸭、咸鱼，满满地存在坛中，自给自足的感觉妙不可言。

　　对于全家来说，腌腊肉是重头戏。日子迈进腊月的门槛，杀年猪便开始了。圈里的肥猪膘肥体壮，选择一个晴朗的日子，请来村里的屠户，三五亲友邻居帮忙，热闹得就像过年。大家坐下来，第一顿忙着尝鲜，剩下的猪肉就交给母亲，腌制成香喷喷的腊肉。

　　日子像一只鸟，从日历中飞出，一天天地向前飞着。每逢天气好时，把坛中那些腌制好的食物取出来，放在阳光下一一晾晒。院子里，父亲用木头搭了个架子，鸡鸭成串，腊肉飘香，农家的生活富足而滋润。

　　腌制冬天，腌制美好的乡村生活。

　　腌制冬天，腌制一段岁月和往事。

　　腌制冬天，舌尖上的亲情和记忆，让人久久难忘。

刊于 2015 年 2 月 3 日《孝感日报》

回乡忙秋收

国庆节期间，城里人都在忙着旅游，而金秋的乡村，却正逢秋收的大忙季节。这个长假，我回到了久违的乡下老家，帮助父母忙秋收。

时值仲秋，早稻已经成熟，广袤的田野里一片金黄。家乡是一片平原，江淮地区著名的稻米产区，大片大片的稻子种植在乡间，像一块块巨大的毛毯。那些沉甸甸的稻子，早的灿若黄金，晚的还是通体碧绿，站立于十月的风中，弯着腰含笑，成为秋天里最为亮丽的风景。

父亲种了十亩早稻，已经熟透，只待收割。我说："我们赶快找收割机来收吧。"父亲摇摇头，说："等两天吧，前几天下了场大雨，稻子还没干，地里泥泞，机器下不去。"贤惠的母亲则把家里的蛇皮袋子都找出来，在阳光下晾一下，破损的用针线打上补丁，准备用来装稻子。

终于要收稻子了。父亲请来收割机，我拿着蛇皮袋子，一起来到稻田。这是一台联合收割机，两个师傅操作，一人驾驶机器，一人装稻子入口袋，配合得非常默契。收割机徐徐向前推进，所到之处，稻秆应声而倒，脱粒、扬场一气呵成，一袋袋稻谷被迅速地装起来，放在收割后的田野里。只一会儿工夫，一块田就收完了。父亲开来家里的手扶拖拉机，我把田里装满稻子的口袋一个个地搬到车斗里，一起运回家。

我问父亲："稻子可以堆放在粮囤里了吗？"父亲说："现在还不行，稻子有些潮湿，必须晒干后才能贮藏。"于是，我们把稻子运到晒谷场，一袋袋地打开，摊开晾晒。由于稻子太多，我家的晒谷场又太小，所以地方根本不够用。在父亲的提醒下，我们把剩下的稻子运到院子里和平房顶上，还有的放在房子附近的水泥路边，在阳光下慢慢晾晒。

午饭后，父母拿着镰刀去割稻子。我不解地问："收割机干活那么快，为什么还要用镰刀？"母亲笑着说："剩下这一点稻子被风吹倒了，如果用收割机的话，不太好收割，还糟蹋粮食。"我说："那我也去帮忙。"父亲说："你多年没干活了，这个活儿你做不了。"我执意要去，拿了镰刀，戴上草帽，大步走向田野。

用镰刀收割稻子，看起来很有诗意，却不像收割机干活那般轻松，才干了一会儿，我就累得汗流浃背、腰酸背痛。我瞧瞧父母，他们动作熟练速度很快，小小的镰刀握在手里，像是听话的机器，不一会儿就割完了一大片。看着我狼狈的样子，母亲心疼地说："你别干了，回家休息吧。"想想我一个青壮年，干活竟然还不如年迈的父母，有些羞愧，就不好意思地说："那好吧，我去开拖拉机来运稻捆回家。"

通过几天的辛苦努力，家里的稻子终于都收割完了，看着屋子里那高高的粮仓，我高兴地笑了。这个国庆假期回乡帮父母秋收，不仅尽了孝心，还再一次接受了乡村劳动实践教育，比出去旅游有意义多了。

刊于 2013 年 10 月 19 日《北京晚报》

防汛值班记

　　单位组织防汛志愿服务队，我第一个报了名。对面的同事说，你手头业务忙，家里有两个孩子，老人年龄又大，如果不参加，大家也是可以理解的。我为他的好意笑了笑，继而摇摇头，我是单位里的"80后"，又是预备党员，没有理由不参加的。

　　来到结对共建的南关社区，志愿服务队员们集结完毕，佩着"防汛巡查"袖章，穿上红马甲，戴上志愿服务小红帽，便出发了。寿州古城，巍巍屹立千年，经历了无数次洪水的考验。四个城门中的东门宾阳门已经封门，先人的智慧，古老的抗洪利器，将肆虐的洪水挡在城门之外。南门通淝门仍正常通行，但是城门外的护城河水位较高，已经几乎要涨到桥面。

　　防汛巡查的地段，从南门外的春申广场，沿着护城河，一直到东边的红领巾闸。汛情严峻，工作人员沿河拉起了警戒线，但是仍有不少人安全意识淡薄，垂钓和观水者众多。我们上前，一遍遍耐心地劝说，在警察的配合下，钓者都收起了钓具，观水者也纷纷离开了警戒线内。

　　在红领巾闸边上，遇到一位撒网捕鱼的老者。老者戴着眼镜，瘦高个儿，虽有七十多岁，却精神矍铄。见到我们过来，他并没有停下手中的活儿，而是十分娴熟地继续一边清理河边的水草，一边向河中撒网收网。其间，他踩在水泥斜坡上的脚，数次打滑，情况十分危险。我说，老人家，您这样很不安全呢，回家吧。老人不理我，我又说，现在是汛期，水深堤滑，您的家人肯定也不放心。几次三番，老人收了网，推起路边的自行车，看了我一眼，点了点头，默默地走了。

几天后，防汛形势愈发严峻，县里以口为单位，组织志愿者们上大堤值班巡查。我们这批人，便立即升级为县防汛抢险志愿服务队。宣口的堤段阵地，位于县城南部的九里联圩。这段大堤，长三十多公里，沿着瓦埠湖，自西向南到东津大桥，是新城区的屏障。如果守不住它，瓦埠湖的滔滔洪水，便会汹涌而至，淹没新城区，直扑寿州南门。

早上七点三十分，从城南县政府大楼前出发，驱车十几分钟，来到窑口大桥，然后沿着大桥东侧的堤坝继续行走四五公里，便到了我们的值班点。值班堤段两公里长，迎着洪水的一面，高大的白杨树已经被淹没至树干中段，斑驳的树荫倒映在水里，大片的浮萍及杂物覆盖了水面。大堤的背面，堤坡上的杂草小树已经被清理干净，堤下稻田里的秧苗长势良好，并没有受到洪水的洗礼。

巡堤之后，队员们开始休息。大堤上光秃秃的，没有树荫，白花花的太阳晒得人有些眩晕。领导重视，搭建了两个铁皮房子，里面通了电，配了电扇，热的时候可以进去躲一躲。但是铁皮房子隔热不好，高温时段，大家扇着电扇，汗水还是一直流淌。中午吃盒饭，大伙儿都光着膀子，围在一起，就着大把大把的汗水，吃得很欢。堤上没有饮用水，正为难之际，有爱心企业和单位送来了大批矿泉水，以及西瓜、方便面等水果和食品。

夜班的队员更是辛苦。接替白班的人员之后，打着强光手电筒巡堤，天气闷热难耐，蚊虫叮咬，有时候还能够遇到躲在大坝上的毒蛇。铁皮房子空气流通不好，里面蒸汽弥漫，晚上值班夜深之际，人实在困乏了，方能勉强睡着。

　　尽管连日晴朗无雨，瓦埠湖的水位却一直在缓慢上涨，淮河水位依然居高不下。东淝闸无法开闸泄洪，我们一刻也不敢怠慢。因为有其他工作任务，坚持了三天的值班结束后，我被单位的另一名同事换下。当天夜里，振奋人心的好消息传来——淮河水位下降，东淝闸开始开闸放水！而第二天，我们的战斗阵地上，那个被称为"桑拿房"的铁皮房子里，装上了空调。

刊于 2020 年 8 月 11 日《农业科技报》

故园槐花香

又是一年槐花开，风吹枝头朵朵香。当煦暖的春风再一次拂过江南大地的时候，故乡的槐花如约绽放，引人产生无限的向往与遐想。

故乡人爱种槐树，只为那洁白如雪的串串槐花。

老家是一个四面环水的美丽小村庄，几十户人家，屋前屋后，到处都是棵棵大小不一的槐树。每逢春天，老树抽出新枝，小树吐出嫩芽，一派欣欣向荣的景象。不多几天，叶子愈发长大，满树的浓绿之中渐伸出几串粉蝶般的花骨朵儿来。待到蜜蜂嘤嘤嗡嗡之际，小村所有的槐树已尽为梨花般的雪白所覆盖。一串串槐花，像一个个白色的小灯笼，在温柔的清风中轻轻摆动，煞是好看。驻足树下，闻着阵阵沁人心脾的花香，享受着树荫下的微微清凉，让人心旷神怡、流连忘返。

对槐花的怀念，更多的，是源于儿时吃槐花的记忆。

那时候，乡村很穷。勤劳的乡亲像那些采蜜的蜜蜂，一年到头地忙碌，却还是吃不饱肚子。但是，春天是不必为吃什么而发愁的。聪明的家庭主妇们，仿佛变戏法儿的魔术师，不仅全家吃得饱，还花样繁多，香喷喷的野菜，清香爽嫩的榆钱，甜丝丝的槐花……

采槐花的活儿，自然落在了我们孩子身上。放学之后，一把甩开书包，小伙伴们一起采花去。胆子大的，"哧溜——"，一下子就爬到了高高的大树上，竹篮挂在枝杈上，尽情地采摘。胆子小的，只好站在树下，用一头绑着镰刀头或者铁钩的长长竹竿，一点一点地往下拽。

新鲜的槐花串采来之后，母亲将一枚枚小小的槐花用手捋下，放在清水里浸泡，清理后洗干净。再捞出来晾干，切碎，放入鸡蛋、盐、味精、小虾米等，和着面粉一起搅拌均匀。然后做成一块块圆圆的面饼，锅里油热之后，放入其中煎炸。不断地翻炒，待到面饼周身皆成金黄焦酥状时，香喷喷的槐花饼就可以出锅了。我们兄妹几个早已眼巴巴地等待良久，顾不得咽下馋出的口水，立马一人抓起一个大口吞食，烫得个个直吐舌头。

而今离开故乡多年，再也闻不到那熟悉的槐花清香了。但是，只要每年春天一到，我就会想起那串串白灯笼似的槐花，想起母亲做的诱人的槐花饼，以及那个有我美好童年记忆的槐花似雪的小小村庄。

刊于 2012 年 5 月 31 日《青岛日报》

草垛上的村庄

秋收过后，大地的金黄不复存在，恢复了泥土的本色。稻谷已经颗粒归仓，冒尖儿地躺在农家的粮囤之中，而厚厚的稻草垛，就像一个个蘑菇，雨后春笋般地出现在村庄的怀抱里。

草垛，是乡村的标志。

秋风拂过，庄稼成熟，稻子低垂着脑袋站在田野里，羞答答的样子，如同等待出嫁的姑娘。镰刀早已磨得锃亮，起早贪黑，收获的热情伴随着太阳东升西落。稻子被收割成捆状，运回晒谷场，石磙的碾压之后，秸秆和稻谷依依不舍地脱离，稻谷走向粮仓，而稻草被堆成一个个小山包似的草垛。

有村庄的地方，就有草垛。房前屋后，田野旁边，晒谷场上，凡是面积够大，存储方便的地方，都成了草垛的安身之处。草垛形状各异，长方形的大气磅礴，像是粗犷的乡野汉子；圆形的亭亭玉立，仿佛清纯朴实的农家姑娘。无论哪种形状，深秋初冬之际，水瘦山寒，炊烟袅袅，草垛充满诗意地伫立于朦胧的村庄之中，就是一幅幅写意的水墨中国画。

在旧时的乡下，草垛，是一个村庄正常运转的血液。

传统的农耕时代，草垛是乡民最为重要的燃料库和资源库，从一日三餐的烧火做饭、日常用的草绳，到耕牛过冬的食物，都离不开它。甚而，旧时候，农家姑娘找婆家，亲朋好友去男方家看门头时，也要看看对方家里草垛的厚实程度，以此来检验其家境是否殷实，从而决定是否结亲。

草垛之美，在于其朴素自然。小时候，草垛是我们天然的玩具和游乐场。放学后，几个小伙伴在草垛上爬上爬下，钻入草垛捉迷藏，围着草垛，就可以玩上一个下午。天色渐渐暗了下来，各家的炊烟渐次升起，老牛就着一堆稻草，眼望着西下的夕阳，回味悠长地咀嚼着黄昏。母亲们做好了晚饭，开始出来吆喝自家孩子的名字，偶尔还能发现，其一家的草垛旁，躺着一个玩累睡着了的孩子。天黑了，躁动一天的村庄静了下来，草垛高大的影子若隐若现，守护着乡村的一片祥和与宁静。

时光的小河潺潺流淌，如今的庄稼都已经实现机械化秋收，稻草被就地粉碎，回归泥土。电力文明早已来到，生火做饭不再用稻草，而咀嚼稻草的耕牛，也渐渐成了记忆。

草垛，从一堆旧时光里走出，远离乡村，慢慢淡出人们的视线。但是，在我的儿时记忆里，草垛、草垛上的村庄，却依然是如此的清晰和美丽。

刊于 2014 年 10 月 24 日《中国建设报》

啃　秋

　　"落一叶而知秋"，当院子里的梧桐树叶开始飘零的时候，秋天恰似一位娴静而温婉的古典女子，从流传千年的农历里款款向我们走来。

　　迷人的秋天，从一个叫作立秋的节气开始。立秋时节，盛夏即将远去，凉风起，白露生，寒蝉站立于高高的枝头，依然鸣叫声声。这个时候，阳光把所有的热情都转化为沉甸甸的果实，收获的季节悄然来临。在乡下，在田野，在枝头，又大又圆的绿西瓜、甘甜爽脆的山芋、硬邦邦的玉米棒子、红彤彤的枣子、黄澄澄香喷喷的梨子……

　　哦，"啃秋"的时间到了。

　　所谓"啃秋"，又叫"咬秋"，为乡间传统习俗，指在立秋之际吃些时令瓜果鲜蔬，以补充身体内的营养需要。经过漫长的酷暑炎夏，人们体质相对瘦弱，这时候天气渐凉，逐渐有了食欲，正需要好好滋补一下。孩提时代，在乡村居住，每每到了立秋时节，金风送爽，果实累累，嘴馋的孩子们就乐了，开始变着法子享用一年一度的秋日大餐。

　　"啃秋"，首选即是西瓜。西瓜性寒，甜美多汁，用以对抗暑气还未消散的"秋老虎"，最合适不过了。记得小时候，每逢立秋之时，我和村里的一群小伙伴就开始四处寻觅可吃的东西解暑。日子贫困的年代，物质匮乏，生活艰难，大人们口袋里都没什么钱。炎炎酷暑，饥渴难耐，孩子们没钱买西瓜，只得自己去摸。

村东头的那块坡地上，有一片绿油油的瓜田。中午时分，我们几个顽童在瓜地旁边的小河里洗澡，趁看瓜人睡着了，悄悄地游过去。午后的阳光热辣辣地笼罩着大地，看瓜人的呼噜打得很响，碧绿的瓜地里散落着一个个圆滚滚的大西瓜。我们蹑手蹑脚地走过去，一人抱起一个，游回河里，借用水的浮力，把西瓜运上了岸。一群光屁股的娃子，坐在河边的柳树下，砸开西瓜，狼吞虎咽地啃食。狭长的河岸边，秋风习习，蝉鸣声声，孩子们大快朵颐。

有些时候，实在没有机会，就摸到人家的菜园子里去，东边摘个梨，西边抓个枣，南边摸个香瓜，北边掰个玉米棒子。乡人憨厚，也从不计较，他们眼里，这些东西属于嘴里的零食，总要给孩子们吃的，绝没有人会用"偷"字来形容。如此这般，我们的小嘴一直没闲着，肚皮浑圆，身上也不觉得热，在秋季学期到来之前，狠狠地解了馋，为疯长的身体补充了营养。光屁股的童年，啃食秋天，品尝秋的丰腴与甜美，充满诗意和美好。

老人们说，"啃秋"可调理肠胃、强身健体，漫长的秋冬时节就不会生病。我不知道这话有没有科学依据，但是我想，用吃的方式来迎接秋天，不只是满足了口腹之欲，更是抒发了农人们一种特有的面对丰收的满足与喜悦吧。

刊于 2013 年 8 月 9 日《安徽日报》（农村版）

故乡的立夏

　　立夏来临，春天渐渐远去，夏天即将开始，"斗指东南，维为立夏，万物至此皆长大，故名立夏也。"立夏时节，在我的家乡，有许多有趣的习俗。

　　立夏之时，饯春迎夏是第一件事情。吴藕汀《立夏》诗中说："无可奈何春去也，且将樱笋饯春归。"随着谷雨的过去，暮春时节，明媚的大好春光就要离开，人们难免会有伤春惜春的感慨，于是准备酒菜为春天送行，名曰"饯春"。小时候，家家户户都会在立夏准备一大桌好菜，送别春天，迎接夏天。小孩子们唱着快乐的歌，因为夏天到了，很快就可以吃冰棍儿冷饮，还可以下河游泳。

　　尝新，是立夏里重要的饮食活动。春去夏来，樱桃红红，鲜笋嫩嫩，众多新鲜的蔬果闪亮登场，可以一饱口福了。樱桃、青梅、麦子，俗称"立夏三新"，美味可口，令人垂涎。家家煮鸡蛋，户户做豌豆糕。还要制作糯米豌豆饭，用糯米、豌豆、蚕豆、萝卜等，掺和在一起，煮上一大锅，孩子们吃得津津有味。

　　立夏时节，最经典的东西，便是立夏蛋。"立夏胸挂蛋，孩子不疰夏。"立夏的时候，吃鸡蛋能够强身健体，尤其对小孩子很有好处。新鲜完整的鸡蛋带壳煮，等到熟后冷却，孩子们舍不得吃，用彩线编成网兜把它们一个个套上，骄傲地挂在胸前，彼此炫耀。

好玩有趣的斗蛋游戏开始了。孩子们聚集在一起，把自己最得意的鸡蛋拿出来比试。蛋分两端，尖者为头，圆者为尾，斗蛋时，蛋头斗蛋头，蛋尾击蛋尾，蛋破者为输。经过一番紧张激烈的角逐，胜利者只剩下一个蛋头和一个蛋尾，分别叫作"大王"和"小王"。得到"蛋王"称号的孩子得意扬扬，挨家挨户报喜炫耀，后面跟着一大批粉丝，浩浩荡荡的队伍，很是热闹。

立夏时节，称人的习俗十分有趣。村口的晒谷场上，人们准备了一杆大木秤，秤钩大如镰刀，秤杆足有小树那么粗。掌秤者是村里最德高望重的老人，秤钩上吊着一个大筐，大伙儿轮流坐在筐里称体重。掌秤老人一边称，一边口里念念有词。譬如，希望健康长寿要说"秤花八十七，活到九十一"，称到姑娘时要说"一百零五斤，员外人家找上门"，要是称小孩则说"秤花一打二十三，小官人长大会出山"。全村男女老少都来观看，人山人海，非常热闹。

"春争日，夏争时"。初夏美妙的大好时光，我们应该好好工作和生活，迎接无比亮丽的夏天。又逢立夏时节，想起故乡，那些人，那些事，永远停留在儿时的记忆里。

刊于 2014 年 5 月 9 日《湖北日报》

丝瓜里的乡愁

　　夏日炎炎，遍地暑热，看着头顶热辣辣的太阳，不觉对绿色心向往之，遂想起故乡那透着满目清凉翠绿的青青丝瓜。

　　小时候在乡下，乡人极爱种植丝瓜。家家户户都喜欢这种植物，房前屋后，小院菜地，均可以看见它们亮丽的身姿。每年夏天，密密麻麻的丝瓜叶子已经长大，藤蔓紧紧缠绕，密不透风，遮天蔽日，成了天然的绿色凉棚。人们在丝瓜架下消夏纳凉，聊天下棋，喝酒打牌，好不自在。

　　第一次吃丝瓜，是段哭笑不得的经历。有一年夏天，我嚷着要吃黄瓜，哥哥从院子里摘来一条，细长而嫩绿，煞是好看。我高兴异常，刚一接过，就迫不及待地狠狠咬上一口。顿时，满嘴怪味弥漫，吐了之后，还用清水漱了好几次口。原来，那是调皮的哥哥故意用丝瓜骗我的。从此以后，年幼的我，知道了两者外形的主要区别，黄瓜粗糙有刺，而丝瓜光滑无刺。

　　记忆中的夏天里，丝瓜是家里餐桌上的常菜。那时候日子艰难，没什么好吃的，但是贤惠的母亲总能变戏法似的让孩子们吃饱。我最爱吃母亲做的两道丝瓜菜，第一道是丝瓜炒蛋，新鲜丝瓜去皮切块，放入自家母鸡下的蛋，香喷喷的，特别下饭。第二道是丝瓜蛋汤，清爽可口，盛夏之时，清凉解暑，美味而滋润。

　　丝瓜，是一种极顽强的植物。春天里，往往只需要几粒种子，就可以生根发芽开枝散叶，在夏天为人们铺开大片大片的绿荫。它无私而实用，极具奉献精神。新鲜的嫩丝瓜可以食用，成熟的老丝瓜去皮后可以当刷子使用，洗碗刷锅，洁净耐用，而且绝对纯天然，比超市里的那些厨房清洁器具好多了。

　　每年夏天，我都会回老家，看一看那些美丽的丝瓜。万千绿叶之中，朵朵金色的小花，就像一只只黄色的蝴蝶，微风拂过，随风飘舞，美丽极了。长长的丝瓜点缀其间，仿佛一个个顽皮的娃娃，在凉爽的风中左摇右晃，似乎能听得见它们顽皮的笑声。

　　每次回城，母亲总要让我捎上几根家里的嫩丝瓜。妻子说太麻烦，城里菜市场多得是。我笑笑，没有说话，依然把丝瓜包好，像是对待极其珍贵的文物，小心翼翼地把它们放进汽车后备厢。

　　她不知道，远离故乡，在城里的多少个日子，一碗清爽美味的丝瓜汤，就是我乡愁的最好解药。那些平凡而普通的丝瓜，一如我儿时的小伙伴，朴素而亲切，藤藤蔓蔓的缠绕里，永远氤氲着一份浓浓烈烈的乡情。

　　　　　　　　　刊于 2020 年 8 月 3 日《山西晚报》

安丰塘春游

　　春光明媚的四月，阳光灿烂，大地一片生机勃勃的景象，正是旅游的大好时节。适逢清明小长假，我来到了著名的天下第一塘——安丰塘，领略那里如诗如画的醉人美景。

　　安丰塘，坐落在国家历史文化名城寿县城南三十公里处。寿县，历史上称为寿春、寿阳、寿州，曾为古楚国的都城，古代历史文化遗迹众多，作为全国重点文物保护单位，安丰塘便是其中一处重要的自然人文景观。

　　从县城出发，驱车不过半个多小时，便来到安丰塘畔。放眼望去，烟波浩渺的塘面，在春日阳光的映照下，波光粼粼，一眼望不到边际。这不由得让人疑心到了无边无际的大海边，其实，哪里有大海，分明是一口人工开凿的塘而已。

　　据史书记载，古代楚国令尹（相当于宰相）孙叔敖为了修建水利工程，命人开凿了方圆十几里的安丰塘，灌溉了楚国的万亩良田。时至今日，安丰塘虽历经千年风雨，仍然得以完好保留。它的蓄水灌溉功能，今天还在发挥着重要的作用，成为淠史杭灌区不可缺少的水库，塘周围好几个乡镇的农田，依然每年接受着它慈母般的滋润。

　　走在长长的塘坝上，看着深入水面随风婀娜起舞的垂柳，听着温柔的浪花轻轻拍击堤岸的脆响，历史的烟云轻轻拂过，一切如梦如幻，不由得发出阵阵感叹。

在塘北岸边的凉亭里稍作休息，便到凉亭对面的"孙公祠"参观。这"孙公"想必就是楚令尹孙叔敖大人吧。进去参观，果然如此，里面供奉的正是他老人家。祠堂并不算大，两进房子数间而已。古色古香的建筑，颇有些徽派的风格，只是距离当年的楚国时间太久，我们不知道一切是否得其精髓。

塘心有一座小岛，在水面中间若隐若现。乘小船登岛，里面别有洞天。岛上树木众多，桃树尤甚，时值盛春，桃花朵朵绽放，好不妖艳，在一片碧波荡漾之中，愈发绚烂耀眼。漫步桃林，蜜蜂嘤嘤嗡嗡，花香阵阵袭人，使人顿生流连忘返之意，久久不愿离去。

夕阳渐渐落山，落日的余晖散金碎玉般地倾泻在安丰塘面上。渔帆点点，鸥鸟阵阵，清凉湿润的风从水面上徐徐而来，让人感觉疲乏散尽，心旷神怡。

美景未及饱览，无奈返程在即，只得深深呼吸了一口凉爽的气息，带着依依不舍的心情，离开了这个使人难以忘怀的人间仙境。

刊于 2010 年 6 月 5 日《精神文明报》

回不去的故乡

弯弯曲曲的乡村水泥路，像是迂回曲折的迷宫，车子开得很慢。

女儿问，爸爸，这里的路怎么这样狭窄啊？我笑着说，已经不错了，毕竟是水泥路，我小时候，这里到处都是泥土路，坑坑洼洼的，下雨天更是泥泞，根本没法走。

到了家门口，母亲出来迎接，欢喜得不得了。一家人围坐在小院子里，父亲逗着女儿，母亲和妻子聊天，我的心中一阵释然，故乡，我终于回来了！

走出门外，我独自一人溜达着，试图搜寻记忆中的点点滴滴。

老屋已经倒塌，取而代之的是一座两上两下的二层小楼。我沿着村庄走了一圈，发现童年的那种泥坯土屋已经不见了，到处都是崭新的楼房。我愣住了，多少次在梦里，我的故乡是泥土上的故乡，老屋怎么可以说没有就没有了呢？

经典的老屋，泥土为材料，麦秸秆做屋顶，间或有红砖青瓦。这种房子，没有钢筋水泥混凝土，简陋土气，却冬暖夏凉，既朴实又耐用，仿佛从泛黄的典籍中走出的乡野女子，古典而秀气。无数次，母亲从老屋中进进出出，我和小伙伴们在里面捉迷藏。像是对于自己的身体，我熟悉它的每一个毛孔，我甚至记得藏过零用钱和弹珠的那个墙洞。可是，当我站在当年的位置时，一切，都只能成为回忆了。

在村里转了一会儿，却几乎没有遇见什么人。母亲告诉我，你看村里虽然处处是宽敞崭新的楼房，可是里面大多是空着的。见我疑惑的神情，母亲叹了口气，说青壮年都到城里打工了，现在留在家里的都是老人和孩子。我愕然了，记忆中老家热热闹闹的，每次只要一回家都会有好多人，招呼这个看看那个，大伯小叔七姑八姨，乡里乡亲，聊家常叙往事，亲如一家人。吃饭的间隙，母亲又告诉我，村里哪些老人过世了，谁家又生了个娃子，谁在外面发财了，我听着听着，一切恍如隔世。

妻子和女儿一夜没有睡好。乡下的床太硬，晚上太热，没有空调，一台电风扇吱吱呀呀勤奋地工作个不停，却也是扇的热风。蚊虫太多，见到硕大的黑甲虫，女儿吓得大叫，妻子的皮肤也被不知名的虫子咬得过敏。窗外的稻田里，蛙声如鼓，夏虫嘶鸣，一家三口翻来覆去，迟迟睡不着觉。

我躺在床上，陷入了沉思。小时候，我最喜欢夏天的晚上。我喜欢听蛙鸣，也喜欢打着手电筒捉虫子。手提灯笼的萤火虫是我的最爱，逮住了，放在玻璃瓶里，在夜空中一闪一闪的，好看极了。玩累了，一头倒在竹凉床上，一觉能睡到天亮。可是如今，一切怎么就变了呢？

过了两天，女儿就嚷着要回城，我没说话，默认了她的提议。看着一片空寂的村庄，一切时过境迁，我有些难过。我知道，故乡不再是记忆中的故乡了，它已经随着时代的步伐而悄悄变化。就像人生，我们终将老去，青春只剩下传说，而儿时的故乡，再也回不去了。

刊于 2014 年 6 月 26 日《浙江工人日报》

芡实满塘故园秋

　　周末，回到乡下老家，女儿兴奋地大喊："爸爸，快看，好大的睡莲，上面还有刺儿！"我循声望去，不禁笑了，清澈的池塘里，一些硕大的芡实叶子浮在水面上，绿莹莹的，好看极了。女儿自小在城里长大，从来没有见过芡实，自然不认识它。

　　芡实，俗称鸡头，是睡莲科一年生水生草本植物，因其果实形似鸡头，故而得名。家乡多水，乡人勤劳，水里常种莲藕、菱角和芡实。每年秋天之时，莲叶接天，红菱鲜嫩，芡实饱满，成熟的气息氤氲弥漫着水面。

　　"屋后水上一盘磨，能看不能坐。"这是童年时大人们常说的一道谜题，所指正是芡实。芡实叶的外形与睡莲、荷叶相似，但是却比它们更大，上面布满了尖刺儿，一片片漂浮在水面上，在金色的阳光下，满眼碧绿，清凉动人。

　　在乡村，芡实是一种极为朴实的水生植物。它不像莲荷，仿佛水中的贵族，高高地伫立在水面上，用粉嫩的红荷惹人眼球；也不像菱角那般霸道，密密麻麻地挤在水面上，中间不留一点儿缝隙。在宽阔如盆的叶子间隙中，芡实花悄悄钻出来，紫色的花冠，宛如傲然挺立的鸡冠。果实就藏在水下，附着在茎上，活像一个个缩着脑袋的小刺猬。

　　寂寞的暑假里，顽皮的孩子们常常去水中玩耍。烈日炎炎，酷暑难耐，偌大的野塘，一池清凉的碧波不时诱惑着我们。晌午时分，趁大人们午休之际，我们跑到东边的方塘，与塘水来个亲密接触。塘中遍是芡实，又大又圆的叶子成了孩子们打水仗的强力武器，浑然不顾上面尖尖的小刺儿在身上留下的道道伤痕。大家嘻嘻哈哈，阵阵欢乐的笑声，抖落在浑圆的芡实叶子里，构成一幅绝美的乡村水墨丹青。

　　孩提时，采芡实是我们的最爱。秋风乍起，水面上清凉异常，我和妹妹带着工具，准备采芡实。我找来长竹竿，把镰刀绑在竹竿上，站在池塘边小心翼翼地割下成熟的芡实。妹妹负责把它们从水边捞出，装进竹篮里。回到家，我们把芡实臭子倒在院子里，用脚踩着，戴上手套先从顶部的咧嘴处小心地撕开口子，然后一点点地把布满尖刺的外皮剥去。这时候，里面的果实开始露出来，就像一个个黑褐色的石榴籽儿，轻轻一掰，粒粒圆润。

　　母亲把芡实果粒分拣，老的坚硬不宜直接食用，储存起来制作淀粉，嫩的放在清水里煮食，成为孩子们喜爱的零食。剥去一层柔软的外皮，鲜嫩的芡实肉又软又糯，唇齿留香，就连吸入的空气里都有丝丝的凉意。旧时的乡下，没什么好吃的，客人来访，一把黑珍珠般的芡实果，就可以端上桌子待客。人们就着芡实果，聊庄稼，谈农事，笑语盈盈，乡情弥漫。

　　童年的秋天宛如一只红蜻蜓，扑扇着翅膀飞翔，遁入永不停歇的时光里而不复见。在人流拥挤的城市，每逢秋意浓浓的时节，想起故乡田田的芡实叶子，一粒清甜的小小芡实果，便能喂养一个人饥渴的乡愁。

刊于 2020 年 8 月 28 日《现代快报》

第四辑

半盏闲情

慢读书，四季可读。春日融融，陌上花开，晨起而读书，有鸟鸣声悦耳；夏日黄昏，暑热散去，于荷塘边读书，清凉宜人；秋日凉风飒飒，登高处好读书，秋思之感油然而生；冬日午后，阳光斜斜地射过来，捧书阅读，慵懒的时光里，有深深的诗意。

慢读书

慢读书，是一种品位与境界。好比一个人，拥有充分的时间，流连于山水，不急于赶路，所见处处皆风景。

偶得书，虽然如获至宝，却不敢贸然阅读。总有那么一天，人闲了，心静了，独坐窗台，一盏清茶一本书，在文字中徜徉，在思想里碰撞，神仙滋味。一气读完，意犹未尽，还能写篇赏读文字，快意之至。

慢读书，需要慢下来。读书犹如熬药，须小火慢炖，不徐不疾，大千世界清风明月，三碗水熬成一碗水，细细品尝，尽得其味道。

时间要慢下来。忙里偷闲不宜读书，快餐式的阅读，虽能充饥饱腹，却没什么营养，还会消化不良。朋友大李告诉我，他半天读完一本厚厚的《平凡的世界》，我一直不能理解，那会是个什么状态。我读书极慢，可以数天，可以数月，数年亦有之。

心情要慢下来。大喜大悲不读书，高兴的时候就尽情欢乐，书籍不是用来助兴的；忧伤的时候，需要倾诉或者疏导，读书亦不能代替治病。心浮气躁不读书，气定神闲，一书在手，风轻云淡，方得书中真滋味。

两年前，文友运超赠我大作两部。那两本厚厚的长篇小说，让我心存敬畏，一直未敢仓促就读。一次，偶然在书架上再次邂逅它们，忽有负罪感产生，于是伏案拜读，几日便读完，还发表了书评文字。想来，慢读书，于我，可以了却一些因懒惰而欠下的文字债。

我所居住的小城，极适宜慢读书。寿州小城不大，却是千年古城，始建于宋代的古城墙，屹立千年不倒。周日的上午，我斜坐在城墙上的垛口读书，遥想四百年之前，寿州的书生们在循理书院苦读，然后从宾阳、通淝、定湖、靖淮四个城门鱼贯而出，奔向科举的考场，最后衣锦还乡。

南宋的陆九渊是喜欢慢读书的。《陆象山语录》中记载了他的读书观："读书切戒在慌忙，涵泳工夫兴味长；未晓不妨权放过，切身须要急思量。"象山先生以为，读书不能性急，要有涵泳工夫，来日方长，慢慢细读，终能领悟。

慢读书，四季可读。春日融融，陌上花开，晨起而读书，有鸟鸣声悦耳；夏日黄昏，暑热散去，于荷塘边读书，清凉宜人；秋日凉风飒飒，登高处好读书，秋思之感油然而生；冬日午后，阳光斜斜地射过来，捧书阅读，慵懒的时光里，有深深的诗意。

慢读书，书有清香。古人读书，为防止蠹虫咬食书籍，在书中放置一些芸香草，草有清香之气，书打开之后清香袭人，称为"书香"。宁波天一阁藏书楼，图书是"无蛀书"，人说是芸香草的功效，我却以为，还是慢读书带来的效果，慢慢地翻，久久地读，想来虫子是不会在里面安家的。唐代白乐天曾经做过号称"芸香吏"的校书郎，整日沉浸在浓浓书香里，妥妥的乐天派。

慢读书，不宜电子阅读。手机、平板、电脑……冷冰冰的电子屏幕，传递不了思想的温热气息，却常常伤害了眼睛与颈椎。还是喜欢纸质书籍，喜欢那种氤氲弥漫的墨香，一页读罢，手指轻轻捻过纸张，内心妥帖而厚实。

　　享受阅读，风清月白，慢读书，则天高云淡，把自己沉浸在不老的时光中，做一个思想有厚度的人。

刊于 2019 年 8 月 2 日《江淮时报》

劳动的诗意

　　劳动，是有着浓浓的诗意的。小时候，爷爷在田里干活，我在一旁玩耍。我问爷爷："干活累吗？"爷爷笑答："不累，劳动里有诗意呢。"我不信，要他说原因。他说："锄禾日当午，汗滴禾下土。谁知盘中餐，粒粒皆辛苦。这不是诗意吗？"

　　爷爷曾经做过村里的私塾先生，熟读四书五经，古文造诣颇深。孩提时代，懵懂无知，我只知道劳动就是干活，干活一定累人，哪里有什么诗意可言？可是爷爷说，劳动是快乐的，劳动最幸福。年幼的我遵照他的话，帮他摘地里的豆子，然后运回家。当看着满满一大篮子的豆子时，尽管我已经汗流浃背，却感到一种从未有过的喜悦。终于，我品尝到了劳动的快乐。

　　诗人海子肯定是知道劳动的诗意的。"从明天起，做一个幸福的人／喂马、劈柴，周游世界／从明天起，关心粮食和蔬菜／我有一所房子／面朝大海，春暖花开。"这是他的名作《面朝大海，春暖花开》里的几句，我不确定诗人想表达的主题是什么，但我确定，他是了解劳动的幸福的。喂马、劈柴、关心粮食和蔬菜，只有亲身从事过相关劳动的人，才能够写出这样的句子。

　　宋代诗人范成大也是喜欢劳动的诗意的。他在《四时田园杂兴》里说："昼出耘田夜绩麻，村庄儿女各当家。童孙未解供耕织，也傍桑阴学种瓜。"乡村的大忙时节，男耕女织，日夜操劳，就连孩子也在学着种瓜，可是诗人并不觉得劳动是一种苦累，写得活泼轻松，极富生活情趣。

我的朋友朱三，从小害怕干活。那时候的乡下，没有农业机械，农活全凭手工，每到农忙之时，孩子们也要帮忙。朱三放学回家，他爸叫他劳动之时，他不干，说我还要看书呢。对于希望孩子跳出农门的农民来说，看书是一件大事，所以朱三一说这话，他爸就不吱声了。后来，朱三真的考上大学，进了城。有一天，他见到我，说："我在城里过腻了，啥时候咱还回到乡下，搞二亩地，喂几头羊，那种劳动真舒坦。"如此这般，想来他已经真正知晓乡村劳动的诗意了。

人类学家说，劳动促进了古猿的大脑形成和直立行走，进而创造了人类；历史学家说，人类的辉煌文明，全都是劳动结出的硕果。我没有那么专业，可是我知道，如果我一天不写文章，不在电脑前用手指敲击键盘而劳动，就会浑身不自在。就像我那已经八十多岁的乡下奶奶，她仍然下地干活，仍然侍弄着牲口，她的牙齿几乎已经掉光，瘪着嘴告诉我，人，活着，就得劳动。

德国诗人荷尔德林说："人诗意地栖居在大地上。"未经诗人同意，我想冒昧地加上一句，可以构成一幅更加完整动人的画卷，"人诗意地栖居在大地上，并且诗意地劳动着"。

刊于 2014 年 5 月 1 日《陕西工人报》

"铁肩辣手"邵飘萍

中国近代新闻史上著名报人、《京报》创办者邵飘萍，是我国新闻理论的开拓者和奠基人。为了维护新闻的真实与公正，在军阀混战的旧中国，他代表民意抨击丑恶，以过人的机智和出色的采访技巧，挖掘到大量独家新闻，为后人所津津乐道。

第一次世界大战爆发后，中国是参战还是中立，北洋政府举棋不定。经过一段时间的讨论，决定加入协约国，对同盟国宣战，但是秘密要暂时保守，各个重要机关都挂出了"停止会客三天"的牌子。

为了获得新闻，邵飘萍借了一辆挂了总统府牌子的汽车，一直开进了国务院大门。在传达室，他巧妙地利用智慧，让传达长递了名片。时任总理的段祺瑞也不愿得罪这位在京城响当当的大记者，就答应相见。见面后，段祺瑞本想闭口不谈宣战一事，无奈邵飘萍软磨硬缠，并写下保证书，答应"三天内如果北京城走漏了这项机密，愿受泄露国家秘密的处分，并以全家生命财产作担保"，段祺瑞才把宣战细节一一道来。

得到消息后，邵飘萍直接坐车来到电报局，把内容用密码拍到上海新、申两报。上海报馆接到这项重大新闻，立马刊印了几十万份"号外"新闻，整个上海滩争相传阅。由于当时交通不便，报纸从上海到北京必须经水路走四天。所以运到北京时，已经超过三天，不算违约了。

有一次，政府内阁讨论金佛郎案。所谓佛郎，就是法郎在当时的译名，"庚子赔款"中，法国部分本来可以用纸币来赔偿，但是当时法国国内通货膨胀纸币贬值，要求中国用黄金代替纸币，于是中国因此而多支付了八千万元。这次会议严禁记者列席，但是邵飘萍不屈不挠，守候在会场门侧。当法国公使进入会场时，邵飘萍立即尾随而入。门卫以为他是公使的随从，就没有阻拦。第二天，关于金佛郎案的讨论内容见诸报端，立刻国内舆论哗然，民众激愤不已。

邵飘萍敏锐的新闻揭露引起了当局的恐慌，反动军阀更是视其为眼中钉。看到收买不成，他们便想杀之而后快。1926 年 4 月 24 日，邵飘萍被新闻界败类张瀚举出卖，遭到奉系军阀诱捕，两日后英勇就义，年仅四十岁。

1918 年，邵飘萍在创办《京报》时，曾经手书"铁肩辣手"四个大字挂在编辑室的正面墙上，这正是他疾恶如仇快笔如刀，短暂而辉煌一生的真实写照。

刊于 2013 年 11 月 8 日《新民晚报》（美国版）

行色匆匆的中年

那天，同学聚会。一晃二十年，同寝室的几个兄弟，已从当年的青涩走向成熟，把酒言欢畅叙同窗之谊。席间，不时有手机铃声响起。有单位领导催着要材料的，有公司重要客户要求见面的，有学生请教老师问题的，还有孩子病了需要赶紧送医院的。不到半顿饭工夫，人几乎走了一半。

剩下的同学，大家一边喝酒一边唏嘘感慨，人到中年，行色匆匆，是基本的生存姿态。想想也是，人生世上，童年时幼稚懵懂，整日里疯玩，时间在孩子眼里并不觉得珍贵，十年漫长的时光一闪而逝。青少年时期，忙于辗转求学，但仍然躲在父母羽翼的呵护下，没有养家糊口的压力，感觉一切云淡风轻。而到了中年，上有年迈的父母，下有嗷嗷待哺的幼儿，生活的压力陡增，个中艰辛，只有自己知道。

我有一位外地朋友，父母以前是干部，有着不菲的退休金。朋友没有工作，整天游山玩水无所事事，父母让他找点事做，他也不愿意，是典型的"啃老族"。几年后的一天，我出差经过当地再次见到他，发现他正骑着电瓶车，风驰电掣般地给别人送快递。朋友告诉我，去年父母过世后他没了收入，一家人的生活费没有着落。与我简单寒暄了几句，他便跨上车，一溜烟儿地走了。

　　昂首青春，低头中年，昂首低头之间，我已近不惑之年。我和妻子都在机关事业单位工作，但是工资不算高，每个月除去房贷以及各种生活费用，便所剩无几。前年，我们又有了二宝。小家伙的诞生，让家里多了很多欢乐，却也带来了许多的烦恼。经济压力很大，时间也非常紧张。

　　每天清晨，我快速起床，做好早饭，喊醒上五年级的女儿，洗漱吃饭。然后骑上车，把女儿送到附近的学校，匆匆忙忙赶去上班。妻子给二宝喂好奶，交给六十多岁的岳母照顾，也要去上班，周末还得带着女儿参加各种课外辅导班。每天的生活就像是打仗，满满的日程，常常让我们疲于奔命。

　　有一天，妻子在镜子前梳头。我突然发现，她眼角的鱼尾纹又深了些许，我的内心有些感触，便对她说："对不起，这些年让你受苦了。"妻子轻轻一笑，指了指我已经隆起的小腹，打趣地说："对不起，这些年让你的小肚子起来了。"我低头看看，可不是嘛，从前爱打篮球的我，这几年工作忙碌、生活琐碎，身体严重缺乏运动，早已失去当年之修长清瘦了。

　　人到中年，奋斗与忙碌是生活的底色。人生这本大书，每个人都在用光阴书写，中年是最重要的过渡章节，起承转合之间，挥洒着层层艰辛与不易。微信里看过一篇文章，说有些单位的领导喜欢欺负中年员工，因为年轻人火气盛不计后果，一不高兴就辞职不干了，只有中年人往往因为家庭负担而忍气吞声。此说法虽是笑话段子，但中年之痛，由此可见一斑。

　　中年人，不言辛苦，累了，也不能倒下。中年人，积极坚毅而隐忍，他们行色匆匆的脚步里，有时光深处的执着与温暖。

刊于 2019 年 9 月 2 日《宜宾晚报》

新年，你好

　　对于热爱生活的中国人来说，辞旧迎新是永恒的主题。在元旦，新年的第一天，当太阳升起的时候，一切都是新的，充满了无比的幸福和希望。

　　时光如射出的箭矢，一往无前永不停息。过去的一年，三百六十五个日子，如同三百六十五集电视剧，每一集都精彩纷呈，每一集都那么熟悉，在我们的脑海中一一浮现。无论喜悦还是忧伤，我们都一起走过，身后是串串坚实的脚印。

　　新年，常常伴随着美丽的雪花。是的，那是节日喜庆的另一种烟花。苍苍茫茫的天地之间，这些纯洁的花朵，飘飘洒洒，盛开在枝头，盛开在草垛，盛开在房顶，也盛开在人们的心上。忙忙碌碌了一年，所有的劳累都已经过去，所有的情绪都变得雪花般亮丽。

　　新年是一道门槛。过去的日子隐藏在身后，里面有成功的喜悦，有失败的泪水，有鲜花和掌声，也有平凡与落寞。站在新年的门槛前，我们眺望远方，美丽的朝阳升起，亮闪闪的明天在轻轻地招手。跨过新年的门槛，我们容光焕发，我们笑靥如花。

　　新年是一扇窗，轻轻推开，清新的空气迎面而来。你还躲在窗下埋怨冬天的寒冷吗？你还徘徊于窗前感叹春天的遥不可及吗？打开新年的窗户，太阳已经升起，春天的种子正在酝酿，无限精彩就要开始。

新年是一本书。这是一本厚厚的大书，红彤彤的封面，打开它的扉页，里面丰富多彩。鞭炮声响起，红灯笼像是明晃晃的眼睛，孩子们嘻嘻哈哈，一切热闹而美好。打开新年这本书，无比精彩的内容等着我们去阅读；打开新年这本书，灿烂的未来就在眼前。

新年如诗，平平仄仄的韵脚中，写满无限的祝福与感恩。

新年似画，五彩缤纷的色彩在我们眼前闪耀，描绘着动人的故事。

新年，你好；你好，新年。

刊于 2013 年 1 月 1 日《人民日报》（海外版）

古代稿酬

现代社会里，不管是职业作家还是普通撰稿人，写文章，拿稿费，天经地义。其实，在我国古代，稿费早已有之，众多的文人墨客们身上，还发生了很多关于稿费的趣事。

古代的稿费，最早可以追溯到汉武帝时期。据史书记载，武帝皇后陈阿娇失宠后，独居长门宫，整日愁眉不展。后来她想起了武帝宠爱的大才子司马相如，于是"奉黄金百斤，为相如、文君取酒"，相如不辱使命，一篇千古绝唱《长门赋》，终于让陈皇后又得到了皇帝的心。《长门赋》不过六百余字，稿费如此丰厚，真是字字如金。

古代的稿费，有个动听的雅称，名曰"润笔"。《隋书·郑译传》载："上令内史令李德林立作诏书，高颎戏谓译曰：'笔干。'译答曰：'出为方岳，杖策言归，不得一钱，何以润笔。'"从此以后，"润笔"一词，特指人们写文、作画、写字的稿费。

稿费之风气，在唐代时大盛。作为当时的文坛领袖，韩愈的文章颇受欢迎。韩愈写了一篇《平淮西碑》，唐宪宗将这文章的一块石刻赏赐给韩弘，韩弘就馈赠韩愈五百匹绢。他写《王用碑》，获赠带鞍宝马一匹和白玉带一条。刘禹锡曾有评价韩愈的文章"公鼎侯碑，志隧表阡。一字之价，辇金如山"，可见其稿费收入之高。李邕不仅会写文章，书法更是一绝，达官贵人纷纷怀揣重金求其文字，以至于"受纳馈遗，亦至巨万"。

著名文学家白居易诗文俱佳，稿费丰厚。他曾经替好友写了篇墓志铭，所得润笔有车马、玉帛等众多物资，价值数十万金，后来全部捐给了寺庙，做了功德之事。尤其令人津津乐道的是，白居易的作品甚至还远销国外，经常有外国商人花重金来买他的诗歌，着实让人感慨。

官方出面规定稿费，则从宋代开始。沈括《梦溪笔谈》记载："内外制凡草制除官，自给谏、待制以上，皆有润笔物。太宗时，立润笔钱数，降诏刻石于舍人院。"

宋真宗时，学士杨亿才华横溢，深得真宗喜爱。杨亿的一封奏折让寇准被提拔为宰相，为此，寇准一高兴，除支付了稿费外，还"别赠白金百两"。

古代的文人雅士，大都讲究清高，耻言金钱，对于索取稿费往往羞于启齿，可是也有一些例外。明代唐伯虎把作品装订成册，封面上书"利市"二字，已经把它当作生意。至于祝枝山，别人求字必须带着银子，他方才动笔。"扬州八怪"中的郑板桥，罢官之后，靠摆摊卖字画度日。他特意悬挂了一幅小卷，上面标注了他的字画稿费标准："大幅六两，中幅四两，小幅二两，书条、对联一两，扇子、斗方五钱。"如此明码标价，真是善于维护自己的知识产权。

刊于 2013 年 7 月 9 日香港《大公报》

人生的演习

　　看过一个故事，说有个劫匪抢劫银行被警察团团包围，情急之下抓住一个五岁小男孩作为人质。在谈判专家与之周旋的时候，警方的狙击手扣动扳机，劫匪应声倒地，鲜血喷溅了小男孩一身。

　　就在小男孩号啕大哭的时候，面对已经吓得瑟瑟发抖的孩子母亲以及众人，谈判专家却一把抱起小家伙，大声地说："孩子，别哭了，我宣布，演习到此结束！"刹那间，所有的人都似乎明白了什么，周围响起了雷鸣般的热烈掌声。

　　演习到此结束！多么好的一句话啊！遭遇随时可能撕票的人身威胁，就算是换作成年人，恐怕也会因为突然的恐惧而产生巨大的心理阴影。这样的经历，对于一个未经世事的孩子来说是非常残忍的，毫无疑问，这将影响到他的一生。而谈判专家的一句善意的谎言，保护了孩子幼小而脆弱的心灵，让剧情瞬间反转，可谓画龙点睛的神来之笔。

　　把人生看成演习，许多时候，我们可以走出往事的阴霾，沐浴在希望的阳光里，重新开始一段旅程。人生在世，总会经历风霜雨雪，也难免遭遇挫折失败，这时候我们怎么办？躲在角落里唉声叹气顾影自怜，还是感叹命运的不公而停滞不前？只要想想，昨天的失败已经过去，今天的困境只是上天设计的磨炼你人生的演习，挺过去，美好的明天里，一切便会乌云散尽，呈现出别样的彩虹。

还记得读中学的时候，班里的一位女生被怀疑偷了同寝室同学的一百元钱。那时候，对于我们这群刚到城里求学的乡下孩子来说，一百元可是个大数目，它可以作为一个月的生活费。班主任是个二十出头的年轻老师，平日里严肃异常。他大发雷霆，尽管没有确凿的证据，却还是把那个女生的名字公之于众，惹得同学们议论纷纷。很多年后，偶然听说那个女生后来得了抑郁症，当年的那件事可能就是导火索。现在想来，如果当初的班主任经验老到些，本着保护学生隐私的心态，妥善地处理，事情可能就不会变得如此糟糕。

有人说，人生如戏，全靠演技。可是我以为，如戏如幻的人生中，我们不仅要演技高超，更重要的是既能够演得投入，又可以走得出来。有人驰骋于官场，整日里想着自己的政绩，总是谋划着通过种种途径而迅速升官；有人醉心于商海，蝇营狗苟，不择手段地赚钱，只关心自己银行账户上的数字；还有人流连于酒桌饭局，灯红酒绿纸醉金迷……凡此种种，不过是陷入滚滚红尘中形形色色的情天欲海不能自拔，一切终究会是过眼云烟，成为过往的虚空。

人生如演习，是一种态度，更是一种智慧。世事艰难，生活不易，不管结果如何，只需享受过程。不论有什么样的遭遇，幸福抑或烦恼，苦难或者快乐，只要你微笑面对，坦然接受，牢牢把握命运的主动权而不随波逐流，就能超然而立，进而一路欢歌相伴，处处充满花香。

刊于 2018 年 3 月 2 日《淮南日报》

七夕，中国式的爱情坚守

　　七夕，是我国民间最为浪漫的一个日子。

　　夏末秋初，凉风渐起，一对对情侣偎依在星光下，遥望天河，细寻两岸的牛郎织女星，情话绵绵，在流传千古的神话传说中品尝爱情的甜蜜，诗意浪漫之至。

　　实在是佩服老祖先无穷丰富的想象力。一条狭长的银河，两颗极普通的星星，竟然被演绎成如此凄婉动人的爱情故事。牛郎虽穷，却也有追求爱情的权利。织女尽管贵为天上仙女，但是厌倦了天上压抑的生活，冒死到人间寻找真爱。两人情投意合，却遭遇王母阻拦，最终隔河相望。

　　孩提时代，每逢七夕，一家人坐在小院子里，一边纳凉聊天，一边闲看天上的牛郎织女星。初秋的乡村夜晚，蝉声遁去，秋虫唧唧，朦胧的月色淡凉如水。父亲说，牛郎织女爱得太辛苦，天河相隔，一年的漫长等待，只为一次的相遇，所以七夕这天，一般会下雨，那是他们相思的眼泪。母亲也说，七夕夜晚的葡萄架下，如果仔细倾听，会听到他们窃窃私语的绵绵情话。幼时不懂爱情，及至成人，方才慢慢明白，人间挚爱真情的美妙，以及牛郎织女所代表的传统文化底蕴。

　　爱情这个东西，千古一道谜题，无数痴男怨女为之神往，演绎了多少感动人心的故事。无论是中国的牛郎织女，还是古希腊的爱情神话；无论是中国的梁山伯与祝英台，还是西方的罗密欧与朱丽叶，天上人间，古今中外同理。爱情的基础是自由与平等，双方由此产生炽热的火花。如果没有自由平等，必定会有抗争，爱情也因此而伟大。牛郎织女抗争的结果，便是每年七夕的鹊桥相会。

老实说，我不喜欢西方的情人节。"情人"这个词太暧昧，包含了太多令人想入非非的东西。西方的情人，只注重短暂的两情相悦，而不一定要长相厮守。而对于传统的中国人来说，所谓的情人只能有一个，那就是相濡以沫的妻子或者准妻子。女朋友是要用来结婚的，妻子是要用来白头偕老的，一诺千金而不离不弃，这种极传统的思想，实乃中国式的爱情经典。

西方人重物质，讲浪漫，情人节必有玫瑰和巧克力。相比之下，咱们中国人在七夕节，往往只有一句话——我爱你。这三个字，分量很重，几乎字字千钧，有时候甚至会藏在心里一辈子，不是能随便说说的。中国人内敛含蓄，关于爱的语言表达并不重要，重要的是相濡以沫的陪伴，一生的不变承诺。牛郎织女的爱情最可贵的是什么？是坚守。青春男女，情色相当，一见钟情擦出爱情的火花并不难，难的是执着一生的坚守，这是爱情的升华，一种最高的感情境界。银河相望，两情相守，千年不变，的确可歌可泣。

喜欢七夕，喜欢我们中国人自己的情人节。人生在世，不要随随便便去爱，如果爱了，请用心去爱，追求执子之手与子偕老的幸福。在这个感情容易泛滥的年代，七夕不仅仅只是一个浪漫的节日，更是我们的一个道德标杆，秋天夜空中那两颗高高闪耀的星星，始终引领着我们，去追寻那种相守一生的人间真爱。

刊于 2013 年 8 月 15 日《浙江工人日报》

不敢出书

　　一次，应邀参加县里举办的文学笔会，一大帮当地以及附近县市的文朋诗友相约而来，好不热闹。席间，大家打开自己沉甸甸的背包，里面都是各自新近出版的诗文集，相互签名赠书，并不吝言辞地恭维一番。轮到我，却两手空空如也，我苦笑："我还没出过书。"众人大笑，弦外之意，既然连书都没出过一本，这也算个作家？

　　我承认，我不是个作家，尽管我已发表了百万字的文学作品，我也不是个诗人，尽管我的诗歌每年都可以登上国内外的众多大小报刊。在单位，我是众人仰慕的才子；在文友眼中，我是高产的副刊作家。可是在我们当地的文学圈子里，我却什么都不是。这一切，只因为我缺乏自己的一本书，那种厚厚的有些吓人的大部头。

　　事实上，在这个时代，出书并不是什么难事。即便如我，这种码字民工级别的末流作家，想要出一本书，也是很容易的。经常有出版人找到我，说你写了那么多，要不要出书？我说纯文学不是不景气吗，再说咱又不是名家？他说那没关系，自费出书，花不了多少钱，权当作自己玩玩。他又说，你周围的那些人出书，基本上都是我包办的，有人甚至上了瘾，几乎每年出一本，玩着玩着，也就有了些名气。

他的话让我大吃一惊。在我看来，出书是一件很神圣的事情，而在他和他的客户们那里，则完全成了一种游戏。记得读小学的时候，每学期领到新书，我都会极爱惜地给它们包上书皮，翻着崭新的书页，心里激动不已。长大后，书店是我最喜欢去的地方，看书买书是一种乐趣。我收藏的所有书籍，不管是名家的，还是普通作者的，甚而是儿时的课本，都是我眼里的珍宝。敬畏字纸，敬畏书籍，于我，已经深入骨髓。我甚至这样想，书籍这种流传后世、传承文明的东西，非大家所不能为，岂能容我等儿戏？

背上了这样的思想负担，出书之于我，实在是一种纠结和折磨。劳民伤财出了一本书，放在书店里无人问津，有心赠送他人吧，明知道别人不会去看，何苦自欺欺人？我有个朋友，结集出版了一本诗集，印了上千本，放在家里堆得满地都是。老婆整日嘀咕，没办法，他一本本地签名，然后逐个送给身边的朋友同事以及附近的众多单位。后来有一次，我在当地的一家废品收购站，惊奇地发现朋友的那些诗集在那里大聚会！一本书的命运如此，假如作者知道了，该情何以堪？

一位作家说，书是商品，我不能花钱给它买个出生证，然后再花钱把它买回来放在枕边玩赏，或硬赠三五亲友以提高虚荣的分量。我写书，是要卖给别人看的，是要与别人做心灵约会的。自己生产自己消费，那算什么呢？好的书，一定要有市场，这是铁律。卖得出去，不是坏事情，而是对劳动的尊重。

每一本书，都是出书人十月怀胎的孩子；每一个字，背后都隐藏着作者的灵魂。书林里尽管没有计划生育，孩子也是不能够随随便便生的，得对它们负责，也要对读者负责。

刊于 2019 年 11 月 29 日《检察日报》

取个什么样的名字

古人云："赐子千金，不如教子一艺；教子一艺，不如赐子好名。"中国人历来重视姓名的好坏，一个好名字，不仅仅只是一个简单的代号，更是被寄寓了很多的期望与美好。

古人姓名，有名有字，彼此和谐相应。孔子的弟子颜回，字子渊，《说文解字》里解释"渊"字为"回水"，他的名和字是极其相应的。宋代文学家苏轼和弟弟苏辙的名字，都与车有关，一个是车前的横木，一个是车轮碾过的印痕，两者的亲密关系，说是兄弟手足倒也般配。

少时读书，发现有人甚至因为好名字而高中状元。清代乾隆皇帝七十九岁那年，科举殿试后，有人将前十名的卷子呈送他审定，乾隆看到第十名时，见考生名叫胡长龄，心中一动，"长龄"二字，不正意味着长命百岁吗？于是龙颜大悦，御笔钦点胡长龄为新科状元。

我曾问过父亲，我的名字咋就这么土？父亲说，你的名字已经取得很有水平了，你不看看咱村那帮与你一起玩大的孩子，不是虎子、豹子就是刚子、强子。他很自豪地告诉我说，你是农历正月初一出生的，春节之际，从春天里走来，诗意非凡。如此，我不得不承认，对于不识几个字的父亲来说，能想到这个名字，可能已经比他干农活还累，实属不易。

　　我的一位远房姨娘，生了四个女儿，分别叫作梅、兰、竹、菊。这四位表妹生得如花似玉，取这样美丽的名字倒也名副其实，可问题是，重名率太高。从前的乡下，同一姓的族人常常聚集而居，孩子取名就是那么有限的几个字，同名字的太多。读小学的时候，班里叫"李菊"的有六个，叫"张强"的也有三个。

　　国人取名，向来有迎合时尚的心理。我父亲那一代，叫卫东、卫国、建国、爱国的人特别多，而到了我侄子这一代，叫国庆、亚运、奥运的人却不少。曾经有一段时间，特别流行叠字名，我带过一届学生，班里叫静静、晶晶、媛媛的女孩子很多。

　　读师范的时候，班上有个同学叫程炟，我们不认识那个字，都叫他程火旦，害得他经常红着脸。如此生僻的名字，大概也是家人绞尽脑汁，抱着字典取的。女儿出生，妻子让我给孩子取个名字，我说就叫若曦，好像早晨的阳光，美丽而富有朝气。可是女儿上学的时候，问题却来了，名字太难写，小家伙老是不会，有时候甚至急得哭鼻子。妻子心疼孩子，每每想起来，就把我劈头一顿数落。我也挺后悔，有心改了吧，可是已经上了户口，太麻烦，而且这名字，早已在亲友和她的同学中叫开了。

　　记得一本书上说，名字只是一个枯燥乏味的符号，你叫作玫瑰的那个东西，换个名字也同样芬芳无比。想想也是，取个什么样的名字并不重要，隐藏在名字后面的那个人，如果是我们的挚爱亲人，他的微笑和眼泪，快乐或悲伤，才是我们最为关心的。

刊于 2014 年 1 月 4 日《中国劳动保障报》

白开水交情

交情，做一杯白开水最好。如果说爱情是一杯酒，滋味悠长，容易醉人，那么友情就是白开水。白开水交情，无色无味，却最长久。

曾经有一位同事，长我十余岁，却是忘年交。他为人友善，低调而谦和。下午下班后，我们一起打篮球，天黑而止，他邀我到家中小聚。我们都不喝酒，一人一大杯白开水，就着他临时下厨"编造"的小菜，夏日的小院子里，二人侃侃而谈，对饮清风明月。后来我调离原单位，搬到小城生活，接待过很多以前的同事，唯独他，虽然经常电话、微信联系，却是一次也未曾来过。然而在心里，我知道，这符合他的性格和生活哲学，不相欠，不打扰，虽有情却保持着白开水的状态。

白开水交情，蕴含着恬淡的生活态度。人活着，得喝水，而可以喝的东西有很多种，茶水涩中有甘，咖啡香浓而味美，加了各种配料的饮料更是五花八门。但它们都离不开水，它们的精华，在水，而不在于种种配料。白开水，颜色纯粹而不华丽，滋味单一而不爽口，却是最解渴，也最健康。生活也应如此，抛却烦琐冗繁，换得简约朴素。

我的一位远房亲戚，与他的邻居关系甚好。每逢节假日，两家人一起聚餐，一起出去自驾旅游，大人孩子齐上阵，整天欢声笑语不断，好得不得了。忽然某一日，亲戚告诉我，他与邻居的关系彻底破裂了，已经不来往了。我问其原因，亲戚便开始大倒苦水，对方借钱不还，他送人价值多少的礼物而并没有收到同等价值的回赠，他家小孩过生日对方没随份子，如此种种。想来，按照物极必反的道理，关系太好，必有一恼，友情之道，当以一杯白开水的境界最好。

白开水交情，是一种人生智慧。庄子曰："君子之交淡如水，小人之交甘若醴。"醴，乃是甜酒，凡夫俗子的交情，初时甘美如甜酒，让人回味无穷、恋恋不舍，可是却极易成瘾伤身，当怒目相对友谊不复之时，便是落花流水一地鸡毛。而君子之交，如白开水的交情，虽无酒之浓烈醇香，却是返璞归真，经得起时间的考验和岁月的沉淀。若即若离的牵挂里，有人生的风轻云淡。

前些年，我在机关的办公室工作，接待任务很多。每次工作餐后，看着桌子上尚未吃完的饭菜酒水，不忍浪费的我便打包回来送给单位的门卫。门卫是新来的，五十出头，不识字。因为经常送饭菜、酒水给他，他对我很客气，每次我进单位大门，他都笑脸相迎远远地打招呼。后来我调到另一个科室工作，门卫便不再如以前那般客气了，转而把笑脸放在了另一个人身上。想来他人生词典里的友谊，便只是一杯酒的交情，酒醒即散，没有那种白开水的久远。

白开水，不甜不咸，你爱与不爱，它就在那里，默默地等你渴了才会想起。人生在世，倏忽间数十年，唯愿有知己者二三，啜饮友情的白开水，如此而已。

刊于 2020 年 7 月 31 日《江淮时报》

人人都是劳动力

　　小时候，在乡下，父亲下地干活去了，母亲带着几个孩子在家。

　　有人来喊："你家劳动力在家吗？"母亲一边做着针线活，一边回答："我家劳动力不在家。"那时候，我刚上小学三年级，很是奇怪，劳动力不就是干活的人吗？难道整日里辛劳的母亲，不算劳动力？

　　原来，那时候当地人们所指的劳动力，就是指男劳动力，女人是不算的。想想"劳动力"这个词，劳动的力量，按字面上解释，但凡能够参加劳动贡献力量的人，都应该算是劳动力。这种现象，从语言学上来说，应该算是词意的缩小，劳动力特指成年男性劳动力。

　　这似乎有些道理。从前的乡村，贫穷落后，传承了几千年的农业文明，虽然养育了一代又一代人，耕作方式却极其原始。人们土里刨食，没有机械与电力，除了耕牛等畜力，剩下的几乎都是人工的劳作。男性在生产生活中发挥着主要作用，他们有力量，地里田间的力气活需要他们。而女人，在家带孩子做饭，即便干农活，也只能当个副手与陪衬。

　　可是细想之下，这种称呼实在是有失公平。男人们固然在劳动，但是女人们也没有闲着。她们带孩子、做家务，从洗衣做饭到侍弄牲口，从扫地擦桌到种瓜种菜，哪一样不挥洒着劳动的汗水？而且很多时候，她们也要到地里劳动，播种、插秧、收割，一样也不少。归根结底，这是一种偏见，也是封建思想在封闭落后乡下的一种顽固延续。

现代社会里，男女平等地参加各种工作，他们的劳动同工同酬。各行各业中，都有广大女性亮丽的身影。作为不可或缺的半边天，她们在社会和家庭中都扮演着极其重要的角色。职业女性越来越多，独立性与自主性也越来越强，她们的劳动，让人们为之肃然起敬。

再看看如今的乡村，情况也发生了根本性的改变。传统的农耕方式被现代机械和电力所取代，耕地有旋耕机，播种有播种机，插秧有插秧机，收割有收割机，农业用水也使用以电力为动力的水泵。这些东西男人可以操纵，女人也可以使用，甚至出现这样的情形，男人外出打工，一个女人带着孩子，就可以把十几亩地的庄稼轻松地种下。你去问大家，什么是劳动力，没有人会回答说是男人。

人人都是劳动力，劳动最美丽，劳动者最光荣。

刊于 2020 年 5 月 5 日《教育导报》

爱植树的古代文人

　　我国古代虽然没有植树节，但是历来有爱树植树的传统，特别是古代的一些文人雅士们，纵情流连于山水田园之间，对于植树造林颇为热爱。

　　东晋诗人陶渊明归隐田园后，喜爱种植柳树。"方宅十余亩，草屋八九间，榆柳荫后檐，桃李罗堂前。"诗人从冗繁的官场中走出，在如诗似画的田园间得以解脱，乡居遍植柳树，寄情于如此优美的自然风光中，好不畅快！"宅边有五柳树，因以为号焉"，他自号"五柳先生"，可见其对柳树的异常喜爱。

　　无独有偶，唐代著名文学家柳宗元与柳树有着不解之缘。他不但姓柳，而且在柳州做了刺史，又带领当地群众广栽柳树，还为此在《种柳戏题》诗中写道："柳州柳刺史，种柳柳江边，谈笑为故事，推移成昔年。"难能可贵的是，作为地方父母官，他并不是因为个人一时兴起爱柳而植柳，而是为了造福当地一方百姓，真是一位难得的好官。

　　大诗人杜甫也爱植树种花。杜甫的诗歌被称作"诗史"，他长期生活在人民群众之中，对下层百姓的勤劳而辛苦的生活感同身受，自己也常常参加劳动。"草堂少花今欲栽，不问绿李与黄梅。石笋街中却归去，果园坊里为求来。"在这首《诣徐卿觅果栽》中，诗人于"安史之乱"后赶来成都筑造草堂，为了改善居住环境而四处寻找苗木。苗木得来，他亲自栽种，除草，修剪，一段时间之后，"红入桃花嫩，青归柳叶新"，草堂春意盎然，生机勃勃。

宋代才子苏轼可谓植树达人。"我昔少年日，种松满东冈，初移一寸根，琐细如插秧。"从这首《戏作种松》中，可以看出东坡居士极爱种树，那"满东冈"的树，应该有成千上万棵吧，春天来临之时，满眼郁郁葱葱，何等赏心悦目！"去年东坡拾瓦砾，自种黄桑三百尺"，他在黄州时，更是在当地种了很多树木，是名副其实的古代植树达人。

古代文人喜爱植树，陶醉于田园风光之中，追求人与自然的和谐相处，从中觅得诗意的愉悦，不仅留下了脍炙人口的佳作名篇，而且对于我们今天的造林绿化和环境保护也有着积极的教育意义。

刊于 2014 年 3 月 12 日《洛阳日报》

叶落不扫秋

　　早年读书，书中写到深山里的千年古刹之中，当黎明的第一道曙光穿过树丛，一个小沙弥手执一把长长的扫帚，不徐不疾地清扫着层层落叶。心里遂向往之，如此晨钟暮鼓的清幽之地，这样的秋天，真是难得的所在。

　　南京清凉山公园有座"扫叶楼"，却不是什么古寺，而是龚贤的故居。龚贤是明末清初的诗人、画家，擅长山水画，为"金陵八大家"之首。他晚年定居此处，并以屋旁半亩余地建园，栽花种竹，名曰"半亩园"，亦曾自写小照，着僧服，作扫落叶状，"扫叶楼"因之得名。晚年的龚贤，纵情于山水园林，想来其中的扫叶之乐，他最为明白。

　　而朱光潜却让院子地上积着厚厚的落叶，因为晚上在书房看书，可以听见雨落下来，风卷起的声音。

　　想想也是，层层堆积的落叶，重重叠叠的秋天，白天可以观赏玩味，夜晚清风卷起，落雨沙沙，秋意无限。"秋阴不散霜飞晚，留得枯荷听雨声。"古代文人雅士喜枯荷听雨，在朱光潜先生看来，秋天的落叶似乎也有同样的效果。

　　孩提时代，母亲喜欢在清晨扫落叶。乡下的秋天，落叶尤其多，母亲忙了一个早上，便有一大堆收获。她把那些落叶集中起来，说是烧火做饭的好燃料，倒也物尽其用。长大后的某一年秋天，我从城里回乡，看见母亲的院子里飘满了落叶，便拿起扫帚要扫。母亲阻止了我，说留着吧，现在生活好了不缺燃料，还讲究环保。见我尴尬站立着，她慈爱地伸伸手指，说你看，黄叶里躺着秋天呢。

　　我被母亲的话惊呆了。再看看四周，无边落木萧萧，为了迎接冬天的来临，树木们都已经删繁就简，地上厚厚的落叶在风中打着卷儿，一派晚秋的苍凉之美。

　　有人把落叶叫作"叶蝶"，很喜欢这个带有诗意的称呼。看吧，一片片秋叶，不慌不忙地离开枝头，在空中漫天飞舞，迂回旋转翩翩起舞，一生的优雅姿势，只在那一瞬间轻盈绽放。这是大自然的曼妙馈赠，这是生命的最后舞蹈，让人感动，启人深思。

　　深秋时节，叶落不必清扫，珍惜每一片枯黄的落叶吧，莫要辜负了这一段难得的美妙时光。

刊于 2013 年 10 月 27 日《羊城晚报》

鲜花越过墙头

　　明和伟是大学室友，关系很铁。大学毕业后，两人同时进入一家不错的事业单位，成为整天见面的同事。

　　明在单位如鱼得水，工作干得风生水起。他性格开朗，善于交际，上至领导，下到同事，都很喜欢他。工作上风风火火，很是卖力。一段时间后，顺理成章地，他升了职，走上了中层管理岗位。

　　相比之下，伟就平淡得多。他性格内向，不喜欢与人交流，因为在大学里是公认的才子，还有些清高的味道。在校园里，他是明星级人物，习惯于享受同学们的艳羡和掌声，现在突然走向平凡，变得无人问津。工作虽然也很踏实，可是每次评先进和职称晋升，都与他无缘。

　　伟开始变得烦躁起来。他不理会明，有时候即使明主动与他打招呼，他也总是眼睛转向一边，装作没看到。心中的不平和忌妒，让他怒火中烧，别人一提到明，他就会泼冷水散流言。到了后来，两人便不再说话，形同水火。

　　看不到成功的希望，伟有些自暴自弃，经常流连于酒桌。有一次，他喝醉了，借着酒劲，一鼓作气地跑到母校。在白发苍苍的老教授面前，他痛哭流涕，倾诉自己的遭遇。老教授听完，并没有说什么，只是邀请他到院子里去一起看花。他很不解，欲言又止，勉强跟了出去。

院子里哪有什么花？他揉揉自己的眼睛又扫视了一遍，还是没看到。最后，顺着老教授的目光，他终于看到，院墙隔壁的拐角处伸过来一个枝头，上面缀满了大大小小的花朵，十分好看。

良久，老教授说："你看，邻居家的花越过墙头了，要是你会怎么办？"伟不知如何作答，教授接着说："一般人会有三种选择，下策是把它砍掉，叮嘱邻居管理好自己的花，不要侵占别人的空间。中策是不管不问，任其发展。"

"那什么是上策？"伟慌忙问道。

"欣喜感动，把花当作自己的一般爱护，淡淡花香中，不忘去感谢邻居的慷慨赠予，此为上策！"老教授一脸正色。

伟泪流满面，没有说话，拥抱了恩师，默默离开了。返回单位后，他做的第一件事，就是请明吃饭叙旧，两人冰释前嫌和好如初。两年以后，他升了职，和明的级别一样。五年后，他成了单位的一把手，是那里有史以来最年轻的一位局长。

很多时候，在通往成功的道路上，别人的鲜花与掌声里，我们却要忍受失败的痛苦。不要忌妒，不要抱怨，与成功者握手，向他们学习，懂得为别人的成功喝彩，方是自己成功的开始。

刊于 2013 年 8 月 31 日《绵阳晚报》

易碎的瓷器

　　小区的对面街道上新开了一家工艺品商店，周末闲来无事，于是带着妻子和女儿去逛逛。

　　里面的工艺品琳琅满目，让人眼花缭乱。儿童玩具应有尽有，各式的小汽车功能众多，芭比娃娃造型逼真，还会说话和眨眼睛。家用小物件也很齐全，而且全部都设计得别出心裁，既实用又好看。

　　妻子和女儿的眼球立马被吸引了过去。娘儿俩手拉着手，一会儿看看这个，一会儿摸摸那个，并不时地讨论着，发出愉快的笑声。

　　在这样一个轻松的周末，我只能漫无目的地陪着妻子和女儿闲逛着，因为我对那些小玩意儿根本不感兴趣。尤其是那个年轻的小老板特别冷漠，甚至连一点商业热情也没有，任凭我们自顾自看，完全不来介绍自己的商品，这让我颇有些反感。

　　或许是与我有着同样的想法，最终，妻子和女儿什么都没买，我也两手空空，一家三口走出大门。

　　这时候，意外发生了。就在我们走出商店大门的时候，"啪"的一声，门口摆放的一件瓷器被我不小心碰倒，继而打翻在地，变成了一堆碎片。

那件瓷器紧挨着商店的玻璃门，距离太近，加上我们三人同时出来，所以才发生了意外。我看了看瓷器，非常精美，又是个大件儿，想来价值不菲。

看来破财是难免了。我忐忑不安地站在门口，心里盘算着，该如何讨价还价，把损失降到最小。

老板出来了，问我有没有受伤，我摇了摇头。出乎我的意料，他极其抱歉地说，对不起，是我把东西放错了地方。说罢，立马取出扫帚，清理了碎片。

我感到万分惊愕，然后是深深的羞愧。从此以后，这家小店里，我们成了常客。当然，那个小老板的生意也越来越好。

有时候我想，人心又何尝不是一件易碎的瓷器呢？很多人都把它藏在隐秘的深处，极其脆弱而敏感。人与人相处，只要你袒露自己的心扉，用真诚交换真诚，以心换心，就能博得他人的信任，生活会因此而变得更加美好。

刊于 2012 年第 7 期《心理与健康》

古代也有"青年节"

　　五四青年节尽人皆知，其实在我国古代漫长的历史上，也有青年们的节日，那就是他们的成人之礼——著名的冠礼。

　　《礼记·冠义》曰："成人之者，将责成人礼焉也。责成人礼焉者，将责为人子、为人弟、为人臣、为人少者之礼行焉。"举行冠礼，意味着未成年人开始步入社会，成为一个具有相应德行的成年人。"冠者，礼之始也。"作为礼仪的开始，冠礼非常重要，它不仅标志着一个个体的独立，正式为社会所认可，能够承担一定的责任、履行一定的义务，还享有择偶成婚的权利，人生也越来越富有意义和价值。

　　冠礼是有一定程序的，《仪礼·士冠礼》中详细记载了举行冠礼的仪式。首先是占筮，以此来选择一个吉日，然后由将冠者之父提前通知亲友参加，并再次通过占筮来决定一个主持加冠的"正宾"，还要邀请一位"赞者"协助。第二步是加冠，冠者面朝南立于庙前的台阶，主宾按照仪式加冠，依次将三种冠加于冠者。最后一步是取字，古人的名和字是不同的，取了字之后，就拥有一定的社会地位，别人会对其行礼，把他当作成年人看待。

　　冠礼的年龄在二十岁左右。《礼记·曲礼上》载："男子二十，冠而字。"又说："二十曰弱，冠。"古人常说的弱冠之年，即是指二十岁。但是这个年龄在历代却稍有不同，周代"文王年十二而冠"，而秦始皇则在二十二岁才行之。

周制即有冠礼，汉代对冠礼尤其重视，汉惠帝四年三月甲子，行冠礼，"赦天下"。景帝时，"皇太子冠，赐民为父后者爵一级"。魏晋南北朝时，冠礼的地位仍然重要，晋武帝举行朝会，使兼司徒高阳王珪为太子加冠。唐朝时期冠礼已呈衰弱之势，宋代的《天圣令》中明确取消了因官员参与冠礼而休假的"冠假"。自此以后，冠礼的黄金时代已经过去。

值得注意的是，古代的冠礼都是针对男子而言的，女子社会地位低下，她们的成人之礼就是出嫁之前盘发插笄。而现代社会男女平等，广大女性享有和男性一样的权利，五四青年节，也真正成为所有男女青年的快乐节日。

刊于 2012 年 4 月 27 日《新华每日电讯》

不为明天忧愁

朋友小李向我诉苦，说自己最近烦心事情特别多，妻子生病了，他既要上班又要照顾妻子，又赶上单位评职称需要准备很多材料，女儿马上还要参加高考，他一个人忙得像只运转不停的陀螺。我怎么这么倒霉，每天晚上睡觉都不踏实，总在想着明天还有很多事情要做。他一边说着一边唉声叹气。

看着他满脸愁容的样子，我安慰他说，别着急，再多的烦恼都会过去的，过好今天的生活，不要为了明天而忧愁。

过了几天，他高兴地告诉我，妻子的病好了，女儿最近学习状态不错，模拟考试名列前茅，至于那个职称，也是非常顺利，单位把唯一的名额留给了他。前段时间的难题一个个迎刃而解，他舒心地出了口气，一切如释重负。

是的，不为明天忧愁，活在当下，今天的生活最重要。

哲人们说，人生只有三天，昨天、今天和明天。时间是一支永远向前的羽箭，昨天的已经过去，我们无法后悔与弥补；明天属于未知，谁也不知道会发生什么；只有今天，只有眼前，我们最能把握，可以好好利用。所以，很多时候，不要活在过去的阴影里，也不要活在不切实际的对未来的虚无憧憬中，活在今天，好好生活。

不为明天忧愁，是一种睿智的生活态度。

人生世上，纷纷扰扰，很多事情不是一腔热情就能解决的。有人积极入世，壮志凌云勤于拼搏，勇气固然可嘉，可是一朝失败，却无法承受巨大的打击，现实与理想的落差使其怨天尤人而一蹶不振。真正的智者，走入生活，融入生活，有梦想有希望，却不苛求不奢望，所谓谋事在人成事在天，只要努力付出了，结果并不那么重要，一切，随缘就好。

现实生活中，习惯于忙忙碌碌的我们，总是喜欢问，时间去哪儿了，青春去哪儿了？开不完的会议，忙不完的业务，赚不够的金钱，一天二十四小时，我们废寝忘食，我们夜以继日，与时间赛跑，与自己较劲，为的只是心中那个辉煌灿烂的明天。读书的时候，我们被老师告知，为了明天的幸福，今天要拼命学习；参加工作后，我们被老板告知，今天工作不努力，明天努力找工作。于是，我们疲于奔命，为了一份未知的忧愁，白白牺牲了太多的快乐。

不为明天忧愁，珍惜眼前的幸福时光吧，花开花谢自有期，云卷云舒会有时，明天自有明天的美好，一觉醒来，太阳一定会照常升起。

刊于 2017 年 11 月 24 日《皖江晚报》

红红的年

一直觉得，中国人过的年是有颜色的，那种暖暖的红，是最具代表性的。

红年是一围温暖的炉火。数九腊月，一家人过年，围炉小酌，红泥小火炉中，忽明忽暗的炭火红彤彤的，散发着无尽的热量，使人倍感温馨。窗外的雪花纷纷扬扬，凛冽的北风呼呼刮着，那一炉炭火，红得让人心醉。

一身喜庆的红色唐装，也是红年的一部分。服饰的流行千变万化，那些经典却一直未变。每逢过年，就可以见到红红的唐装，只往那儿一站，传统的中国风立马刮起，气场十足。就连挑剔的外国人也爱赶时髦，唐装之红，席卷全球。

红年的红，还在于春联。春联，一卷中国红，两行浓墨重彩的汉字，写满春天的祝福，是对美好生活的一种向往。记得小时候，每逢过年，父亲买来红纸，请村里的私塾老先生写春联。姐姐们会趁大人不注意，偷偷用红纸当作口红化妆，那一抹娇滴滴的唇，如此的红艳可爱。也难怪，物质贫乏的年代里，春联纸的红，实在是太诱人。

乡村屋檐下的红辣椒也述说着红年。我不是四川人，也不是重庆人，却极爱辣椒。旧时的乡下，即使没有好菜，一碟红红的辣椒酱，也能够让我吞下三碗老米饭。过年时，菜里少不了红辣椒，无辣不成味，虽然有些重口味，倒也自得其乐。寒冬时节，辣椒不仅入味，还可以驱寒，总是少不得的。

红灯笼，一直是红年的代表。孩提时代，腊月新年临近，爷爷便张罗着制作红灯笼，虽然十分简易，却是红彤彤亮堂堂的，充满着吉祥和喜庆。儿时的记忆中，家家户户过年高挂红灯笼，那明亮的景象，让人着迷。有人说，红灯笼是年的眼睛，这话说得好，可我觉得红灯笼更像是一枚枚火把，在新春之际，为我们融化冰雪，照亮通往春天的道路。

两支红蜡烛，明晃晃地燃烧着，也是一种红年。一直以来，红蜡烛给我的印象不是照明，而是每一个喜庆的精彩时刻。从前的洞房花烛夜，红烛是必不可少的，而过年的红蜡烛，也是一种祥和的象征。

红年，当然少不了红红的焰火和鞭炮。在夜晚的天空，在白天的大地，它们尽情绽放，是另一种美丽的花朵。我很喜欢燃放鞭炮后的碎纸，一地落红，喜庆异常，散发着浓浓的年味儿。

红红的年，穿越千年的历史，来到人们的眼前。红年的红，不仅仅只是一种文化习俗，更是渗入到每一个炎黄子孙的血液里，早已成为我们身体的一部分。

刊于 2017 年 1 月 16 日《四川政协报》

当我们不再清纯

那天，与朋友驱车路过一个山村，见一村野女子在溪边浣衣，长长的辫子、秀美的面庞，朋友遂大呼，连声称赞其为难得一见的清纯美女。

我不禁愕然，朋友供职于一家模特培训机构，整天与城里的众多美女们打交道，可能对那些脂粉女子早已审美疲劳，现在见到一个纯天然的清纯美女，自然眼前一亮。

华夏神州，泱泱大国人才济济，美女资源按说不算缺乏。放眼电视上、大学里、大街上，甚至只要是能见到人的地方，皆可见所谓的美女。在这个崇尚炒作的时代，"美女"一词甚而成了女士的代名词，只要是女人，不问老少美丑，道一声"美女"，你舌头打一卷儿，对方明知你是随便说说也会笑脸相迎。

但是，即使那些看上去颇为养眼的美女，清纯的又有多少？看看市场上琳琅满目的化妆品，蓬勃发展的美容产业吧，只要你肯花钱，"人造美女"立马新鲜出炉。这样一来，连美丽都是假的，还能奢望什么"清纯"？

何为清纯？有人说是经历简单，思想干净，有人说是害羞青涩，这些观点也都有一些道理。但是现代社会，很多的女孩子，青涩已经荡然无存，反而以精明世故为能事，世俗而功利。

　　我有个老总朋友，年轻有为，家中娇妻爱子，其乐融融。不想单位新来了个女大学生，一进来就对其频频"设套"展开攻势，年轻老总终于抵挡不住，家庭分崩离析，"小三"转正后卷钱跑了，公司濒临破产。

　　还是怀念农耕时代的那些乡下女孩子。穿着自己做的布鞋，面前长长的刘海，后面两根乌黑的长辫子，走起路来一甩一甩的，简约自然。

　　小时候，我的乡下表姐众多。她们个个唇红齿白貌若天仙，平日洗衣做饭，甜美的歌声穿越山间，引来后生们蜂蝶般的追逐。与情郎约会前，她们用红纸染唇，鸡蛋清洗面，一根燃烧过的火柴棒，描出弯弯的蛾眉。这样的美，"清水出芙蓉，天然去雕饰"，仿佛从泛黄的千年古画中走出，仿佛从唐诗宋词里走出，让人如痴如醉。

　　遗憾的是，如今那一代人已坐在时光的角落里静静老去，她们同样美丽的女儿们，却都争先恐后地涌入城里，拒绝青涩，懂得了包装自己。而且，很多人也都相当有心计，以美丽做武器，傍个富翁，嫁个大款，以便长久地留在城里。

　　物欲横流的年代，当我们不再清纯，我们获得了什么，又丢失了什么？

刊于 2010 年 9 月 12 日《番禺日报》

欠你一个分身

忙忙碌碌的现代人，一天到晚总是疲于奔命地应付着各种各样的繁杂事务，工作上做不完的事情，生活中的零零碎碎，我们常常感觉分身乏术。有时候，累了，静下心来，天真地想想，假如我有分身术，那就好了。

第一个分身，去上班。作为成年人，我需要一份稳定的工作来养家糊口，这是生活得以保证的基础。全身心地投入工作，给领导写材料，参加各种各样的会议，还可以安心地出差好几天，完全不用想着家中孩子上学没人接送、作业有无订正，也不需要为照顾生病住院的母亲而发愁。每天早出晚归，把手头每一项工作打理得井井有条，年终各种优秀和先进纷至沓来，成就感十足。

第二个分身给妻子。人到中年，琐事缠身，爱人经常埋怨我对她激情不再，严重缺乏浪漫。这下好了，整天陪在她身边，带她去旅游，去郊外赏花，去山上登高。早早地到菜市场买来新鲜的食材，晚上亲自下厨，为她做一顿温馨的烛光晚餐。以前每次上街，妻子买衣服，我总不愿陪她，嫌耗时而累，现在有了充裕的时间，尽情帮她挑选，再辅之以柔情蜜意情话绵绵，久违的初恋般甜美滋味，定会让她笑靥如花。

下一个分身，必须花在两个孩子身上。二宝出生之后，家里的生活节奏变得飞快。儿子八个月大，从出生到现在，全靠我们自己带。妻子全职在家，每天伺候着，我也忙个不停。十岁的女儿可不乐意了，经常气呼呼地说："你们偏心，老是围着弟弟转！"也难怪，答应带她去动物园玩的事情一拖再拖，其他的一些承诺也因为时间的原因而大都成了空头支票。

再一个分身，回到乡下，陪陪父母。我们住在小城，父母依然在乡下老家，守着几亩土地。我要到斑驳的老屋里，陪他们聊天，坐在青石铺就的院子里的小木凳上，沐浴在午后的阳光中，跟他们说说往事。还要帮父亲在田里劳作，帮他开着手扶拖拉机耕地，种麦子，给庄稼施肥。母亲在侍弄菜园，我要帮她挑水浇菜，然后看着一棵棵绿油油的白菜懒洋洋地摇曳在初冬的风里。

还有一个分身用来写作。写作之于我，是一种释放，是心灵的自由呼吸，深深浅浅的文字，让我着迷。结婚以来，特别是有了孩子后，写作的时间越来越少。每每灯火阑珊夜深人静之际，别人或徜徉于觥筹交错的酒桌饭局，或驰骋于灯红酒绿的舞场歌厅，我则享受于坐在电脑前，静静地敲击着手中键盘，写下人生中的点点滴滴。

最后一个分身，给我亲爱的球友们。篮球是我最喜欢的体育运动，学生时代，我便是学校篮球场上的风云人物。当教师那些年，时间相对松缓些，业余结识了一大帮球友。运球，转身过人，上篮，动作一气呵成，场上挥汗如雨，场外阵阵掌声。

人生世上，倏忽间如白驹过隙。如果真的存在分身术，有那么几个分身，每个分身各司其职、各负其责，同时兼顾亲情、爱情与友情，平凡的生活亦能有滋有味，也便不枉此生了。

刊于 2020 年 7 月 27 日《衡阳晚报》

唐诗宋词里的蛙鸣

　　蛰居乡间，房子的后面有一条小河，夏日来临，黄昏的时候，忽闻蛙声如雷，继而连成一片，像一支庞大的乐队，奏着欢快的交响曲。甚为兴奋，一阵聆听之后，回屋展开古籍，发现唐诗宋词里，古人的蛙鸣更为动听。

　　"江南孟夏天，慈竹笋如编。屧气为楼阁，蛙声作管弦。"这首唐代贾弇的五绝《状江南·孟夏》，把初夏时节，水乡江南的蛙声比作管弦之乐，萦绕耳际，令人浮想联翩。而吴融《阌乡寓居十首·蛙声》："稚圭伦鉴未精通，只把蛙声鼓吹同。君听月明人静夜，肯饶天籁与松风。"诗中，蛙声如鼓，如若于月明人静之夜，用心谛听，更是胜于天籁。

　　听蛙鸣最宜乡间。唐代诗人张籍《过贾岛野居》有诗句云："蛙声篱落下，草色户庭间。"远离城市，亲近乡村，甚而荒郊野外，最能品味这大自然之歌手的音乐。韦庄说："何处最添诗客兴，黄昏烟雨乱蛙声。"蛙可入诗入画，是诗人的最爱、画家的宠儿，自古以来，艺术家们无不被那声声蛙鸣醉倒。深入乡间，池塘里，小河边，稻田旁，此起彼伏的蛙鸣让人流连忘返。

　　作为两栖动物，蛙离不开水，每逢下雨，蛙鸣尤甚。宋代赵师秀《约客》："黄梅时节家家雨，青草池塘处处蛙。有约不来

过夜半，闲敲棋子落灯花。"在这里，爱下雨的黄梅时节，到处
是蛙的乐土。所以陆游说："蛙声经雨壮，萤点避风稀。"有此
种生活经验的诗人，一定是酷爱蛙鸣的。

　　蛙鸣对农业有着非常的意义，是庄稼丰收的象征。宋代诗人
范成大《四时田园杂兴》："薄暮蛙声连晓闹，今年田稻十分
秋。"蛙是害虫的天敌，庄稼的天然守护神，蛙鸣愈闹，稻子愈
可能丰收。因此，宋代大词人辛弃疾的著名词作《西江月·夜行
黄沙道中》说："稻花香里说丰年，听取蛙声一片。"不想如此
美妙的蛙鸣，还有如此重要而实用的功能！

　　此刻，手捧一卷唐诗宋词，耳畔的蛙鸣仍然依稀可辨，泛黄
的古籍就着千年不变的歌声，一切如梦似幻，引领我们走进生命
中热情的夏天。

刊于 2011 年 6 月 19 日《郑州日报》

第五辑

草木物语

　　金黄的银杏树叶，宛如美丽的句点，从古典的日历中走来，对季节进行着缠缠绵绵的完美分割，从秋末到冬初，用平平仄仄的岁月韵脚，抒写着节令的浅斟低唱。

夏日看花

热情的夏天，阳光把所有的能量都蕴藏在草木之中，花朵也到了尽情绽放之时。大多数鲜花，在春天里竞相开放，为的是争奇斗艳，好似参加一场武林大会，各路高手纷至沓来，一决高下。而有些花，并不着急，耐着性子等待夏日，兀自开着，不争不比，却极尽风雅之能事。

栀子花，夏天里开得较早的一种花。小时候在乡下，乡人极爱栀子花，农家小院抑或房前屋后，几乎处处可见它雪白亮丽的身影。初夏时节，绿叶婆娑中，朵朵栀子花迎风怒放，整个村庄都笼罩在一片淡雅的芬芳中。姑姑在池塘边的菜园子里，种了一棵栀子花。它生长得极旺盛，很快就变成一大丛，枝枝蔓蔓里，捧出一个个泛白的喇叭形花骨朵，继而完全绽放，香味儿沁人心脾。乡间，栀子花极易成活，朴实而简约，算得上一种平民之花。

夏日看花，荷花最宜。当老师的妻子放暑假，闲着无事，从网上买来碗莲。天青色的小瓷碗中，怀抱着数粒黑黑的莲子，说是几天便可发芽出莲。我摇头，我还是爱池塘里的荷，能够盛满一池夏天的风荷。喜欢儿时的乡村野塘，田田的接天莲叶，或粉或白的荷花，以及那些时时诱惑着孩子们的莲蓬。一朵荷花，仁立于夏天的中央，是在等待着那只多情的蜻蜓落脚，还是在守候着月色下的美好时光？

小城的环河公园，植有许多木槿和夹竹桃。嘹亮的蝉鸣声里，木槿如约绽放，一朵又一朵，仿佛时光里的一粒粒音符。木槿有多种颜色，白、粉、红、紫皆有，营养丰富可食用，混入鸡蛋、面粉，下锅油煎，清香爽脆，有夏天的味道。相对于木槿的婉约精致，夹竹桃可就泼辣多了。仿佛一位乡村姑娘，干练而豪爽，狭长的叶子上，团团的鲜花恣意开放，惹人眼球。季羡林特别喜欢月光下的夹竹桃，朦胧的月色下，花影模糊，迷人的香气，却扑面而来。

在乡下居住时，有一位邻居大姐极爱花。夏天，她家的门口摆满了各色鲜花，石竹、昙花、白兰、美人蕉……其中有一盆花，花柄粗壮，花冠硕大，花丝长达数寸。我惊奇异常，问花名，她摆弄着手里的花盆，淡淡地答："七月一枝花。"这花名极其让人震撼，七月酷暑，炎炎夏日，此花当为季节之代表。想来这花名该是俗称，正欲再问其学名，忽然觉得不相宜，想想也是，她本身应该就是一朵岁月深处的花吧。

生如夏花，是一种品位与境界。一朵花，从一粒种子开始，深入泥土之时就开始努力向上，等待开放的那天。其间，要经风霜雨雪的洗礼，历春夏秋冬的考验，然后在某个时光的转弯处，突然骄傲地绽放。人生也应是如此，赤裸裸地来，光秃秃地走，在世上走一遭，短短几十年，应该珍惜每一天，活出夏花的绚烂。在夏天，即便是一株路边的小草，也心怀开花的梦想。

乡下老友发来微信，说他养的睡莲开了，邀请我去赏花。老友种田，地里有稻花，菜园里有南瓜花。某一日，在自家小院子里，他突发奇想，用铁锹挖出个小池塘，种下睡莲。隔着手机屏幕，我看到了洁白的睡莲以及他眼中兴奋的光。

夏日看花，花谢了，明年会再开，人的心情却随着时光的脚步，一天天老去。

刊于 2020 年 7 月 23 日《人民代表报》

秋雨老梧桐

　　一场秋雨一场凉，秋风乍起，一场久违的秋雨之后，阳光彻底失去了它的威力。暑气消散，天空澄澈明净，广袤的大地一片清爽。迷人的秋天，从梧桐树的枝柯间落下，踏着诗意款款而来。

　　"春风桃李花开日，秋雨梧桐叶落时。西宫南内多秋草，落叶满阶红不扫。"秋雨绵绵，梧桐树叶最先枯黄，那一片片叶子，吸足了一夏的营养，宽大而肥厚。瑟瑟秋风中，它们从容而落，毫无惧意，生命中仅有的一次滑翔，轻盈而优雅。秋草丛生，落叶满地而无人清扫，极自然洒脱，少了人工雕琢的痕迹，自然简约富有韵味。

　　冷冷清秋，风光无限。"飒飒秋雨中，浅浅石溜泻。跳波自相溅，白鹭惊复下。"王维最懂赏秋，他的这首《栾家濑》可谓诗中有画、画中有诗。水中世界别样精彩，池塘里，小河中，秋水潺潺，翩翩白鹭逗轻波，意境悠远而动人。

　　秋雨之景，美在荷塘。"一朵芙蓉著秋雨"，秋天的荷塘不再像盛夏时那样翠绿逼人，野塘残荷，却别有一番情趣。秋雨霏霏，雨水滴落在荷叶上，圆润如珠，青白相间，宛如一幅迷人的水墨丹青。那一朵残留的出水芙蓉，好似一位温婉的古典美人，从泛黄的古籍中走来，从千年的唐诗宋词中走来。

细润如酥的秋雨，滴落在叶子上，老了梧桐，生了忧愁。"梧桐更兼细雨，到黄昏，点点滴滴。"易安居士的笔下，秋雨沙沙，如泣如诉，庭院中梧桐细雨，飘飘洒洒直到黄昏，引人悲秋，充满了黯然销魂的离愁别绪。遥想李清照当年，南渡之后，昔日繁华盛况对比眼前凄凉，秋的气息，对于敏感细腻的才女来说，有孤独寂寥之感。

也有积极乐观的文人。"凉冷三秋夜，安闲一老翁。卧迟灯灭后，睡美雨声中。"白居易老先生不愧为典型的乐天派，秋雨凉凉之夜，静卧床榻，枕着一场秋雨入眠，何其洒脱！春雨贵如油，太娇气；夏雨疾如风，太暴躁；冬雨绵绵，又太冷酷；唯有秋雨，飘飘洒洒缠缠绵绵，最懂人心，充满情趣。

梧桐之美，唯秋后而已。少年时代，老家的小镇上，街道两旁尽是梧桐。有一年，我和同学从村里来到镇上看电影，半场跑出来玩，猛然抬眼，发现高大的梧桐叶片，蝴蝶般在秋风中簌簌而落。满地的叶子，脚踩上去蓬松而柔软，刹那间，我的内心也变得异常柔软。

"空山新雨后，天气晚来秋。"听听那冷雨，思绪袅袅，无穷无尽的遐思氤氲弥漫其中。秋雨是季节的净化剂，涤荡夏日浓妆艳抹，洗净岁月铅华，回归大自然的恬静之美。凉凉的秋雨中，天地洁净幽美，时光，变得清爽而透明。

秋天静美，秋雨婉约从容，而我，愿做庭院中的那棵梧桐，静静地伫立在风风雨雨的日子里，老成岁月深处的样子。

刊于 2020 年 9 月 25 日《天水晚报》

绿树浓荫二三里

　　缤纷夏日，愿得绿树浓荫二三里，为清凉，也为诗意。

　　没有哪个季节的树，会像夏天里这般绚烂。春天的树太娇嫩，像是一个孩子，可爱有余而热情不足；秋天的树太苍凉，仿佛一位老人，阅尽沧桑繁华洗尽；而冬天的树又太忧愁，褪尽了颜色，宛如一座雕塑，只顾埋头沉思而缺乏生气。

　　只有夏天的树，站立在那里，虽然不言不语，却在向你诠释着什么叫作生命的激情。经过一个春天的酝酿，枝叶已经完全长好，郁郁葱葱，浓浓实实，就像一个小伙子，四肢发达，骨骼强健，充满着无限的青春与活力。炎炎夏日，在路边，在公园，在荒野，以及一切能够生长的地方，它为我们毫无保留地撑起一树绿荫，带来阵阵清凉。

　　夏天的树，是喝了太阳的蜜汁的。万物生长靠太阳，一缕缕的阳光里，隐藏着生命的秘密。从春天的温柔暖阳到夏天的热辣阳光，树木与太阳发生着奇异的恋情。盛夏时节，这场恋情达到高潮，演绎成感天动地的热恋。你看，那些浓浓绿绿的树木，在微风的吹拂下，婀娜多姿，翩翩起舞，不正写满了恋人们的娇羞与幸福吗？

　　品读夏天的树，还得到乡村。城市里的树太枯燥单调，一排排一行行，整整齐齐地站在马路边，就像一个个听话的小学生，低垂着脑袋，没有朝气。乡村的树就活泼得多，可以成排成行，也可以独木成林，可以在房前屋后，也可以在田间地头。树，是乡村的守护者，有村庄的地方就有树，那种大面积的环抱着整个村庄的树。这些树木没有固定的模式，随意而散乱地被栽种在村庄里，然而却并不影响美观，少了人工雕琢的痕迹，其天然之美恰恰凸现。

夏天的树荫下，流淌着人生的恬淡闲适。蝉，在树上卖力地鸣叫着，放了暑假的孩子们在树下嬉戏。烈日炎炎的季节，大树成了人们的好朋友，它们撑开巨伞，用片片绿荫赶走暑热。大黄狗吐着舌头，树下的凉席上，老人摇着蒲扇，许多故事和童谣就这样汩汩而出，孩子听得入了神，渐渐睡着了。夏天浓密的树荫下，乡村悠闲的纳凉生活，远胜于城市密不透风的空调房里的独处与寂寞。

夏天里，果树成了孩子们的最爱。在老家的乡村，桃树是一种广泛种植的果木。初夏时节，农家小院抑或房前屋后，树上红艳艳的桃子诱惑着嘴馋的孩子们。葡萄也是我们喜爱的水果，夏风吹过，葡萄藤蔓轻轻摇曳，或绿或紫或红的串串葡萄，在枝叶间摇晃，点缀着一个沉甸甸的夏天。这些夏天的果树，代表着季节的圆满与丰腴，大自然的慷慨恩赐，喂养了孩子们顽皮的童年。

热情的夏天，给了我们生命中最高的能量和温度，枝柯交错的绿树浓荫中，斑驳错落的时光便有了丝丝清凉。葳蕤蓊郁的树木，循着岁月的脚步，从春天的第一枚叶子里出发，在盛夏的繁华中抵达，让我们火热的生活，充满了片片如诗的绿意与美好。

刊于 2020 年 7 月 6 日《福州晚报》

桃花笑春风

人间四月，春光明媚，桃花灼灼，惹人爱怜。

喜欢桃花，喜欢那种妖娆经典的美。一树桃花，就是一栋绣楼闺阁，里面住着众多古典而曼妙的女子。蓓蕾含苞的，像含羞答答的二八少女；悄然绽放的，似热情奔放的熟女少妇，微风拂过，落下一地银铃般的笑声。

这些桃花女子，从泛黄的典籍中走来，从千年的尘埃中走来，穿越悠悠历史，在尘世里，与每一个懂得她的有情人相遇。难怪人说，男人获得女人的垂青，叫作走"桃花运"。想来，这样的艳遇，美丽而诱人，以花为喻，只能桃花莫属。

崔护就走了一次桃花运。"去年今日此门中，人面桃花相映红。"盛春时节，桃花如霞似火，美人红腮娇羞，良辰美景，才子佳人，好一段浪漫的相遇。如此这般，引得诗人诗兴大发，千古佳句奔涌而出。

相比之下，大才子唐伯虎面对桃花就洒脱得多。"桃花坞里桃花庵，桃花庵里桃花仙。桃花仙人种桃树，又摘桃花换酒钱。"如此喜爱桃花，与桃花结缘，实乃人生一大乐事。居住在这样的桃花庵里，即便不是世外仙人，也定非凡夫俗子。

金庸先生的武侠名著《射雕英雄传》里，有一座美丽的桃花岛。想来"东邪"黄药师，也是极爱桃花之人。少时看同名电视剧，黄药师玉笛轻吹，无数桃花落英缤纷，不禁心驰神往。很多年后，当我登上浙江舟山群岛东南部的桃花岛，面对漫山遍野的迷人桃花，终于了却了一桩多年心愿。

世人皆知陶渊明爱菊，我却以为，他也爱桃花。寥寥数笔，能够把《桃花源记》里的桃花写得如此动人的，唯他而已。那个理想中的世外福地，为什么被他安排在桃花源里，而不是其他所在？也许，在他看来，唯有桃花的美，才能配得上那样的人间乐土吧。

幼时家贫，母亲种了几株桃树，以便结了果子换钱补贴家用。每年春天，满园的桃花竞相绽放，惹来蜂蝶盘绕。《神农本草经》里说，桃花具有"令人好颜色"之功效，常有爱美的女子来向母亲讨要桃花，制成桃花酒，饮用抑或搽脸，效果很好。

桃花亦可食用，采来些许桃花，加入粳米、红糖等，做成养人的桃花粥，清香可口，美味诱人。闭上眼睛想想，桃花入口，芬芳馥郁，每一朵直达你的心扉，每一口都是春天的迷人味道。

刊于 2019 年 8 月 6 日《新安晚报》

绿荷上的夏天

　　"青荷盖绿水，芙蓉披红鲜。"炎炎夏日，走出家门，半亩方塘里，盈盈碧波之上，圆润的荷叶中点缀着几枝娇艳的荷花，红白相间，互为衬托，细细赏之，顿觉心旷神怡，暑气消散。

　　地球像是一个不断旋转着的大舞台，每一个季节都是那么美轮美奂。荷是夏天的宠儿，专为这个季节而生。肃杀的秋风里，莲子簌簌而坠，在水底的淤泥里，经过冬天的休眠，在春天里苏醒，于夏天中绽放，成为最为亮丽的风景。如果说夏天是一个热情而活力无限的小伙子，那么莲荷就是痴情的姑娘，漫长的等待，只为这段奇异的绝世恋情。

　　荷是水中的精灵，有水的地方，即是它的归宿。无论是天然湖泊的万亩荷塘，还是公园中的景观池塘，甚至是自家院子里的小小水池，都可以有荷的美丽身影。"接天莲叶无穷碧，映日荷花别样红"，它们可以是这般壮观，让人惊叹；"小荷才露尖尖角，早有蜻蜓立上头"，也可以是如此低调，一枝独秀悄然绽放。

　　老家多水，绿荷是乡人的最爱。夏季来临，原本平静的水面上，仿佛被谁施了魔法，只那么短短几天工夫，便铺满了圆圆的荷叶。"灼灼荷花瑞，亭亭出水中"，那些纵横交错的沟沟渠渠，那些房前屋后的片片水池，因为有了荷的陪伴，便不再寂窦。盛夏时节，村庄环抱在河沟里，水中绿荷遮天蔽日，荷花或红或白，清风徐徐，荷香弥漫，诗意无限，一切如梦似幻。

"出淤泥而不染，濯清涟而不妖"，在古人看来，莲荷是高洁的象征，而在我的记忆里，它更是一个老朋友，亲切而实用。

幼时家贫，母亲常常让我们采莲藕食用。我水性好，在水塘里一个猛子扎下去，往往就能挖出一大截又白又嫩的莲藕。母亲用它煮糯米藕，或者清炒藕片，孩子们吃得津津有味。

荷叶的用处也很多，可以用来煮粥，清热去火，清香异常。那时候没有冰箱，我们常用荷叶盛放食物，纯天然而环保，放在水中可以保鲜。至于莲子，缺吃少穿的年代，自然是孩子们最好的解馋零食。

"碧荷生幽泉，朝日艳且鲜"，喜欢美丽的绿荷，喜欢动人的莲花，也喜欢这个迷人多彩的夏天。

刊于 2014 年 6 月 14 日《苍梧晚报》

银杏叶落满地秋

秋天走到尽头的时候，银杏叶子就落了。

金黄的银杏树叶，宛如美丽的句点，从古典的日历中走来，对季节进行着缠缠绵绵的完美分割，从秋末到冬初，用平平仄仄的岁月韵脚，抒写着节令的浅斟低唱。

第一次见到银杏叶，是在读小学的时候。下午的课间，我正在翻阅向同桌借来的故事书，突然间发现里面夹着一枚外形奇特的叶子。它小巧而精致，有些发黄却不失灵动，最妙的是其扇形的迷人外观，拿在手里感觉像是件珍贵的工艺品，使人感叹大自然的神奇曼妙。同桌告诉我说这是银杏叶，他放在书里当书签用的。

后来上生物课，老师说银杏是古老的物种，已经有上亿年的历史。我的好奇心与日俱增，周末缠着同学到他家去看银杏树。那是怎样一种神奇的树木啊！我被彻底震撼了，青绿的叶子缀满枝头，微风吹来，万头攒动，好似一群绿色的蝴蝶围着树干上下翻飞。

"等闲日月任西东，不管霜风著鬓蓬。满地翻黄银杏叶，忽惊天地告成功。"夏日的银杏蓬勃翠绿，郁郁葱葱的颜色，昭示着旺盛的生命力。秋天的银杏，叶子渐黄，没有了绿色，却金黄可掬，给人以静美华贵之感。银杏，用自己一身的素雅，演绎着季节的转换，引领我们满怀收获与感恩，向着秋天挥挥手，走向冬天的深处。

故乡寿州的大报恩寺里，有两棵巨大的银杏树。此二树植于唐代贞观年间，高二十多米，树龄已达一千三百余年。每年秋天，两棵树通体金黄，枝干遮天蔽日，煞是好看。树下层层叠叠的落叶，覆盖了整个院子，好似黄金铸就一般，唯美之至。

结婚那年，妻子在院中的小花圃里种了一棵小小的银杏树。春天，它发出第一片嫩芽，继而长成叶子，然后是满树青绿；夏天，有鸟飞过来，落在它上面，我在窗前伏案写作，清脆的鸟鸣声不时划过；秋天，树叶变黄，院子里金光灿灿，风儿吹过，地上处处是耀眼的金黄。

我以为，秋冬时节最妙的意境，非地上的银杏叶莫属。一棵棵落光了叶子的银杏树，光秃秃的枝叶删繁就简，树干上不带一根倾斜的枝杈，尖尖的树梢笔直地插向天空。树下堆积着大片银杏叶子，金黄而高贵地伏在地上，宛如熟睡的孩子，静谧而安详。树上，冬天已经来临；树下，金色秋天犹在。

立冬过后，冬天的扉页已经翻开，秋天渐行渐远。美轮美奂的银杏，轻轻卸去曾经的盛装，以一种极致简约的心态迎接冬天的到来。人生又何尝不应如此呢？寒来暑往，秋收冬藏，不论成败得失，不管大起大落，都应该卸下防备，脱去枷锁，任它洗尽铅华，云卷云舒去留随意。经过春的欣喜、夏的热烈、秋的成熟，也无风雨也无晴，一切变得更加从容而洒脱。

刊于 2020 年 11 月 13 日《江西日报》

蝉鸣夏日长

季节就像是一个大舞台，不同的时令奉献出各自迥然不同却精彩纷呈的节目。美丽的春天才刚刚谢幕，蝉，仿佛一个报幕员，只那么一声大吼，就喊出了火辣辣的夏天。

"西陆蝉声唱，南冠客思深。"蝉，是不知疲倦的歌者。夏日来临，在树林里，在小路边，那一棵棵的大树上，蝉扯起喉咙，高亢而卖力地唱着歌，尽情抒发着对这个季节的赞美和热爱。是的，为了这一刻，它们可是等待了太久。

蝉从卵里孵化，到变成美丽的成虫，是极其不容易的。秋天的树上，幼虫孵出，被风吹到地上，钻进柔软的泥土里，来到树根旁，靠吸食树根的汁液生存。蝉的一生几乎都是在黑暗的地下度过的，一般是两三年后，经过五次蜕皮方才成功。"炼狱修行十七年，熬成火眼见青天。"据说有一种十七年蝉，在地底蛰伏十七年才能羽化而出，这种耐心和毅力，真是令人钦佩。

蝉，餐风饮露，在古人眼里，是高洁的象征。它栖于高枝，不食人间烟火，与世无争的品格，最得文人墨客们的赏识。李商隐在《蝉》一诗中说："烦君最相警，我亦举家清。"而身在狱中的骆宾王，也对着蝉发出了"无人信高洁，谁为表予心"的感慨。

蝉，又名"知了"。记得小时候，夏日的中午，暑气难耐，我趴在凳子上写作业。母亲在一旁为我摇着蒲扇，屋后的大树上，蝉鸣响起，她一本正经地对我说，你要好好学习，做个谦虚的孩子，可不能像那个知了，整天"知了——知了——"，知道了就一定要喊吗？我笑了，母亲也笑了。

记忆中的蝉鸣，悠扬而空灵。为了听蝉，我曾在学校附近的小树林里待了一个下午，忘记了上学；为了听蝉，胆小的我竟然鼓起勇气，一口气爬到屋后那棵最高的大树梢上，差点儿下不来。我也捉到过蝉，却不忍心伤害它，那蝉仿佛明白我的心意，讨好似的歌唱一番，最终我依依不舍地放了它。

孩提时，搜集蝉蜕是我的最爱。蝉蜕，是蝉幼虫蜕下的壳，大多停留在树干上。蝉蜕宛如蝉丢下的外衣，也像是它的蜡像，完美地保留了蝉的外形，猛然看上去和真的一样。我喜欢把搜集来的蝉蜕，一个个放在书桌上，像看一件艺术品似的慢慢欣赏。后来，有人来村里收购蝉蜕，每个一分钱，据说可以做中药。我把蝉蜕都卖了，买了几本心仪已久的书，这让我好一阵欢喜。

往事如流水，只那么一瞬便不见踪影。又逢漫漫夏日，又闻声声蝉鸣，一年年一代代，永无休止。而我相信，不论何时何地，这些可爱的精灵，它们痴情未改始终如一，在歌唱着火热而美好的生活，伴着孩子们难忘的童年。

刊于 2016 年第 8 期《绿色视野》

清塘荷韵

　　"荷叶罗裙一色裁，芙蓉向脸两边开。乱入池中看不见，闻歌始觉有人来。"炎炎夏日，躲在封闭的空调房里避暑，莫如走出门外，欣赏那"莲叶何田田"的一池夏荷，自然心旷神怡，清爽无比。

　　离家二三里，有一处小小荷塘。饭后漫步，还未抵达，便有一缕沁人心脾的淡淡幽香迎面而来，顿时让人精神为之一振。及至走近，半亩方塘之中，铺天盖地的巨大绿色映入眼帘，令人不由得发出由衷的惊叹，这是夏天里最最纯粹的颜色啊！

　　"接天莲叶无穷碧，映日荷花别样红。"是的，硕大的莲叶宛如一个个伞盖，遮住热情的阳光，送来一抹清凉；又如美人的碧绿罗裙，层层叠叠，柔风袭来更显婀娜多姿；还像谁家顽童的圆圆笑脸，调皮地迎风含笑。有一些荷叶漂浮在水面上，几滴晶莹透亮的水滴，散落在上面滚来滚去，成了一片散金碎玉，颇为有趣。

　　荷花是必不可少的。"荷叶五寸荷花娇，贴波不碍画船摇。相到薰风四五月，也能遮却美人腰。"如果说荷叶是美人的美丽罗裙，那么这美人自然就是荷花了。荷花是荷塘中的精灵，是盈盈碧波中唯一的美人。她身材曼妙，袅袅婷婷地站立着，偷偷地躲在荷叶丛中，绽放自己的亮丽。白荷冰清玉洁，"可远观而不可亵玩"，是个冷美人；红荷淡妆出水，那淡淡的红色，正是姑娘害羞脸红时的一抹娇滴滴的红晕啊！

　　"青荷盖绿水，芙蓉披红鲜。下有并根藕，上有并头莲。"莲蓬和藕分别连接着两头，一个高高在上，一个深藏水中，各有情趣。莲蓬是荷花美人的孩子，遗传了母亲得天独厚的美，一切精华尽入其中。藕则是归隐者，白白胖胖的，厚实而有分量。它，不和荷叶争绿，不与荷花争美，就像一位古代的隐士，虽远离了你的视线，却常常让你惦记着念叨它。

　　驻足塘边良久，我却不是这美丽荷塘唯一的欣赏者。荷叶中，大腹便便的青蛙，默默蹲坐若有所思；尖尖的小荷上，蜻蜓静静伫立，似乎也惊诧于荷花美人的倾国倾城，不忍惊动其分毫。只有脚下的小鱼，顽皮异常，碰碰这里蹭蹭那里，水面上泛起层层细小的涟漪，全然不顾这一池清塘的优雅与静谧。

　　　　　　　　　　刊于 2016 年 8 月 11 日《华东旅游报》

麦黄杏儿香

　　麦子黄了的时候，杏儿就熟了。

　　孟夏时节，布谷鸟在天空咕咕叫着，金黄的麦田随风拂过，掀起阵阵迷人的麦浪。这个美妙的初夏，火红的石榴花尽情绽放，枝头的杏儿已经熟透，散发出诱人的甜香。

　　杏儿，是带着春夏两个季节的大自然精华而来的。早春之时，春雨霏霏，小小的杏花探出脑袋，用一种清纯之美迎接春天，继而杏花变成青杏，仿佛青涩的二八少女。到了五六月的初夏，杏儿由青变黄，一个个圆润而丰腴，就像是成熟的少妇，风姿无限，美丽迷人。

　　故乡的麦黄杏，是杏子中的早熟品种，深受人们喜爱。麦子黄了，大片大片的原野处处金黄，麦香的氤氲弥漫中，混合着一股别样的香甜气息，那是熟透了的黄澄澄的杏儿。麦收时节，勤劳而辛苦的乡亲们顶着烈日骄阳，让麦子颗粒归仓，渴了饿了，就在自家的院子里或者房前屋后的杏树下摘几个杏儿吃，生津解渴，劳乏顿消。

　　记得小时候，家里的院子口有一棵大杏树，暮春时节，枝头上坠满了一颗颗青青的杏儿。我看着眼馋，趁着大人不在，爬上去摘杏儿吃，一口咬下去，满嘴的酸味，吃饭时牙齿还是麻酥酥的。一旁的姐姐笑着说："你这个小馋猫，太心急，杏儿还没熟呢。"我问她："杏儿什么时候成熟？"她回答："这是麦黄杏，你看到麦子黄了，就可以吃了。"

于是我天天盼望麦子变黄。终于，这一天来临了。仿佛施了魔法似的，一夜之间树上的杏儿全部变熟，金黄而饱满，压弯了枝头。赶忙摘下一个，来不及清洗，放在衣服上擦拭几下，就吃起来。熟透的杏儿软软的，含在嘴里，汁水弥漫，酸甜适中，味美醉人。

"麦黄杏，麦熟黄，酸得小孩直叫娘；麦黄杏，快快黄，别误了姑娘当新娘。"我的一位表姐，小名杏儿，二十岁那年，出落得宛如熟了的杏子。邻村的一个小伙子喜欢她，每次见她，都会带一些又黄又大的杏子。表姐把杏子分给我们吃，我们高兴得不得了。后来，也是在一个杏儿成熟的初夏，表姐出嫁了，成了美丽的新嫁娘。

沿着季节的方向，夏风轻轻地吹着，麦子再一次变黄，杏儿沉甸甸地挂在枝头，预示着丰收和希望。麦香阵阵，杏儿甜甜，漫步在如此美妙的初夏时光里，我的心儿已醉……

刊于 2015 年 6 月 8 日《洛阳日报》

雪花是冬天的翅膀

地球就像一个旋转着的大舞台，四季的精彩依次闪亮登场，春天捧出姹紫嫣红的百花，夏天奉献激情无限的阳光，秋天展示沉甸甸的收获，而作为压轴大戏的冬天，则用诗意浪漫的雪花，掀开表演的序幕。

这时候的北风，是个调皮的孩子。作为季节的魔术师，他驾驶着白色的马车，从北到南呼啸而过，所到之处，留下一地的耀眼与洁白。雪花是白色的精灵，从古老的童话中飞出，像一群晶莹的蝴蝶，寒流过后，在天地之间飞舞。

冬天是一本厚厚的大书，轻轻打开它的扉页，雪花便是其中最耐读的章节。阅读雪花，它在枝头开放，粉妆玉砌的洁白，一如忽来的春风，盛开满树的梨花；阅读雪花，它在原野飘飘洒洒，大地的棉被就这样厚厚地铺好，麦苗静静地躺在下面，像是熟睡的孩子；阅读雪花，它飞向人们，在恋人的手中融化，化作暖暖的爱意，在孩子的面前聚集，变成可爱的雪人。

雪花是禅，启迪人思考。冬天看似万物萧条，实则生机无限，它蕴含着无比的智慧，用另一种深沉的方式，让人去体会和感悟。雪花的纯洁，恰似无邪的孩童，让人抛弃世间一切污秽与欲望，回归单纯。雪花从寒冷中走出，历经千辛万苦方才锤炼成型，它绽放极致美丽的一刹那，你可曾想到它的百炼成钢？雪花宛如流星瞬间即逝，回归泥土，但它终将涅槃与重生，只为了那个它永远无法到达的春天。

雪花是冬天的翅膀。是的，当树木裹紧棉衣，当河流哈着热气，当北风挥师南下，雪花便展开巨大的白色翅膀，带着我们轻盈地飞翔。冬天是沉寂的，但是因为有了雪花的存在，便有了飞翔的意境。雪花在古老的《诗经》里飞过，在唐诗宋词里飞过，穿越数千年的悠悠历史，穿越节气与民俗，组成平平仄仄的诗行，抵达我们的内心。

冬天让人坚强，冬天让人成熟，冬天也充满无限的希望。因为雪花，冬天多了一份抒情与浪漫；因为雪花，冬天不再漫长而乏味，变得精彩无限；因为雪花，冬天便是诗人的气质，冬天已经来临，春天还会远吗？

雪花是冬天的翅膀，它让我们去寻找生命的激情，这个季节从此不再寒冷，不再忧伤。

雪花是冬天的翅膀，它给予我们力量，从冬天里出发，终会在下一个春天里抵达。

刊于 2020 年 1 月 7 日《鹤岗日报》

夜雨剪春韭

　　说到春天的时令鲜蔬，人们各有所爱。辛弃疾说"春在溪头荠菜花"，喜欢香喷喷水灵灵的荠菜；苏东坡则说"碎点青蒿凉饼滑"，偏爱那味道特别而爽口鲜嫩的青蒿。相比之下，我更支持杜甫老先生，一句"夜雨剪春韭"，诗意而美好，在迷人的春天，让人味蕾大开。

　　一场贵如油的春雨，让韭菜迅速生长了起来。老杜说："好雨知时节，当春乃发生。"漆黑的春夜，绵绵的春雨润泽大地，万物张大了嘴巴，贪婪地吮吸着春天的甘露。小小的韭菜也在尽情享受着春雨的恩泽，一个劲儿地疯长。

　　雨霁天晴，春日暖暖。一畦畦的韭菜，舒展着娇嫩的身子，水嫩嫩细长长的样子，煞是可爱。那一抹醉人的绿，是这个春天里最为动人的色彩。这新生的绿，宛若新落地的娃娃，从头到脚都是新的。一丛丛的鲜韭菜，像一首清新的小诗，明丽活泼，翠绿欲滴，迅速占领眼睛，一直进入你的心灵。

　　在乡下，韭菜算得上是一种平民蔬菜。无论是菜园子里，还是地旁田间，甚至是房前屋后，院子里的一块空地，到处可见它们亮丽的身影。母亲在菜园种了一畦韭菜，每年春天一到，我们看着韭菜那碧绿的身姿，馋得直流口水。母亲割下第一刀春韭，洗净切碎，配上自家鸡窝里刚取出的鸡蛋，三翻两炒，香气逼人。一盘新鲜的绿韭，吃在嘴里，鲜嫩清香，回味悠长。

作为一种大众化蔬菜，韭菜的吃法很多。除了韭菜炒鸡蛋，还有韭菜炒猪肝、韭菜包子、韭菜饺子等。在我的老家，有一道关于韭菜的特色菜——韭菜炒螺蛳。螺蛳必须是河塘里的新鲜小螺蛳，用牙签挑出肉来，加上嫩韭菜和一点腊肉，一起爆炒，美味十足。离家多年，有一次在外地的一家餐馆里吃到这道菜，地道的家乡味道，久违的乡愁便一点一点弥漫，氤氲着五脏六腑，直抵思乡的内心。

《山家清供》里说，六朝的周颙，清贫寡欲，终年吃蔬菜，文惠太子问他蔬食何味最胜，他答曰："春初早韭，秋末晚菘。"想来这个周颙，虽然清心简朴，却也是个美食达人。春初的一刀鲜韭，秋末的一棵白菜，自然是菜蔬里的极品。一个能在朴素简单的蔬菜里咀嚼出非常滋味的人，一定是个懂得生活和感恩的智者。

春上舌尖，唐诗里的韭菜，故乡的韭菜以及城里的韭菜，味道相同，感受却大不一样。人生路上，一路走来，每一次品尝那小小的韭菜，熟悉的味道之中，又有不同的境遇感受。孩提或是成年，贫穷或是富贵，疾病抑或健康，人生祸福旦夕间，无论如何，每年春天，有韭菜相伴，口齿生香，温润自己饱经沧桑的肠胃，也算得一知己，足矣。

刊于 2015 年 3 月 30 日《首都建设报》

秋风乍起忙采菱

　　"宫殿寂寥人不见，碧花菱角满潭秋。"秋风乍起的时候，成熟的季节翩然而至，陆地上果实飘香自不待说，清凌凌的水面上，菱角也到了采收的时候。

　　老家河湖众多，沟沟壑壑纵横交错。所谓"靠山吃山，靠水吃水"，水下养鱼，水面上也不能浪费，微风拂来，碧波荡漾处，尽是满目青翠嫩绿的菱角秧儿，十分养眼。

　　乡人爱菱角，也极其勤劳，大到连片湖泊，小至半亩方塘，无一不种菱。若是谁家有白花花的水面闲着，定会招致别人的笑话，正是"交流四水抱城斜，散作千溪遍万家。深处种菱浅种稻，不深不浅种荷花"。

　　"嫩剥青菱角，浓煎白茗芽。"青青的嫩菱角，是大诗人白居易的最爱。是的，儿时的小伙伴们，不等菱角成熟，便偷偷地争着尝鲜去了。正午时分，大人们都在午睡，我们悄悄地来到池塘边，翻开菱角秧儿，尽情地好一顿贪吃。嫩菱角好吃易剥离，指甲轻轻一挖，洁白漂亮的肉就露了出来，放入口中，爽脆可口，唇齿生香。

　　对于大人们来说，菱角可以当小孩子的零食，也能够做换取油盐钱的庄稼，所以总是成熟了才正式采摘。"荷叶团团团似镜，菱角尖尖尖似锥。"菱角品种众多，有些两端还带有尖尖的利刺，因而常常要戴上手套采摘。记忆中，大人们划着小船，小孩子坐在水缸里，边采边说笑，热热闹闹的景象，好一幅迷人的采菱图！

采来的成熟菱角，清洗后放入锅中加水煮熟，是一种诱人的美味。剥开厚厚的壳儿，果肉已成淀粉状，口感香糯，在粮食匮乏的年代，可以作为主食，能够吃得饱。吃不完的，拿到集市上卖，也十分抢手，几次三番，收入颇丰，用来贴补家用。

"如今池底休铺锦，菱角鸡头积渐多。"诗中"鸡头"，学名芡实，是家乡又一种水中鲜物，常伴随菱角而生。秋日，回了趟乡村老家，遗憾的是，发现野生"鸡头"已近乎绝迹，偶见人工种植。唯有小小的菱角，仍然旺盛繁衍，漂浮于熟悉的绿水之上，滋养了一代又一代家乡人。

刊于 2011 年 8 月 25 日《中国电视报》

枕着蛙鸣入眠

春天踏着繁花而去，夏天在绿树浓荫中走来，季节的转换悄无声息而曼妙无比。如果说春天是安静而深沉的，迎着和煦的阳光，我们只需静待花开，那么夏天就是喧闹而热烈的，一声嘹亮的蛙鸣，叫醒一个充满激情的夏天。

南宋诗人赵师秀在《约客》一诗中写道："黄梅时节家家雨，青草池塘处处蛙。"青梅渐黄，柳絮飘飞，漫天的雨丝飘飘洒洒，打湿这个诗意无限的季节。雨季来临，青蛙闪亮登场，成了这个时候最惹人眼球的主角。疯长的青草丛中，大大小小的池塘里，一只只绿青蛙，仿佛从水墨丹青里跳出，呱呱地叫着，可爱而有趣。

夏日的晚上，风清月白，天上星光点点，地上蛙鸣阵阵，好一幅迷人的蛙鸣图！白天，青蛙或躲在洞穴里，或藏在荷叶下，好似含羞答答的姑娘不肯出来。只有到了晚上，它们才倾巢而出，肆意地欢唱。我时常觉得，大自然在每一个季节，都会有属于自己的歌手，春天的小鸟，秋天的虫子，冬天的北风，而夏天里，蛙，就是最好的演唱家。

蛙的表演不是独唱，而是组成一支庞大的乐队，集体演出。一只蛙的单打独斗是没有激情的，一群蛙可就不同了。它们的集体组合，宛如体积庞大的古代编钟，声势浩大而极具震撼力。喜欢蛙鸣，喜欢那种此起彼伏的阵阵蛙鸣。当你心烦意乱之时，也许会觉得它太吵，可是等到静下心来仔细聆听，你就会发现它的妙趣横生。是的，这种来自生命灵魂深处的呐喊，从来都是那么的悦耳动听。

还记得小时候，小伙伴们捉青蛙的情景。正午时分，青蛙端坐在硕大的荷叶上，仿佛一个沉思者，半天不动。我们从麦地里拔下一根燕麦，长长的麦秸上留着一颗饱满的麦粒。像钓鱼一样，把燕麦放在青蛙的嘴边晃来晃去，它会觉得是飞虫在飞，敏捷地伸出舌头咬住，我们往上一提，青蛙就成了俘虏。当然，我们不会伤害它，老师说过，青蛙对庄稼有益，玩儿了一会儿，也就放了。

"稻花香里说丰年，听取蛙声一片。"对于农民来说，聆听蛙鸣并不是一种都市的小资情调，而是有着实实在在的农业生产的意义。蛙是庄稼天然的保护神，它们对于害虫的威力，往往比农药更有效。那一声声动听的蛙鸣，就是对丰收的一种企盼，对美好丰足生活的不停讴歌与赞美。

如水的月光下，又闻久违的蛙鸣，枕着声声蛙鸣入眠，思绪袅袅，好梦常在……

刊于 2016 年 6 月 29 日《淮河早报》

盛夏的果实

　　夏日傍晚，陪爱人和孩子出门散步。小区斜对面不远处有个夜市，盛夏时节，地摊上的瓜果琳琅满目，望着女儿和儿子美美地吃着水果的样子，我不禁想起小时候，那些果实飘香的夏天。

　　桃子，是孩子们极喜欢吃的一种水果。小时候，家里的菜园里种了两棵桃树。春天，树上冒出第一朵桃花的时候，我便去看它。粉红色的桃花，清香四溢，我用鼻子凑近嗅了嗅，幻想着里面藏着一个甜甜的桃子。可惜家里孩子太多，桃树的产量实在供不上馋嘴的孩子们，夏日刚到，泛青的桃子还没成熟，就早早地被性急的小馋猫们摘光了。那时候，村子东头有一片桃园，我们几个胆大的小伙伴，常常趁着看园的老人睡午觉之际溜进去，挑拣个儿大红艳的桃子吃个饱。然后光着屁股，从园子旁边的小水沟里游出去，以免被人发现。

　　碧绿滚圆的西瓜，甜润了整个儿时的夏天。爷爷种了一亩西瓜，经过春天的精心侍弄，西瓜藤蔓粗壮蜿蜒，一个个西瓜从指头大小开始，渐渐长成硕大的西瓜。我最喜欢跟着爷爷下田摘西瓜，瓜田一片绿色，西瓜躺在一畦畦田垄里，露出圆滚滚的肚子，仿佛一个个熟睡的孩子。累了，坐在一个二十几斤重的大西瓜上，一边擦汗，一边啃着甜甜的西瓜，好不惬意。

　　葡萄架下的童年，欢乐多多。葡萄是一种极易成活的果木，小雨润如酥的春天三月，只需剪下一根带着叶芽的枝条，轻轻地插在泥土里就能成活，迅速成长为婀娜多姿的葡萄藤。热情的夏日来临，宽大的枝叶中间，一串串葡萄，绿的像翡翠，紫的似宝石，随风摇曳中，散发出诱人的光泽。葡萄虽然好吃，可毕竟还是有些酸的，记得有一次，我吃得太多，吃饭的时候牙齿连豆腐都咬不动了，被大人们好一阵说笑。

　　一些不知名的小众水果让人印象深刻。马泡，是旧时乡村夏日里一种常见的野生果子。有一次，我在乡间的旷野里玩耍，见到一片野西瓜地，便喊哥哥去一起摘。哥哥走进一看，笑着对我说："这不是野西瓜，是马泡，长不大的。"我不好意思地笑了，这些马泡，大的如鸟蛋，小的似纽扣，外形像极了西瓜。还有一种灯笼果，挂在乡野路边的植物丛里，成熟之后，剥开外面包衣，里面的黄色浆果酸甜可口，滋味独特。

　　每一个果子，在春天里，都曾经是一朵努力向上的鲜花。从春天到夏天，时间以阳光为能量，用雨露作营养，把一点点的美好时光深深埋藏在花朵里，结成盛夏的果实。人生也应如此，经历少年的勤奋学习、青年的努力拼搏，方有中年的成熟稳重，以及晚年的从容自在。看似风轻云淡的背后，往往有刚刚经历的狂风暴雨，斑驳错落的长长短短的日子。

　　盛夏的果实，是岁月的慷慨馈赠，更是一种生命历练后的喜悦与洒脱，引领着我们带着感恩一路向前。

刊于 2020 年 6 月 19 日《江淮时报》

春风吹，荠菜香

煦暖的春风再一次吹遍了大地，吹皱了潺潺溪水，吹开了枝头花朵，吹绿了鲜灵灵水嫩嫩的荠菜。

荠菜是一种越冬植物。去年的菜籽儿落在泥土里，白雪皑皑的冬天，已经开始悄悄地探出一个个小脑袋来。只是极其细小，混在杂草里，不用心是很难发现它们小巧的踪影的。

慈母般的春天来临，阳光用温暖的手掌，轻抚着沉寂的大地。万物从沉睡中醒来，荠菜也开始冒尖。这时候，在乡下，原野里，菜园中，放眼望去，一大片一大片满是的。沉寂了漫长的一冬，它们个个挺直了身子，争先恐后地绽放自己亮丽的容颜。叶子变得宽大而肥厚，颜色碧绿如洗，散发着淡淡的迷人香气。

终于可以挖荠菜了。老家是江淮地区的一片广袤平原，一座座农舍被绿油油的麦田所包围，平整的麦田里，田间小埂纵横交错地散布着。这些小田埂，正是挖荠菜的好去处。吃过早饭，早早地挎起竹篮，拿着小铁铲，一路小跑，奔出家门挖荠菜。太阳暖烘烘地当头照着，嘴里哼着歌儿，低头寻找可爱的荠菜。说到挖荠菜，除了要仔细辨认清楚外，还有重要的一点，就是要尽量挖出它的根。母亲再三交代过，荠菜的根最香，尤其好吃。

田间地头，荠菜密密麻麻，分布众多。不消一会儿工夫，便收获满满一大篮子。

　　这是童年里抹不去的一幕情景。记忆中，一大群孩子，边挖荠菜边打打闹闹。还没到午饭时分，大伙儿的篮子里都是满满的。时间尚早，小伙伴们就停下来，坐在田埂上，比谁挖的荠菜多，谁的菜大，谁的菜根长，谁的菜最香。一番激烈的角逐之后，胜利者产生了。胜利者昂首挺胸，仿佛世界冠军一般，接受大家的喝彩欢呼，然后飞也似的跑开，好快点儿回家邀功。

　　荠菜的吃法很多，母亲常常用来做包子或者饺子。将荠菜仔细分拣认真清洗过后，均匀切碎，根据个人口味，可加入豆腐、粉丝、鸡蛋、肉类等，馅儿就成了。不管做成荠菜包子，还是包成荠菜饺子，那香喷喷的滋味，一种来自大自然深处的亲切味道，会让你回味无穷。

　　现在人们的生活水平提高了，城里菜市场也能够买到荠菜了。这种荠菜看起来更大，也绿绿的，但往往是人工栽培的，没什么香味，比起原汁原味的野生荠菜，滋味就差远了。

刊于 2014 年 3 月 19 日《铜陵日报》

瓦上生白霜

冬日的清晨，薄薄的阳光穿过尖尖的树梢，落在瓦楞上，一只鸟雀惊起，脚底一滑，跌落一层泛着银色的白霜。

瓦是青瓦，霜是白霜，极妙的色彩搭配，构成一幅经典的水墨丹青。旧时在乡下，住着那种红砖青瓦的大瓦房。冬日早起，我喜欢看屋顶的瓦片上有无落霜。找来一个自制的竹梯，"噌"的一声蹿到房檐旁边，手指在瓦片上轻轻一拨拉，一层霜晶，白糖般落在掌心里。舌尖儿舔一舔，冰凉而无味，心欢喜，眉间一笑。无味亦是一种味——季节的味道。

屋顶的麻雀，最识瓦上霜的滋味。晨光熹微，它们便早起，三三两两地落在瓦片上，追逐嬉闹。秋天已经走远，一些枯枝残叶遗留在房顶，间或有鸟羽落下，随风翩翩起舞。一只调皮的小麻雀站在旁边光秃秃的高大杨树上，嘴里衔着一枚红叶。半晌儿，或是受不了众鸟的挑逗，只那么扑棱棱地一飞，便加入屋顶的麻雀大军中。它们或悠闲伫立，或来回踱着方步，或彼此打闹，刹那间，脚下的白霜沙沙作响，芦花般纷纷扬扬从房檐边洒下。

无雪的冬日，白霜是无处不在的。柳树落满霜华，长长的柳条儿青绿中透着一点晶亮；几株桂树寂寞地站在那里，顶着晨霜，怀想昨日的馥郁芳华。经霜的枫叶愈发红润，仿佛谁家不胜酒力的女子，微醺的酡颜风情万种。地上的枯叶、瓦砾、稻草、泥土上，皆为白霜覆盖。农家的院落旁，几只肥硕的母鸡不时地啄着，惹得附着在上面的晶莹洁白的霜华簌簌而落。

瓦上霜，虽极美，却代表着一种青春易逝的忧伤。唐人张籍在《赠姚怤》一诗中说："愿为石中泉，不为瓦上霜。"石中泉水，长流不止，瓦上白霜，却倏忽而逝，不得长久。宋代大诗人陆游的《读老子》诗里也说："人生忽如瓦上霜，勿恃强健轻年光。"瓦，是坚实的瓦；霜，却如流星划过夜空，虽绚烂精彩之至，然终究过于短暂，瞬间消散。生命似落霜，人生易老，韶华难再，且过且珍惜。

霜落故园，我心戚戚。新翻的土地，软绵绵的，父亲挎着大竹篮，一边哼着听不懂的小调儿，一边撒播麦种。母亲在侍弄菜园，一畦畦墨绿的乌菜舒展着身子，安详地睡在初冬的阳光里。有风吹过，她乌黑的头发中丝丝白色若隐若现，分不清是白发还是霜华。

这是童年记忆里抹不去的一幕。如今，每每身在异乡，故乡的霜，总会降落在同样的梦境里。冬天已至，霜华又落，故乡那小院中红灯笼似的柿子是否在枝头轻轻摇曳？那门前池塘里是否残荷犹在，仍然碧波幽幽倒映着夕阳的斜晖？

瓦上生白霜，抖落的，却是那份千古不变的浓浓乡愁。

刊于 2018 年 1 月 6 日《潮州日报》

夏日蜻蜓款款飞

仲夏时节，暑热难耐，鸟儿躲在绿树浓荫里不敢出来，甚至连爱热闹的蝉也不再聒噪，隐匿了叫声。唯有蜻蜓，于天地之间，于烈日炎炎之下，依旧翩翩起舞，仿佛酷暑与它们无关，仿佛天地唯它们存在，只顾悠然飞翔，灵动而优美。

"小荷才露尖尖角，早有蜻蜓立上头。"荷是水中的精灵，夏天里最为清凉的花朵，蜻蜓当然也知道这一点。初夏之时，荷塘的水面上才刚刚冒出鲜嫩的圆圆荷叶，蜻蜓就开始一天天去巡视。及至小荷初绽，它们便迫不及待地飞临其上，尽情享受那份难得的惬意。很喜欢国画里的水墨丹青，盈盈碧波上，绿荷数枝，白莲一朵，上伫红蜻蜓一只，美得让人眩晕。

蜻蜓，是水做的骨肉，与水的缘分难舍难分。"穿花蛱蝶深深见，点水蜻蜓款款飞。"小时候，看见蜻蜓贴着水面，时飞时停，偶尔用细长的尾巴碰一下水面，原本镜子般光洁的水面立刻微波荡漾，涟漪层层，诗意之极。

后来读书，才知道那是蜻蜓在产卵，一种独特的生殖方式。想想也是，如此美丽的小东西，拥有如水般透明的双翅和流线型的身躯，也只有包容而慈爱的水，能配得上做它的摇篮吧。

少时顽皮，喜欢捉蜻蜓。暑假里，面对着漫天飞舞的美丽蜻蜓，眼馋的小伙伴们想尽了办法。有的用铁丝和旧布做个网兜，举着一根长长的竹竿，来回跑着在空中追逐它们；有的拿着大扫帚，看准了蜻蜓落在地上，猛地用扫帚把它捂住。我喜欢用细长的树枝，把它的一头弯曲成圆环状，然后搜集蜘蛛网，粘贴在圆环上。当蜻蜓落在草垛上，我用自制的捕捉器紧贴它，蜻蜓的翅膀被蛛网粘住，便乖乖地成了俘虏。

怀念老家的夏日，那种铺天盖地的蜻蜓。故乡盛产席草，这是一种用来编织草席的植物。每年盛夏，乡人开始收割晾晒席草。傍晚时分，从地里干完活回来，暑气渐渐消散，淘气的蜻蜓倏忽间飞出，忽上忽下，成千上万只在晚霞中飞翔，好看极了。

我爱躺在席草垛上，看蜻蜓翩飞。它们多彩多姿，以红色和黄色为最，有一种绿色的蜻蜓，个大色美。最喜欢那种细长的水蜻蜓，身材纤细苗条，我小时候常常望着它发呆，把它幻想成自己美丽的新娘。

"岸柳垂长叶，窗桃落细跗。花留蛱蝶粉，竹翳蜻蜓珠。"闲时消夏，静观蜻蜓，赏其风姿绰约之身影，思绪随其畅游翩飞，无限清凉之意顿生。

刊于 2014 年 7 月 24 日《北部湾晨报》

又闻秋声起

　　黄昏时分，伏案写作，忽听得房间内有虫声嘶鸣。循声找去，只见一只蛐蛐躲在卫生间的角落里，正在饶有兴致地引吭高歌。女儿嫌其聒噪，欲清除之，妻子赶忙制止了她，说："不妨事，这小东西无害，留着听听秋声。"我赞同地点点头，随即驻足侧耳倾听。这声音，忽高忽低，仿佛从钢琴的黑白琴键中飘出，伴随着窗外的朦胧月色，在静美如水的夜晚，流淌着浓浓的秋意。

　　想来，一年四季中，曼妙的秋声，最是好听。大自然仿佛一个硕大无朋的舞台，季节的更替变换，营造出不同味道的音响效果。春天，有鸟鸣声悦耳，在天空，在头顶，在树梢，清脆的鸣叫轻轻打开一树繁花和一片春天。这样的声音，美好而充满希望，却是有些单调。夏日的惊雷，来势迅猛，声音洪亮，霹雳之声颇有些吓人，不宜赏玩品味。冬天，风声嘶吼，凛冽凄凉，让人敬而远之。只有秋声，不徐不疾，亦不浓不淡，于静谧之中得天籁，蕴含着季节的成熟与丰腴。

　　寂寞的秋蝉声，是美丽而忧愁的。蝉，从春天里孕育，在夏天里发声，火辣而抒情的蝉鸣，乃是盛夏的标配。然而到了秋天，这声音就完全不同了。蛙声退去，池塘只剩下残荷，秋蝉，躲在岸边的柳枝上，鸣叫声稀稀疏疏欲语还休。"寒蝉凄切，对长亭晚，骤雨初歇。"天涯游子，羁旅之思，秋蝉，从千年前的古典诗词中飞出，悠悠嘶鸣，听得至今。

秋日，长空万里，雁鸣声声。大雁，是一种极有灵性的生物。这些可爱的精灵，是季节的风向标，只要秋天的令旗轻轻挥舞，它们便迅速集结挥师南下。如果说秋虫是独奏，那么雁鸣就是交响乐，规模宏大而令人震撼，那一曲秋的苍凉与辽阔，理所当然如是。"雁字回时，月满西楼。"声声雁鸣里，一卷乡愁悠悠，谁家楼头凭栏远眺的女子，在等待着远方的归人？

秋风秋雨之声，尽得秋天的厚重与质感。秋风是季节的调色师，吹过田野，稻谷变得金黄，吹过树梢，紫了葡萄，红了大枣。且听那秋风，婉转而悠扬，一遍遍动人的弹奏之后，季节便删繁就简，开始变得简约而成熟。秋雨，如泣如诉，夜阑卧听，恰似一个人的内心独白。雨打秋窗，脆脆的声响，深入内心，叩问灵魂。一盏凉凉的秋雨，在无人的夜晚，发人深省，给人启迪。

在秋天，我听见每一粒果实成熟的声音。这声音来自大地上的庄稼，稻子、花生、玉米、红薯……在秋风的温柔抚摸下，它们在原野上纵情地舞蹈，慰劳辛勤的农人；这声音来自池塘的水中，莲藕、菱角、芡实……它们果实飘香，用成熟和圆满唱出一池秋声；这声音也来自孩子们，新学期开始，重返校园，书声琅琅，丰收与希望就在眼前。

一个人，在秋天的乡下行走，会惊起一片月色和虫声。温柔的秋月，明亮澄净，仿佛诱人的乳汁，缓缓地倾泻在乡间，村庄、古树、老屋安详地淹没其中，无声，却似有声。成群结队的秋虫，蟋蟀、蝈蝈、金铃子之类，声音此起彼伏，各显神通而又互不干扰。毛茸茸的秋虫声，爬到身上，跳入耳朵，甚至会窜到你的口袋里，一直带回城里，萦绕耳际久久不忘。

秋声起，秋色渐浓，窸窸窣窣的秋日私语里，时光的脚步一寸寸远离。

刊于 2019 年第 9 期《国土绿化》

栀子花的夏天

孟夏时节，洁白优雅的栀子花又一次如约绽放，芬芳馥郁的香味沁人心脾，令人陶醉。一簇郁郁葱葱的花丛里，浓浓实实的绿叶中，朵朵栀子花白如粉蝶，高洁亮丽，微风阵阵，幽香氤氲弥漫，成为夏日里最为浪漫的一道风景。

乡村的夏天，处处可见栀子花的美丽身影。农家小院里的墙角，自家的房前屋后，抑或是小小的菜园子里，都是农民喜欢种植栀子花的地方。每年春夏之交，阳光越来越热烈，栀子花的绿叶开始变得肥厚，颜色逐渐加深，一个个花骨朵在枝头上挺立着，像是一枚枚蓄势待发的小火箭。端午节前后，栀子花迎来开放的高潮，洁白胜雪，朵朵闪亮，整个村庄都浸润在丝丝缕缕的幽香里。

栀子花，平凡朴实而气质高雅。它不矫揉造作，也不含羞答答，只把自己最好的一面，淋漓尽致地展现在人们的面前。在乡下老家的夏天，栀子花是一种极受欢迎的大众之花。

姑娘们喜欢它，她们的头上总是戴着最大最香的花朵。孩子们喜欢它，每天清晨上学，摘几朵放在书包里，到了学校悄悄送到老师的桌子上。树下纳凉的满头白发的老奶奶、水田里插秧的大婶，人人身上都有栀子花，个个满身花香……

孩提时代，我家的菜园里也有一株栀子树，枝丫繁茂，长势旺盛。母亲告诉我，这棵栀子树是姑姑栽的，当时我还没有出生，所以它的年龄比我还大呢。我很高兴，轻轻抚摸着它，仿佛抚摸着一个经年的老朋友。

夏日的傍晚，我来到栀子树前，仔细数着上面有几个花骨朵。第二天清晨，我又早早地来看它，昨天的花骨朵已经悄然绽放，湿湿的晨露在上面滑动着，清风吹拂，花蕊含香，初夏的迷人味道轻轻摇曳。

栀子花开了，摘花者络绎不绝。母亲很乐意别人来我家摘花，不管是村里的左邻右舍，还是外面过路的路人，不管是爱美的大姑娘小媳妇，还是顽皮捣蛋的孩子们，只要喜欢，随时来我家，都可以随意带走一大把栀子花。

"赠人玫瑰，手有余香。"这样的道理，母亲不一定懂得，但她却是这样做的。在她看来，分享的快乐无穷无尽，美丽的事物，一定要把它传播开来，让大家一起分享。

记忆中，母亲对于栀子花，总是物尽其用。新鲜的栀子花，放在自制的花瓶里，一进屋子，香气扑鼻，心情爽朗。母亲还把栀子花用线穿起来，挂在蚊帐里，闻着优雅的香味，我们轻盈入梦。枯萎变黄了的栀子花也不扔掉，母亲把它们放在太阳下晾干，装进枕头里，幽香阵阵，枕着花儿入眠，幸福之至。

又是一年栀子开，如梦如幻好时光。看着粉白的栀子花，闻着袅袅花香，迷人的夏日是如此的轻盈而醉人。

刊于 2014 年 6 月 11 日《南方法治报》

杏花春雨

蜗居斗室写作，妻子喊我，快出来看，杏花开了。

我离开电脑，来到后院里的杏树下，朵朵杏花，胭脂万点，粉白娇嫩，在春风里含笑。池塘边有垂柳数株，婀娜多姿，竞相吐绿，柳树与杏花相互映衬，诗意而美丽。

杏花与春雨，恰似一对相守千年的恋人。"小楼一夜听春雨，深巷明朝卖杏花。"昨天还是打着花骨朵的蓓蕾，只消一夜春雨的滋润，今天就已经杏花朵朵，粉嫩可人。春雨有情，杏花有意，陆游是知道这一点的，杏花春雨穿越千年的历史，穿越泛黄的宋诗，在古老的中国大地上，一次次地赶赴那场经典的约会。

江苏徐州云龙山，有著名的"云龙八景"，"杏花春雨"便是其中之一。云龙山西麓绵延十里，杏林满坡，与湖岸柳树桃林相映成趣。东坡先生有诗赞曰："云龙山下试春衣，放鹤亭前送落辉。一色杏花三十里，新郎君去马如飞。"每年春天，青山之上，碧湖之畔，细雨蒙蒙，柳丝挂燕，杏花似雪，蜂蝶蹁跹，好似人间仙境。

安徽池州的杏花村，曾经是杜牧的最爱。"清明时节雨纷纷，路上行人欲断魂。借问酒家何处有，牧童遥指杏花村。"

那年清明，晚唐才子杜牧春游杏花村，写下了这首流传千古的名诗。清明时节，雨丝纷纷，行人匆匆，诗人沽酒赏花，好不痛快。

我的一位乡下远房亲戚，虽是个土里刨食的农民，却极爱杏花。他家的院子里，房前屋后，遍植杏树。春天来临，杏花含笑，朵朵如霞似雪，开得十分热闹。他唯一的女儿，视若掌上明珠，取名"雨杏"，即杏花春雨之意。如此，可见他对于杏花的热爱。

在江南，杏花春雨算是找对了地方。徐悲鸿说："白马秋风塞上，杏花春雨江南。"一生爱马的他，认为骏马的美在于塞上的秋风中，而杏花春雨的最好归宿，则在江南。王冕的《山水图》诗也说："展卷令人倍惆怅，杏花春雨隔江南。"

"沾衣欲湿杏花雨，吹面不寒杨柳风。"杨柳风轻拂，好似柔软的手掌拂过脸颊，杏花雨纷纷，柔柔地落在身上，落在一颗迎接春天的心里。杏花朵朵含情，春雨绵绵无声。浪漫多情的春天里，每个人的内心都会开放一朵杏花，伴着悠悠如丝的细雨。是的，江南多雨，杏花绽放，极适合来一场缠绵悱恻的爱情。

刊于 2018 年 5 月 2 日《皖江晚报》

秋来南瓜香

秋风乍起，南瓜飘香。乡村的集市上，到处是大大小小的南瓜，它们或长或圆，黄灿灿的颜色，恰似这个丰硕而圆满的金秋。

母亲喜欢种南瓜。春天的时候，无论是房前屋后还是小院子里，但凡有些闲置地段，都会成为南瓜的乐园。母亲像是一个魔法师，几粒南瓜籽只那么轻轻一撒，不消多久便会长出嫩绿的瓜秧。暖风吹拂，它们贪婪地生长着，终于团团碧绿。

南瓜花是乡下最为硕大的一种蔬菜花。它金黄耀眼，仿佛太阳落在了身上，汲取了阳光的汁液。夏秋时节，浓浓绿绿的南瓜架上，一朵朵黄花热烈绽放，微风拂过，宛如一只只金色的蝴蝶飞舞，煞是好看。母亲采下多余的花朵，清水里过一下，在面粉里搅拌均匀，加入白糖和盐，在油锅里做成南瓜花饼。吃起来清香四溢，美味可口。

南瓜挂果的时候，好奇的我几乎天天去观看。起初，在花朵的底部鼓出指肚般大小的果实，它们顶着花儿，好像是新生的光屁股娃娃，一副羞答答的样子。几天之后，南瓜崽儿渐渐长大，宛若拳头大小。嘴馋的我凑近小南瓜，情不自禁地伸出舌头舔一舔。母亲了解我的心意，惋惜地摘下个大点儿的，切片清炒，算是尝了鲜。

漫漫夏日，南瓜好似顽皮的孩子，一个劲儿地疯长。长的，变成人的大腿般粗，圆的呢，由拳头而成磨盘，十几斤的常见，二三十斤的不算稀罕。凉爽的秋日来临，它们由绿变黄，沉甸甸地掩映在绿叶中，讨人欢喜。南瓜成熟了，我自告奋勇地一个个采摘，额头的汗水里伴随着丰收的喜悦。

最爱母亲做的南瓜汤。剖开南瓜，剔瓤去籽，削去外皮，切块下锅。一顿熬煮之后，揭开锅盖，甜香扑鼻，吃在嘴里，既香甜又爽滑，唇齿留香。还有一道糖醋南瓜丸，将南瓜蒸熟后加入面粉、白糖、食盐揉成面团，挤成小圆球状丸子油炸，最后勾芡淋入香醋即成。据《本草纲目》注，南瓜性温味甘，入脾、胃经，常食具有补中益气、消炎止痛等作用。

而今，每年秋天回到老家，母亲总要亲手做上几道南瓜美食，临走时还不忘给我们带上一些。吃着甜美的南瓜，我明白，那不仅是秋天的味道，更是母爱的味道。

刊于 2013 年 9 月 1 日《邯郸日报》

初夏榴花红

周末，在公园里漫步，眼尖的女儿突然叫道："爸爸，看，石榴花开了！"我循声望去，但见硕大的树丛里，一片浓浓实实的绿叶之中，几朵火红的榴花正迎风舞蹈。它们像是一群爱笑的小姑娘，或腼腆羞涩，小小的花骨朵含苞待放；或热烈奔放，咧着嘴巴，宛如乐队的大喇叭，使劲地歌唱着热情的初夏。

"何年安石国，万里贡榴花。迢递河源道，因依汉使槎。"石榴，原产西域，汉代张骞将其带回中原，后来广泛种植于全国各地。一树榴花娇艳欲滴，一抹灿烂的红，配得上这个美妙的初夏。伫立于树下，我时常疑心，这一树亮丽和风韵，它的前世，是否就是一位美丽而多情的西域女子？

五月，又称榴月，只因为美丽绚烂的榴花。唐代韩愈《榴花》诗曰："五月榴花照眼明，枝间时见子初成。可怜此地无车马，颠倒青苔落绛英。"广袤的自然界中，红花多之又多，但是像榴花这么耀眼的颜色，绝无仅有。这种红，国色天香的牡丹没有，柔情蜜意的玫瑰自叹不如，就连画家，也难以调出如此动人的色彩。

"浓绿万枝一点红"，对于榴花，古人早有喜爱。古书中常用"赤玉""琥珀""红裙"等比喻榴花，然而终究也难以描摹其美于百分之一。想来也是，时光流转，季节变换，大自然鬼斧神工的精绝曼妙，又岂是人类语言所能及？

故乡多树木，老家的小小村庄里，每年初夏时节，榴花处处红。勤劳朴实的乡人，极爱种石榴树。石榴，甘甜可口，既是孩子们眼里的美味水果，又是大人们心中的吉祥之物，有多子、丰产、团结、喜庆之意。

榴花，亦是乡村姑娘们的最爱。当五月来临，家家户户的小院子里，房前屋后抑或是菜园中，一片片榴花招人眼。姑娘们打扮得花枝招展，繁忙的农事之余，站在石榴树下想着羞涩的心事。红红的榴花，一如她们炽热而甜蜜的爱情。

小时候，家里的墙上挂着一幅可怕的画——一个凶神恶煞般的大胡子，手里抓着一个佝偻丑陋的小鬼。奶奶告诉我，那人叫钟馗，是上界的天师，专门为人间除妖捉鬼。尽管有些吓人，我还是好奇地看了看，惊奇地发现钟馗的耳边，竟然插着一朵红艳艳的花。

我问奶奶，这是什么花，怎么会戴在一个男人的头上？不识字的奶奶，当然无法回答这些问题。及至长大读书，我才终于知道，那朵花是榴花，而钟馗，就是榴花之花神。想来，他一身正气，性格刚烈如火，与榴花相伴，拥有一种热情奔放的衬托，倒也名副其实吧。

据说钟馗的故乡，在陕西省西安市，其市花即为榴花。而在遥远的西班牙，他们的国徽之上，也有一个红色的石榴，榴花，正是他们的国花。

又逢初夏，一树榴花，深情地穿越泛黄的历史，循着千年如约的时令，在季节的正中恣意迎风绽放，美丽的夏日风情，就这样再一次徐徐展开。

刊于 2020 年第 11 期《江淮法治》

第六辑

流年碎影

　　岁月是一部老相机，蓦然回首，野渡，便被深深定格在时光的深处。这样一幅黑白照片，古老而安静，躺在记忆的怀抱里，常常让人怀念。

房顶上的夏天

　　盛夏来临，伏天的热浪炙烤着大地，夜晚尤其闷热难耐。躲在小区的高层楼房里，沉浸在空调的阵阵凉风中，透过窄窄的窗户，仰望满天的星光，不禁想起小时候，那乡村里房顶上的夏天。

　　孩提时代，乡村的夏夜，多半是在房顶上度过的。十岁那年，父亲凭着省吃俭用攒的一点积蓄，加上从在外地打工的舅舅那里借的一点辛苦钱，找人盖了三间平房。我和妹妹高兴得手舞足蹈，因为暑假的夏日夜晚，我们终于可以和大牛家一样，从酷热的房间里走出来，在高高的房顶上，一边躺着数星星，一边享受着凉爽的夏日晚风。

　　从记事起，我家一直住的是草房。这房子，是泥土坯做的，长长窄窄的房脊两边，用柔软的麦秸秆铺着。这样的房顶轻易是不能上去的，质地太软而不平整，人在上面不仅会踩坏屋顶，甚至还会有因为不易保持平衡而跌下来的危险。记得有一次，在妹妹的怂恿下，我大着胆子爬上房顶捉麻雀，眼看近在咫尺的麻雀就要被我抓住，那只老麻雀却突然一蹿，箭一般地飞走了。我受了惊吓，重心不稳，单脚一用力，直接从房顶上掉入屋内的床上。惊魂未定的我趴在床上，抬头一看，好家伙，房顶被我踩出个洞！一束耀眼的亮光从上面斜射下来，蓬蓬松松的麦秸草纷纷扬扬，屋内一片狼藉。

当父亲的巴掌狂风暴雨般落在我身上的时候，我知道我错了，我不该顽皮得上房揭瓦，而且，我家房子上根本没有一片瓦，全是弱不禁风的破草。老房子虽旧，却是父母的婚房，土里刨食的爷爷把房子分给他们，他们在里面居住，生儿育女，现在是一家人遮风避雨的温馨港湾。

那时候，邻居大牛的爸爸是村长，他家刚刚盖了三间平房。漫漫夏夜，热得睡不着的我们，来到院子里，找来两条长条凳子放在下面支着，上面放上小竹床，躺在上面纳凉。大牛在房顶上哼着歌儿，得意扬扬地笑着，不时朝我打着口哨儿。我羡慕不已，却无能为力。也是从那时候起，我产生了一股强烈的冲动，我要走上房顶，开阔自己的视野，看到外面更广阔的世界。

终于，父亲用他的要强和倔强，满足了我上房乘凉的愿望。夏夜降临，月光皎皎，虫声唧唧。我和妹妹早早地来到自家的房顶上，把小竹床铺好，躺在上面玩耍。不再有优越感的大牛，也迅速加入了我们，几个孩子把两家的床拼在一块儿，唱歌儿、讲故事，用手电筒的亮光在天空中写字……

后来，生活条件好了，村里家家户户都有了大平房，甚至有人盖起了二层小楼。孩子们玩耍的地方，彻底从地上挪到了房顶。乡村夏夜，月白风清，一群群孩子上蹿下跳，一会儿在这家的房顶上捉迷藏，一会儿跑到那家的房顶上，拿着棍棒玩打仗的游戏。嘻嘻哈哈的笑声里，有凉风轻轻吹过，带走童年的片片时光。

长长短短的日子倏忽而过，房顶上的夏天盛开在童年的岁月里，成为温暖一生的美好记忆。

刊于 2020 年 7 月 10 日《安徽日报》

钢笔里的往事

　　表弟从美国回来，送给女儿一支正宗的派克钢笔。望着那支价格不菲的钢笔，女儿似乎并不领情："钢笔有什么稀罕的，还没有铅笔和水笔好用！"听着孩子的一番言论，我若有所思，飘起的思绪纷纷扬扬，想起了那些有关钢笔的往事。

　　记得小时候，钢笔是难得的奢侈品。那时候我刚上小学三年级，语文老师说你们现在可以使用钢笔写作业了，每个人要准备一支钢笔。我回到家里，犯了难。当时钢笔属于稀罕物件，在村里的代销店里根本买不到。我想到了二叔，他是村里的会计，有一支大大的黑钢笔，时常挂在中山装的口袋上。

　　二叔给我讲了那支钢笔的来历。他读书时，钢笔是文化人的标志，他也想拥有一支，但是实在得不到。有一次他在路上拾到一支钢笔套，兴奋了好半天，可只有套没有笔怎么办呢？他灵机一动，把套子别在上衣口袋上，以假乱真有模有样。后来，他读高中参加一个作文比赛，奖品就是现在的那支钢笔。二叔把自己的钢笔摘下送到我手中，说他当年没能考上大学，希望我用这支笔帮他圆梦。

　　这是一支"新农村"钢笔，大大的个儿，厚实而有分量。

我爱不释手地看够了，汲取墨水，用它写下了生平第一行钢笔字——好好学习，天天向上。后来，我用这支钢笔，写作业，解难题，答试卷，中间没有留一级，一路从小学一直到大学，算是完成了二叔的心愿。

初中的时候，班级里流行练习钢笔字。老师告诉我们，字如其人，是一个人的门面，必须要写好。同学们纷纷练习，一段时间后，个个写得一手好钢笔字。相比之下，我的钢笔字只能自己偷偷独自欣赏。我急了，找来字帖，没日没夜地狂练，一本《唐诗三百首》和一本《宋词三百首》被我抄了个遍。终于，班里的学习园地里出现了我的钢笔书法作品，同学们也都对我另眼相看。

读师范那年，我用自己的稿费第一次买了钢笔。那是一个春天，我在省报上发表了一首诗歌，得了稿费二十元。我很开心，在县城的文具店里徘徊良久，终于选定了一支钢笔，剩下的钱买了几本心仪已久的书。爱好文学的我，用这支钢笔写写画画，发表了最初的一批青涩作品。也是这支笔，让我在一个月白风清的晚上，辗转难眠伏案良久，写下了人生的第一封情书。

女友知道我喜欢写作，每次给我礼物，总是少不了钢笔。后来女友变成妻子，电脑键盘也被我敲击得噼里啪啦作响，可是那些钢笔我却仍然珍藏着。对于我们来说，那些大小不等、形态各异的钢笔，不仅记录了一个难忘的时代，更是一段岁月以及我们爱情的见证。

看过一句话，说"一手好字，让电脑给废了"，我的心有些隐隐作痛。是的，电脑时代，还有多少人会去认真写字？即便如我身为教师，也是经常使用学交发的那种可以更换笔芯的水笔，而好多年没有摸过钢笔了。这似乎是时代的进步，可是也让我们丢失了一些珍贵的东西，譬如那些亲切如亲人的钢笔字，譬如一个淳朴年代的美好记忆。

刊于 2013 年 8 月 29 日《联合日报》

敬畏食物

　　少时家贫，生活艰难。每次吃饭，不多的菜被孩子们抢得精光，母亲只能就着剩下的汤水，吃几口白米饭。由于孩子们的哄抢，餐桌上总会落下一些细小的饭粒，母亲总是小心翼翼地用手捡起来，一粒不剩地吃掉。

　　母亲是挨过饿的。母亲说，饥馑的年代里，她曾经三天没吃过什么东西，饿得头晕眼花，心里发慌。她躺在一把大竹椅子里，浑身发软，像是一根软绵绵的面条。后来外祖父从外面回来，带给她一张饼，方才救了她的命。

　　父亲小时候，也经常忍饥挨饿。他给人家放牛，饿了，就挖野菜、捋榆钱儿、打槐花，凡是能吃的，都尝过。有时候，实在没有吃的，甚至还吃过树皮，落下了严重的胃病。后来生活好了，我们吃饭时，偶尔剩下些饭菜，想要倒掉，他总是一把抢过来，大声骂道："这么好的饭菜，进油进盐的，不要太造孽！"

　　是的，我的父母这一辈人，对于食物，是怀着非常的敬畏之心的。记得小时候，我缠着母亲给我讲故事，母亲说我不会讲，给你背诵一首古诗吧："锄禾日当午，汗滴禾下土。谁知盘中餐，粒粒皆辛苦。"我很奇怪，这不是前几天老师刚教给我们的那首《悯农》吗？母亲是不识字的，她怎么会知道？母亲笑了，说这是珍惜粮食的诗，是农民的诗，她自然是知道的。

我的奶奶，已经年近九十，仍然耳聪目明，住在乡下老家。秋收时节，我回到乡下看望老人，却前前后后找不到她。后来，我在收割机隆隆的稻田里看见，她一个人提着蛇皮口袋，跟在收割机后面捡稻穗，收获颇多，口袋里已经装得鼓鼓囊囊的。我问她，现在由儿们们养活着，你什么都不缺，干吗要受这个累？她笑了，说我闲着也是闲着，收割机收不干净，好端端的粮食，丢了可惜呀。

阿城的小说《棋王》里，主人公王一生是个敬畏食物的典型。王一生爱吃，也会吃，特别是他吃过饭后，在饭碗里倒上开水，等到碗里的油漂浮在水面上，然后再喝掉，这一幕，让人心酸，也让人感动。中学时代，读完这篇小说，十五岁的我毅然决定，以后再也不浪费粮食。

参加工作后，出去吃饭的机会越来越多。每次饭局，看到有人为了排场点上满桌大鱼大肉，其中有些菜永远只能是陪衬品而无人问津，我的心就会隐隐作痛。饭局结束，我要打包，同事阻止，说太丢人，我却毅然决然，说不能浪费。欣慰的是，如今国家厉行节约，餐饮铺张浪费之风渐止，"光盘行动"逐渐成为人们的共识。

"一粥一饭，当思来之不易。"古人早已告诫我们，要珍惜粮食，珍惜食物。人类的食物，是辛辛苦苦得来的，更是大自然的一种恩赐。食物滋养生命，敬畏食物，就是尊重生命，就是感恩美好的幸福生活。

刊于 2014 年 5 月 29 日《新安晚报》

又闻红薯香

　　天气渐冷，街头又飘起了久违的烤红薯香味。女儿嚷着要吃，我给她买了一个，看着她那狼吞虎咽的样子，我不禁想起了自己小时候的情景。

　　孩提时代的乡村，生活困难，物质紧张，整天缺吃少穿的，红薯成了我们可以解馋的美食。每年的中秋节前后，孩子们就开始惦记着地里的红薯了。中秋之夜，万家团圆，一阵阵噼里啪啦的鞭炮声里，我们开始溜出去"摸秋"。所谓"摸秋"，是指中秋的夜晚，孩子们可以随意采摘任何人家的吃物，从瓜果梨枣到青菜辣椒，不允许空手而归。儿时的乡村，这种行为是被默认的，算不上偷。这时候的红薯往往很嫩，小的只有指头大小，大的也没有胳膊粗，但是我们却吃得很香甜。

　　父亲很喜欢种红薯。小时候，他经常告诉我，红薯是很了不起的东西，容易种植，产量又高，饥荒的年代里救过很多人的性命。地里田间，大块大块的红薯地，一畦一畦的红薯秧，焕发着生命的无限活力。农家菜园子里，房前屋后的角角落落，甚至地边的田埂上，随处可见红薯的影子。

　　红薯的收成如何，肉眼是看不到的，必须挖出来才知道。最喜欢跟着大人们去挖红薯，可是当我兴高采烈地一铁锹下去，却看见一个大红薯断成了白生生的两截。原来，挖红薯也是需要技术的，父亲当然很在行，只见他小心翼翼地挖着，像是怕碰到了熟睡的孩子，只那么一会儿工夫，便挖出了一大筐。那些红薯长短不一，粗细各异，红彤彤的颜色，肥硕的身子，尽显秋天的丰腴与成熟。

红薯运回家，勤劳手巧的母亲把它们做成孩子们爱吃的美食。最简单的做法是烧红薯稀饭，红薯洗净去皮，切成小块，放入大米和清水，慢慢地熬成一大锅。记忆中的乡村，秋冬时节，谁家没有一锅红薯稀饭呢？早晨抑或傍晚，端起一碗红薯稀饭，大米的清香加上红薯的甜美，暖胃养身，让人回味无穷。母亲还把红薯切成薄片，晒干后油炸，有点类似于今天的薯片，味道很好，是那时候我们异常喜爱的零食。

放学回家，肚子饿了，扒开土灶上的锅盖，吃上一个蒸红薯，或者拿出一个生红薯，就着锅底下刚刚烧过的草木灰的余温，烧一个红薯，这样的情景，成为儿时难忘的记忆。

女儿听说老家盛产红薯，兴奋得不得了，我决定寒假时带她回乡下，给她讲讲我小时候和红薯的故事，为她补上温馨而感恩的一课。

刊于 2016 年 11 月 16 日《中国妇女报》

乡村露天电影

二十世纪八十年代，我还是个几岁的顽童，那时候，最大的乐趣就是看一场乡村露天电影。

记忆中，那时不知道什么叫作电视机，一台小小的收音机，成了许多人娱乐消遣的宝贝。有一天，邻居小伙伴告诉我，过几天村里要放电影，这东西可神奇了，一块大大的白布，里面能听见人说话，还能看见人活动呢。听他这么一说，我开心极了，天底下竟然还有这种好东西，真是令人难以置信！

放电影的日子终于到了。白发苍苍的老村长敲着锣，挨家挨户地通知。大人们早早地把白天的活儿干完，好等着晚上早点儿去看电影。我们这些孩子更是兴奋不已，成群结队地奔走相告，晚上看电影了，看电影了！

放映场在村里小学校的操场上，当我们来到那里，里面早已是人山人海。两个放电影的叔叔，在地上插上两根长竹竿，竹竿顶上系上一块白色幕布，然后在操场中间找好位置，摆上放映机器，慢慢调试好。当通了电，一束白光直射屏幕，活灵活现的电影便开始了。

电影的内容，以革命战争片和故事片居多。《地道战》和《地雷战》让人印象深刻，抗日军民的智慧令人叫绝。《英雄儿女》中的英雄们，使观众感动得热泪盈眶。《林海雪原》中侦察英雄杨子荣的机智勇敢，为大家所津津乐道。我最喜欢看《小兵张嘎》，里面的主人公嘎子，年纪虽小却英勇无比，是我那时候十分崇拜的偶像。

有时候，放的影片我并不喜欢，但是也去看，因为借着这个机会，我可以买一些零食。那个年代，物质贫乏，生活紧张，平时看不到什么好吃的。可是一到村里放电影的时候，就会有人去摆摊售卖零食。大多是些花生、瓜子、甘蔗、糖果之类，现在看来并不算什么，但在当时，却是可以让孩子们馋得直流口水。

那时候，乡村放露天电影，成了青年男女谈恋爱的好机会。平日里，大家各有各的事情，难得见个面，即便彼此有心，也往往碍于面子，羞于言情。每逢放电影，姑娘们都打扮得漂漂亮亮的，而小伙子们，也都憋足了劲，准备大献殷勤一番。我的一位表姐，就是在那样的场合，与村里的一个英俊后生相识相恋。后来每次看电影，跟在表姐后面的我们几个小孩子都沾了光，经常得到表姐夫买的各种糖果。

夏天的夜晚，凉风习习，蛙声如鼓，一台儿时的乡村露天电影，承载了多少悠悠乡愁。后来很长一段时间，我的理想不再是当科学家，也不再是当解放军，而是成为一名乡村电影放映员。

如今，电视和网络早已普及，偶尔看场电影，也是在环境优雅、设备先进的电影院。乡村露天电影渐行渐远，终于消失在历史的深处，可是，那段美好的岁月，那种独特的记忆，永远叫人难以忘记。

刊于 2020 年 9 月 23 日《民族时报》

野　渡

　　很喜欢野渡的意境，荒郊野外，一条小河横陈于前，岸边泊一小舟，古朴而诗意。

　　荒野人迹罕至，小河也几乎静得不动，安静的午后，甚至让人有些害怕，可是一旦有了野渡，就有了一丝生气。毕竟，有野渡，就意味着有人，有供人过河的小舟，那是非常温暖的意象。

　　幼时住在乡下，每次去外婆家，都要经过野渡。摆渡人是个单身汉，长年住在河边，一座自己搭建的简易房子，盖在河畔的大坝顶上，那是他一个人快乐的家。只要听见有人喊"过河喽"，他就从房子里出来，手持一支竹竿做的长篙，缓缓地撑着小船到对岸载客。

　　摆渡人很和蔼，不善言语，黝黑的肌肤像是黑缎子，健康而有光泽。他从不开口要钱，随便你给多少，即使不给，也不说什么，任由你走。记忆里，他是个快乐的人，经常嘴里哼着不知名的歌儿。驾船的本领也很高，一杆长篙随意指指点点，在他手里就像是练武人的刀枪棍棒，耍得娴熟而好看，小船在他脚下十分听话，谈笑间，便犁开水面快速滑行。

　　因为那个摆渡人的缘故，童年的很长一段时间里，我唯一的理想，是在野渡口当个摆渡人。后来，摆渡人有了女人，外地的，模样还算清秀，说着听不懂的方言。女人为他生了三个娃，两男一女，都很健康。很多年后，我探亲经过那个野渡，他还在，可是孩子们都已经进城打工，基本上不回来，摆渡后继无人。

韦应物一定是经常去光顾野渡的。他的那句"春潮带雨晚来急，野渡无人舟自横"，非亲历者不能道也。我没有到过滁州西涧，但我走过数不清的沟沟壑壑。众多的野渡，适逢无人，一叶孤舟寂寞地系于河畔，主人在哪里？他长什么样子，什么时候回来？乘客们都是谁？这些问题，不得而知，却让人产生无限的想象。

野渡的风景，是城里所看不到的。野渡或处于湖泊，或位于沟渠，一个"野"字，充满神秘和野性，荒草萋萋，鸥鹭翩翩，柳色如烟。它不同于江河湖海的大码头，磅礴大气，为巍峨巨轮所环抱。它属于偏僻的乡野，就像一个浑身是泥的乡下野孩子，顽皮而可爱，率真而自然。

作为一种极其原始的交通方式，野渡之于现代的车站、机场和码头，是大不同的。它土，却因此而朴素；它小，却因此而得趣。受交通方式所限，古人多涉足野渡，清风水鸟，岸柳野花，众多传世佳句，就这样在野渡边河水般汩汩而出。河畔送别，踏上征程，一叶扁舟之上，承载了多少离愁别绪，以及古老中国千百年来的历史文化。

岁月是一部老相机，蓦然回首，野渡，便被深深定格在时光的深处。这样一幅黑白照片，古老而安静，躺在记忆的怀抱里，常常让人怀念。

刊于 2014 年 4 月 29 日《华东旅游报》

冰上的童年

寒流袭来，温度急剧下降，昨天还是暖洋洋的天气，今天早上却已经冻手冻脚。家门口的小河里，潺潺流水已不复存在，冰甲结了厚厚一层。几个顽皮的孩子，在河边嬉戏着，每人捡起一些小石子，远远地朝河里扔着，冰面上不时发出"啾啾"的响声。

看着这似曾相识的一幕，我的思绪不禁飘飞到自己远去的童年，那冰上的快乐时光。

那时候，冬天常常来得很早，也很冷，不像现在经常是暖冬的天气。在乡村，农事早已忙完，麦苗躺在泥土的怀抱里，静静地沉睡。大人们穿着洗得发白的棉衣，为了防寒，腰里系着根稻草绳。孩子们却不怕冷，我和村里的小伙伴们，尽管冻得小脸发紫，鼻涕长长地挂着，还是盼望天更冷些，河沟里的冰结得更厚些，好痛痛快快地玩耍一番。

最冷的时候终于来了。腊八一过，"三九四九冰上走"，室外所有的水都变成了冰。老家河湖众多，乡民习惯于逐水而居，大大小小的湖泊河渠星罗棋布，此刻都成了孩子们的天然溜冰场。

那真是个热闹的场面啊！一群大大小小的孩子，在冰上自由地驰骋着，热火朝天的景象，让人们忘了寒冷冬天的存在。城里昂贵的溜冰鞋是没有的，这一边，大些的孩子脚穿滑滑的塑料底鞋，手挽手滑着，娴熟的技术，还真是有模有样。那一边，胆小的孩子，乖乖地坐在小板凳上，由哥哥或姐姐用绳子拉着，也兴奋地吼叫着。调皮的亮亮，拿着把小铁锤使劲地把冰面砸个窟窿，惹得大家一阵尖叫，好在冰层实在厚，如此"小伤"根本构不成任何危险。

大人们也来加入。叔叔找来一根钓竿，穿上鱼饵，在亮亮制造的冰窟窿里钓鱼。别说，还真有一些贪吃的家伙，一会儿工夫，便钓上来一大堆活蹦乱跳的鱼儿。母亲到河对岸的晒谷场取烧饭用的稻草，回来的时候，我们让她从冰面上经过，不用绕道省了些路。大家帮她推着稻草捆，一边说笑，一边嬉闹，轻轻松松地把东西运回了家……

现在暖冬天气早已司空见惯，即使再冷，在故乡恐怕也已经很难结那么厚的冰了。如今的孩子们，冬天的娱乐方式渐多，也大多不屑于在冰面上玩耍取乐。当年冰上的少年已近而立，而冰上的童年，也只能停留在记忆的深处，一去不复返。

刊于 2012 年 12 月 21 日《中国电视报》

李雷和韩梅梅

　　周末翻书听歌，偶然听到徐誉滕的《李雷和韩梅梅》，刹那间，心头思绪潮水般涌起，有关青春的各种记忆纷至沓来。

　　一本书，一本初中英语书，打开一段尘封已久的青春岁月。二十世纪九十年代，人民教育出版社的新英语课本刚刚使用，李雷和韩梅梅便是书中的两个主要人物。教材围绕这两个学生展开故事，通过他们的日常学习乍活，展现英语学习的内容。那时候，刚刚告别懵懂的顽童时代，一群群情窦初开的少男少女，相聚于中学的校园。这样耳目一新的课本，以及课本里正处于花样年华的同龄人，让我们的青春相关碰撞，如同纷纷扬扬的花瓣，在时光的深处飘零荡漾，诗意而美好。

　　中学，是青春和梦想开始的地方。那时候九年制义务教育尚未实施，我刚从一所乡村小学毕业，以优异的成绩考入镇上的初中。当时小学里只有语文和数学两门主课，根本没有学过英语，也不知道汉语拼音还能读作 ABC。刚刚冒出一抹绒黄胡须的我，坐在英语课堂上，听老师用英语讲李雷和韩梅梅的故事，一切是那样的新奇。我突然意识到，这个世界除了有弹弹珠、扇卡片和打弹弓，还有像韩梅梅这样的女生，如二月早春青绿之嫩芽，如夏日凉爽之清风，如秋天羞涩之红叶，如冬日静美之雪花……

　　然而我却不是李雷。我来自农村，父母都是老实巴交的农民。春夏之交，校园草木葳蕤，鸟鸣声声，当镇上的同学干干净净地坐在教室里早读时，我才从秧田里出来，在软绵绵的田塍上把脚上的稀泥洗净，套上凉鞋，抓起书包，急匆匆地赶去上课。这样的家庭背景让我很是自卑，像一只寂寞的鸵鸟，时常把自己埋在厚厚的书堆里，不敢去看心仪的女生，哪怕只是偷偷地看上一眼。

　　我的学霸生涯就此开始。当班上的一些同学，唱着"四大天王"的情歌，把身边的一个个女同学逗得花枝乱颤时，我垂下脑袋，时而小声朗读，时而奋笔疾书，学习成绩开始领跑于全年级。我成了校长表扬的榜样，老师眼中的尖子生，却是男生嘴里的"书呆子"，女生心中的"榆木疙瘩"。

　　李雷和韩梅梅，隐隐约约的小暧昧，"80后"一代人的集体青春符号。温文尔雅的李雷，穿裙子的可爱女生韩梅梅，双胞胎 Lucy 和 Lily，高大帅气的林涛，善于发明的王叔叔……书中的一个个人物，在我们的记忆里生根发芽，吸收时间的阳光雨露，直至成为枝繁叶茂的参天大树。青春的我们，习惯于对号入座，把自己打扮成李雷，把心中的女生想象成韩梅梅，用激情和幻想，演绎着年少的青涩与美好。

　　"后来听说，李雷和韩梅梅，谁也未能牵着谁的手……"菁菁校园，串串足迹，相遇少年之时，在最美好的年龄，遗憾也变得如此美丽。故事结局并不重要，回首来时路，青春曾在这里发生，岁月曾在这里汇聚，致敬青春岁月，夕阳西下亦无悔。

　　每个人的心中，都有一个曾经属于自己的李雷和韩梅梅。

刊于 2019 年 12 月 5 日《淮南日报》

电视里的旧时光

　　父亲从乡下老家打来电话，说那台黑白电视机，已经被他以二十元的价格卖给上门收购废品的小贩了。我问他，你不是珍藏了好久一直舍不得处理它吗？父亲在电话里笑道，邻居说旧电视用久了，达到报废期限，容易发生爆炸，我思来想去，最终还是卖了。多好的电视啊，电话那头，父亲长长地叹了口气。

　　放下电话，我心中像打翻了五味瓶，有一种说不出的滋味。

　　二十世纪八十年代初，我们村里刚刚通了电，唯一的电器是白炽灯泡。邻村四五里地，有一户有钱人家托人在城里买了台电视机，吸引得四邻八村的人们纷纷大老远跑去观看。每天早早地吃过晚饭，我们几个孩子便跟在大人们后面，像去看电影一样，一块儿出发去看电视。

　　那场景真是热闹。各路人马像赶集似的，从不同的方向聚拢过来。主人也很热情豪爽，早已把电视机搬了出来。村里那个最大的晒谷场上，那台电视机像是一个宝贝，被高高地供奉在一张大八仙桌上，声音开得大大的。周围挤满了观众，老人们坐在最前面，青壮年站在后面，我们孩子看不着，干脆骑在父母的脖子上。那阵势，和每年一两次观看难得的露天电影一个样。

　　那时候，我心中最大的愿望，就是能拥有一台电视机。

　　父亲是个要强的人，看着孩子们每天摸黑来回跑上十里路才能看一回电视，决心咬牙买上一台。粮食是舍不得卖的，只有在别的地方想主意。每天早晨，父亲就早早起床，到河里摸鱼捉虾，到了晚上，我们都出去看电视了，他一个人拎着笼子、渔网等工具，在河沟、稻田里逮黄鳝。一个夏天过去了，我们家终于拥有了全村第一台电视机。

　　这是一台十四英寸的黑白电视机，不大的屏幕，却是精巧的造型。父亲小心翼翼地把它放在堂屋的案上，通了电，打开按钮，选择频道，调试天线。当屏幕上出现清晰的黑白画面，并传来清楚声音的时候，全家一片欢腾。

　　看电视成了我家唯一的娱乐方式。父亲看《新闻联播》，母亲看《渴望》，而我们，则知道了什么是动画片，孙悟空长什么样。邻居们也来观看，父母很好客，随时准备好茶水和糖果，热情招待每一位大大小小的观众。

　　这台电视机带给了我家十几年的欢乐。二十世纪九十年代，家里添了大彩电，它才光荣退役。前几年，我回到老家，又给父母换了台液晶电视，画面更加清晰好看。

　　如今那台黑白电视机终于完成它的使命，但是那些电视里的旧时光，以及儿时的美好回忆，却是让人一生难忘。

刊于 2012 年 6 月 2 日《四川政协报》

长大后，我就成了你

　　孩提时代，我最怕的人是老师。那时候，我已经七岁，却还没有上学，整日里和一群野孩子在一起疯玩。小伙伴们说，老师都是很凶的，动不动就打人，生性胆小的我听了，天真地觉得，老师比老虎还可怕。

　　那年秋天，开学了，父亲要我去上学。我哭着不肯去，一个人把自己反锁在房间里，待了很久。母亲来劝我，几次三番苦口婆心地开导，我终于拗不过，哭哭啼啼地跟在父亲后面去了学校。见到了老师，很是热情，似乎并不像传说中的凶神恶煞，说话既温柔又好听。一段时间以后，我终于喜欢上了老师，喜欢了上学。每天早早地吃过饭，来到学校，读书写作业，认真地听课，我成了一名热爱学习的好学生。

　　初中毕业那年，十六岁的我面临着人生的一次重大抉择。那时候，我品学兼优，是班里的尖子生，学校的重点培养对象。老师们都说，以我的成绩，能上县里最好的高中，将来考所重点大学绝对没有问题。然而，我最终的选择却让他们大跌眼镜——我选择了县里的中等师范学校。

　　对于这个重大的决定，我不是一时冲动，而是经过深思熟虑的。我的家庭条件很不好，年迈体弱的父母土里刨食，凭着几亩薄地供养我们三个孩子上学，异常艰辛和不易。选择读中师，是个"铁饭碗"，三年后就可以参加工作拿工资，这样会大大缓解家里的经济负担。最为重要的是，我非常喜欢教师这个职业，成为一名光荣的人民教师，是我一直以来的梦想。

相对于高中，师范学校的学习较为轻松，毕业后可以直接分配工作。然而我却并没有放弃刻苦学习，仍然和初中时候一样，认真地学习知识和本领。三年里，我每天教室、寝室和图书馆三点一线，如饥似渴地遨游在知识的海洋里。为了练习普通话，我天不亮就起床，在操场上大声朗读；为了练好粉笔字、毛笔字和简笔画等教学基本功，我用光了一盒又一盒粉笔，用坏了多支毛笔，练习的稿纸堆积如山。三年后，荷花绽放的季节，我终于以优异的成绩毕业了。

十九岁那年，一个金色的九月，我完成了自己人生角色的一大转变——成了一名光荣的人民教师。看着熟悉的讲台和黑板，面对着台下那一双双求知若渴的眼睛，我一阵阵激动，幸福的暖流袭遍全身，因为我实现了自己儿时的梦想。

花开花落，一晃二十年过去了，我不断地送走毕业生，又迎来一届届新生。每当九月新学期开学，漫步在桂子飘香的校园，看到小鸟般的学生们进进出出，我总是默默地在心里哼着那首百听不厌的歌："长大后，我就成了你……"为老师当年的培养而感恩，为自己今天的职业而深深自豪。

2015年，我通过选调进入县教育局工作。远离了学生与讲台，可是一颗心却始终没有远离教育。我做着教育行政工作，虽然没有在一线课堂，可在我的心里，我仍然觉得自己还是一名教师。

教师，是太阳底下最为光辉的职业。果实累累的金秋，菁菁校园，书声琅琅，传道授业解惑的老师们，像红烛，照亮每一个孩子的未来；似园丁，辛勤地培育着祖国的花朵。三尺讲台伴随卷卷书本，一年又一年，无怨无悔，他们白了头发，燃烧了自己的激情岁月与青春，这种博大元私的爱将永远代代传承。

刊于 2019 年 9 月 6 日《中国信息报》

走远的牛

带着女儿回到乡下老家，乡村野果飘香、绿荫环抱，小家伙玩得很是开心。

一天，我们正在屋里说话，只见女儿飞也似地跑进来，兴奋地说："爸爸，外面有匹马！"说着，生拉硬拽地牵着我的手出去看。我感到一阵纳闷，这里是内陆平原地区，哪里来的马？待到出门一看，不禁笑了，屋后田野间的阡陌小径上，一位农民伯伯骑着一头大水牛，正慢慢悠悠地放牧呢。

我心里顿生感慨之意，乡民们曾经作为主要劳力的牛，正在渐渐远离我们的视线。中华民族是典型的农耕文明，牛，是维系这几千年文明不可或缺的支柱。甚至可以毫不夸张地说，我们是骑在牛背上的民族。随着时代的发展，牛作为一种农业生产工具已经慢慢退出历史的舞台，不要说城里，就是现在的乡村里，也很难见到牛的身影。幼小的女儿，只从电视上看过草原上的马，何曾见过与其体型相似的牛啊！

想起小时候，村里家家户户都依靠牛过日子，人与牛的关系亲密无间。那时候，自然没有方便快捷的机械工具，种地几乎全靠耕牛。有牛，就意味着有饭吃。经济状况好些的人家，自己单独养头牛，农闲时把牛养得肥肥壮壮的，农忙时就能够派上大用场。手头紧点儿的，常常是几户人家合伙喂养一头牛。平时采取值日轮流制度养牛，农忙时平均使用，每家一两天，轮流转着用。

牛的地位也挺高。大家并不把牛当作牲口，而是作为家庭的一员看待。有牛的人家，会专门挪腾出间小屋子，收拾出来，供牛栖居之用，称之为"牛屋"。"牛屋"内要打扫干净，夏天通风冬天保暖，还要派专人睡在里面，照顾牛的饮食起居，也要时刻盯着，防止牛被人偷盗去。

那时候，牛是乡人最为忠实的朋友。它性情温和，干活卖力，吃喝也不挑剔，只要有捆草有口水就行。春夏之时，青草漫山遍野，牛有口福了，可以大快朵颐任意享用。待到秋冬之际，寒风萧瑟草木凋零，它也不计较，扯把干稻草也能吃得津津有味。农忙季节，牛很辛苦，不分昼夜地耕田犁地，常常累得筋疲力尽，必须得加料。乡民常常喂它豆子、胡萝卜等营养之物，还有一种自制的大圆饼，是采用黄豆等物料挤压加工而成的，牛最爱吃，吃了干活特别有劲儿。

儿时的记忆里，放牛占据了我们大部分时间。人说"马无夜草不肥"，牛也一样，农闲的间隙里，得给它加加餐。小时候只要一放学，扔了书包，小伙伴们就会各自骑上自家的牛，嬉笑着去放牛了。牛是通人性的动物，吃草非常自觉，不会乱跑，也能区分庄稼和野草，所以我们放牛，并不耽误自个儿玩。常常地，我们躺在牛背上看故事书、连环画，或者干脆在上面睡大觉。有时候，我们把牛集中在一个地方，然后跳下牛背，在地上自由玩耍。黄昏时分，只要一个口哨，牛就会迅速跑回自己主人的身边，乖乖地四蹄跪下，伸着牛角，恭敬地等待主人上去。我们骑到上面，在夕阳橘红色的美丽余晖下，踏着黄昏和牧歌，大摇大摆晃晃悠悠地一起回家。

　　长长的岁月之河就这样缓缓流过，少年的记忆里，多少往事不再。牛，站立于时光的深处，一声长哞之后，渐渐远去，并终将随着历史的进程遁去。这一切无法阻挡，不可遏制，唯有牛高大的背影和那牛背上的童年，牢牢地定格在鲜活的乡村记忆中，依旧不曾磨灭。

刊于 2014 年 4 月 8 日《河南日报》（农村版）

井拔凉里的夏天

　　井拔凉，意为冰凉的水，刚从水井里打出来的水。按字面看，井拔凉，从水井里拔出的一股清凉，这个颇具乡土味的名字，炎炎夏日，富有诗意而令人神往。在故乡村庄的夏天，一瓢清洌冰凉的井拔凉，唤醒我多少儿时的记忆。

　　能打出井拔凉的水井有两种。第一种是那种老式的土井，在中华文明史上，这种井已经有数千年的历史。《易·井》曰："改邑不改井。"孔颖达老先生解释道："古者穿地取水，以瓶引汲，谓之为井。"井是个象形字，在地面凿个口子取地下水，四周围而护之。这种古老的水井，在二十世纪中叶的乡村还随处可见。第二种是压井，井口不再裸露于地面，上面有个压井头，人工压水，利用大气压强原理取水。后来出现改进型，采用电动水泵替代人力，在没有通上自来水之前，一直为乡民日常生活所用。

　　儿时的乡村之夏，井拔凉是人们最好的解暑饮料。烈日当头，干活的农人从地里回来，嗓子渴得冒烟，赶忙拿出葫芦瓢，取来清澈甘洌的井拔凉，一阵畅快的狂饮之后，汩汩清凉顿时袭遍全身。孩子们光着屁股，玩累了，找个压井解渴，大家你一口我一口，边喝边玩，高兴极了。旧时在乡间行走，是不需要买水喝的。盛夏之时，赶路的旅人，做生意的小贩，只要渴了，有人家处即有水井，一碗清爽的井拔凉，喝得过瘾，喝得痛快，喝出清清甜甜的悠悠乡情。

乡村夏日，利用井拔凉洗澡是必须的。乡间的汉子，长年累月地劳作，黝黑的皮肤，火红的脸膛，身体壮实得像头牛。无论是白天干活后还是晚上睡觉前，打上一桶井拔凉，一个木瓢边舀边冲，清爽宜人，好不痛快，而且绝无受凉感冒之虞。热浪滚滚的三伏天到了，鸟儿躲在树荫里不敢出来，知了在枝头拼命呐喊，地面晒得烫脚。没有空调，也没有电扇，取来井拔凉，倒入半人高的大木桶里，人跳入其中，蹲下，沐浴其中，世界便满目清凉，畅快无比。

井拔凉还有冰箱的冷藏效果。由于是深埋地下不见阳光的地下水，井拔凉的温度几乎长年恒温，比夏季的地面温度要低上很多。点煤油灯的小农经济时代，每逢夏日，树上的梨桃，地里的瓜果，都可以放在井拔凉中，吃起来凉爽异常。有客人到来，吃饭前先把装啤酒的瓶子浸在井拔凉里，能起到冰镇的功效。少时家贫，晚上的剩饭剩菜，父亲舍不得扔掉，放入一个大竹篮子里，用绳子拴着，缓缓吊入好几米深的土水井里，悬挂在水面上，能防止饭菜腐败变味，过了夜还能继续食用。

时代的列车呼啸向前，电力文明抵达，信息时代随即来临，生活条件越来越好，村里家家户户也和城里一样，用上了各式各样的家电，通上了网络，干净卫生的自来水，代替了地下井水。曾经在乡村生活中发挥了巨大作用的井拔凉，以及井拔凉里的夏天美好时光，仿佛往事里的汩汩清泉，永远是那么鲜活，潺潺地流淌在我孩提时代的记忆中。

刊于 2019 年 8 月 5 日《海南日报》

童年的鸡蛋

　　母亲从乡下老家来探望我们，顺便带了些鸡蛋。我心疼地嗔怪道，妈，城里不缺鸡蛋，超市菜市场都能买得到，您大老远的带来也不嫌麻烦。母亲笑道，这是家里的土鸡蛋，我自己养的鸡下的，纯粮食喂出来的，好吃营养着哩。

　　我取出一看，鸡蛋个头虽小，但是个个光滑好看，薄薄的蛋壳上，笼罩着一层淡淡的红晕和白色的细小斑点，的确是难得的正宗土鸡蛋。

　　中午的餐桌上多了几道鸡蛋菜，青椒炒蛋，炖鸡蛋，还有西红柿鸡蛋汤，满桌弥漫的蛋香，有一种乡村田园的味道。我夹了块炒蛋给女儿，谁知小家伙并不买账，一脸不高兴地嘟着嘴说："我不喜欢吃鸡蛋，鸡蛋有什么好吃的！"

　　我有些愕然，这孩子，怎么能不想吃鸡蛋呢？

　　小时候，不仅仅是我，几乎所有的乡下孩子，谁不喜欢吃鸡蛋呢？物质贫乏的年代，肉是金贵的奢侈品，吃不上的，家乡是稻米产区，白米饭倒不缺，但是没有菜。早晨和晚上，就着下饭的，是豆酱、辣酱、酸菜等农家长年腌制的咸菜。到了中午，菜园里青青绿绿的季节，可以吃点儿豆角、茄子、黄瓜等时令鲜蔬。蔬菜淡季就无菜可吃，实在馋了，就打几块豆腐炕一炕，或者从鸡窝里收几个鸡蛋，煮饭时炖上一大碗，算是打了牙祭。

那时候的乡下，鸡蛋是太重要了。"养牛为种田，养猪为过年，养鸡为花钱。"是的，母亲养鸡的目的并不是为了吃它，而是因为鸡可以生蛋。从家里的油盐酱醋到牙膏牙刷，从父亲一角钱一包的抽烟费到我们兄妹的学费，都无一例外地指望它。记得有一次，我的同桌买了一支崭新的"新农村"钢笔，我羡慕极了，缠着母亲去买。母亲眼瞅着鸡窝里那个正在"咯咯"下蛋的"芦花鸡"，说再等等吧，马上攒的鸡蛋就够了，换了钱就给你买。后来，我终于如愿以偿，得到了钢笔，而为之付出的代价，是没有了每天早晨上学时，书包里那两个原本雷打不动的白煮鸡蛋。

因为鸡蛋，我曾挨了父亲的巴掌。小学四年级的时候，班里流行一种手枪玩具，是学校门口的小卖部里卖的。很多男孩子都有，大家每人拿着一支，整天一块儿分配角色，玩打日本鬼子的游戏，好玩极了。由于我没有，所以没有人带我玩，我只能远远地站在一边，眼巴巴地看着他们，眼睛里流露出羡慕的目光。终于忍受不住，我偷偷地去小卖部问了价钱，很贵，而我的口袋里，连一分零用钱也没有。

我知道任凭我如何央求，母亲也绝不会同意这么一笔额外开支的。有一天清晨，我起得很早，没有吃饭就去上学了，因为我的大书包里，悄悄藏了十几个鸡蛋。我的数学很好，两毛多一个鸡蛋，我立马就算出了钱数。但是我不需要钱，我要的是玩具手枪。在学校门口的小卖部里，我用鸡蛋换到了久违的玩具手枪，还有一些垂涎已久的花花绿绿的糖果。

当父亲狂风暴雨般的巴掌扇在我脸上的时候，我知道我错了，我不该动用他们宝贵的鸡蛋。因为前几天母亲说过，外婆病了，她正打算攒够了鸡蛋去探望。父亲从来没舍得打过我，这一次下手却是如此沉重，我号啕大哭，母亲呆呆地站在一旁，也禁不住泪如雨下。

　　童年就这样溜走，多少往事不再，生活越来越好，餐桌菜肴日趋丰富，现在的孩子对于鸡蛋早已不屑一顾，但是我的心里，关于鸡蛋的记忆竟还是如此鲜明。旧日的时光片片飞散，而那关于鸡蛋的往事却依然历历在目，永远难以忘记。

　　　　　　　　　　刊于 2016 年 10 月 27 日《新安晚报》

自行车上的美好时光

那天，去参加一个会议，推着自行车刚要出门，女儿拦着我，一本正经地说："爸爸，你看别人要么开着私家车，要么是摩托车、电动车，你骑个破自行车，多不好看。"我笑了，说："那有什么？我就爱骑自行车，低碳又节能，还能够锻炼身体呢。"骑车行在路上，想想女儿的话，我的思绪渐远，不由得回忆起了自行车上的那些美好时光。

小时候第一次看见自行车，我简直惊呆了。天底下竟然有这种东西，骑在上面，两个轮子向前滚，却不会摔倒，而且比人跑得快多了。我和小伙伴们都管它叫作"机器马"，在我们看来，它不吃草也不喝水，比马还有能耐。看着有人骑着自行车在公路上风驰电掣地行驶，我感觉他就像是个骑着扫帚飞行的魔法师，心里羡慕极了。

当时在农村，自行车可算是稀罕的大物件。偌大一个村子，没有几辆自行车，每逢赶集，大家都挎着篮子，从家里走到集市上，浩浩荡荡的队伍绵延好几里路。人们边走边聊，偶尔有辆自行车从旁边经过，便很新鲜地追着看。那时候，一般人家是买不起自行车的，只有娶媳妇时，才舍得花钱给新媳妇买上"老三件"——手表、缝纫机和自行车。

　　村里的二牛是我的死党，他家有辆自行车。二牛他叔在外当兵，有一年从城里骑回来一辆崭新的"永久"自行车。二牛看上了，一番软磨硬泡之后，他叔把车送给了他。二牛爸妈下地干活的时候，我和几个小伙伴来到他家，学习骑车。得意扬扬的二牛像个教练一样指导我们骑车，而我们几个小学员，先后一个个摔倒，有的撕破了裤子，有的划伤手掌，还有的腿上挂了彩。

　　读初中的时候，学校在镇上，离家有好几公里。我每天清晨起床，踩着高低不平的小路去上学。有时候怕迟到，我只好不吃早饭，最怕的是冬天，天还没亮就要赶路，又冷又害怕。我多么希望自己能够拥有一辆自行车啊！不久，这个愿望实现了。父亲心疼我，卖了家里的粮食，从别人手里给我买了辆旧自行车。这虽是辆二手车，可是我很喜欢它，每天骑着它上学放学，省时省力。

　　参加工作后，我买了真正属于自己的第一辆自行车。每天，朝霞满天时它陪我走向单位，傍晚夕阳西下，它又伴着我回家。这辆自行车我用了很久，我不仅用它上班下班，还曾经用它驮着女朋友去田野看菜花，去公园散步，最后送她回家，这样一直到我们结婚。多少甜言蜜语，多少美好青春，花瓣般纷纷扬扬，在车上轻轻洒落。

　　有一次同学聚会，饭店门口停满了大大小小的汽车，有公车也有私家车，甚至还有几辆名车，唯一的一辆两个轮子的，便是我的自行车。它停在一个不起眼的角落里，像一只丑小鸭，落寞而无辜。毕业这么多年，很多同学都已飞黄腾达，有国企高管，有地方官员，也有身家上亿的私企老板。饭桌上，我惊奇地发现，虽然那些脸庞还是一如既往的熟悉，可是我和他们之间已经没有了共同语言。他们当年和我一样，喜欢骑自行车，可是现在却都属于四个轮子筑起的圈子了。话不投机，趁他们推杯换盏之际，我借故离开，骑着那辆破旧落寞的自行车。

现在，电动车、摩托车种类繁多，小汽车也越来越便宜了。可是我仍然喜欢自行车，喜欢它的亲切，喜欢它的朴素，也喜欢它的简洁环保。那些单车上的美好岁月，永远让人难忘。

刊于 2016 年 10 月 18 日《新安晚报》

乡村杀年猪

　　当日子跨进农历腊月的门槛，平静的乡村就开始忙碌起来，有了过年的气氛。腌制萝卜干，抽干水塘捕大鱼，宰杀鸡鸭鹅，灌香肠，所有的事情都指向新年的餐桌。记忆中，最为隆重和让人难忘的，便是杀年猪。

　　对于乡民们来说，猪是生活富足的象征。猪古称豕，又称豗、豨，乃是五畜之一。养猪在我国具有悠久的历史，据说早在母系氏族公社时期就已开始饲养。一个村庄，没有猪是不可想象的。记得小时候，在乡下老家，无论大家还是小户，家家都有一头或者数头大肥猪。那时没有猪圈，猪都是散养的，临近年关，它们都吃得肥头大耳的，懒洋洋地走着，或在冬日暖和的阳光下睡大觉。

　　杀猪是一件大事。村里有专门杀猪的屠户，因为业务太忙，得提前几天预约。选择一个天气晴好的日子，请几个青壮年帮忙逮猪，等到屠户来了，就可以开始了。屠户有一整套的杀猪工具，各种锋利的刀子，一个大木桶和一些挂肉的钩子。

　　一切准备妥当。几个壮小伙子早已把大肥猪按住，屠户拿了刀，在我们闭着眼睛不敢看时，他已经手起刀落，猪血汩汩而出，流进了一个大脸盆，它将被做成血旺，成为孩子们爱吃的食品。

开水已经事先烧好，此刻注满了屠户的大木桶。一番舀水滚烫之后，屠户开始用他的小刀给猪去毛。黑黑的猪毛在刀子的刮动下吱吱作响，不一会儿，白白肥肥的肉皮就显露在人们的眼前。

屠户的技艺实在是好。开膛去内脏，用肉钩子将肉挂起，不消半天工夫，一头大肥猪便被收拾好了。

一切结束，已近中午，聚餐开始了。乡下规矩，无论谁家杀猪，都要请左邻右舍来尝鲜，吃杀猪席。每家派一个代表，至于小孩子，则全部都会早早地赶去。

那真是一幅热闹的场面。一个不大的农家小院子里，摆了好几桌流水席。菜以猪肉和血旺为主，配以大白菜等时令鲜蔬。大人们倒上了酒，边吃边聊，从东家长西家短到庄稼收成，从猪肉的优劣到谁家的红烧肉做得最好，一切尽在一杯浊酒之中。孩子们呢，更是开心不已，一边吃着，一边嬉笑打闹个不停。

猪肉一般会卖掉一些，余下的全部腌制，晒成腊肉，等待过年之用。家家户户的杀年猪陆续不断，一直持续到腊月下旬，成为旧时乡村一道别致的风景。

刊于 2020 年第 9 期《中国畜牧业》

油灯下的岁月

　　那天晚上，我们全家正在看电视，突然停电了。霎时，房间里一片黑暗，女儿吓得大哭，我赶紧找来蜡烛点上。光明恢复，女儿偎依在我的怀里，问："爸爸，如果没有蜡烛，我们该怎么办？"我回答："用油灯。"见她不解的眼神，我笑了，也难怪，这小家伙，成长在这样的时代，哪里知道什么叫作油灯？

　　小时候，乡下的晚上，没有电，蜡烛又太贵，不经烧，家家户户都使用油灯。勤快的爷爷，会用墨水瓶或者药水瓶做简易的油灯。找来一段废旧的铁皮，卷成空心管状，插入棉线做成的灯芯，然后在瓶盖上钻个小孔，把灯芯装进去，瓶子里装入燃油即可。这样的油灯，放在桌子上或是挂在墙上，每逢夜晚，便派上了用场。

　　后来，家里条件好了些，开始从集市上买成品的油灯。这种油灯是工厂里生产的，下面是装油的玻璃瓶，上面是金属壳，里面是灯芯，为了防风，还可以配个玻璃灯罩。比起简易的油灯，它可豪华多了。母亲的嫁妆里，就有两盏这样的油灯，可是她视若珍宝，从来不肯轻易使用。偶尔用一次，也是用后立马擦拭干净，宝贝似的藏起来。

　　还有一种马灯，用金属制成，中间的灯罩用铁丝缠绕，相当牢固。马灯的密封性非常好，不仅可以在室内使用，还能够在室外用，防风效果很好。因此，旧时的乡下，在田地里摸黑干活，或是黑夜里赶路，马灯必不可少。

油灯的燃油多是煤油。物质贫乏的年代，煤油很贵，而且凭票供应，很难买到。为了节约用油，平时的晚饭往往吃得很早，天一黑，人们就早早地上床睡觉。只有到了过年的时候，大家才会奢侈一回，打一点煤油，晚上多点一会儿。那时候，打煤油是一件大事，顽皮的我很乐意帮父母去供销社打煤油，因为顺便还可以蹭上一点零食。

一盏盏昏黄的油灯，带给我众多的童年乐趣。我端着油灯逮蛐蛐，在蚊帐里捉蚊子，就着灯光看连环画。我的这些"不务正业"遭到母亲的训斥，过惯了节俭日子的她，不允许我这样浪费煤油。为了监督我，她总是悄悄地把油灯里的煤油位置做上记号，以防我夜里偷偷点灯玩耍。

上学后，我迷上了读书。如豆的油灯下，我如饥似渴地阅读着各种书籍，徜徉在文学的美妙世界里。母亲不识字，却极尊重读书人，她不再吝惜宝贵的煤油，开始鼓励我读书。乡村的夜晚，静谧安详，一个身影瘦削的少年，一盏油灯，挑灯夜读的那些时刻，如今依旧历历在目。

生活越来越好，电力文明到来，电灯闪亮登场，白炽灯、节能灯、LED 灯……油灯仿佛一只丑小鸭，悄悄地躲在岁月的角落里。然而，童年的油灯，以及那些油灯下的岁月，却让人久久难忘。

刊于 2014 年 4 月 15 日《河源日报》

童年的冰棍

当嘹亮的蝉声把夏天叫醒的时候，热情的太阳再一次炙烤着大地。三伏天的热浪，让人没有什么食欲，西瓜、绿豆汤、冰激凌……所有能降温解暑的东西，成了人们的最爱。身旁的女儿一边愉快地玩耍，一边吃着冒着丝丝凉气的冰激凌，我的思绪情不自禁地飘回到自己的童年。

记得小时候，每年夏天，最最盼望的事情，是能够吃上一支冰棍。那时候，自然没有冰箱，也没有现在各种口味的冰激凌。那种最纯粹的老冰棍，薄薄的一层包装纸里，裹着清爽透明的冰块，甜丝丝凉津津的，诱惑着多少流口水的乡下孩子。

稍微好点的冰棍，里面带点赤豆或者绿豆，吃起来绵软柔滑，格外香甜。最为高级的一种，是所谓的雪糕，大大的个儿，香喷喷的奶油味，让人口齿生香，欲罢不能。当然，能吃上五分钱一支的老冰棍就很开心，吃到一毛钱一支的豆儿冰棍，算是大人的奖赏。大雪糕通常是吃不到的，因为售价一毛五抑或两毛一支，兄弟姐妹们众多，会过日子的父母们往往不会这么奢侈浪费，的确不划算。

想吃冰棍还得看运气。卖冰棍的小贩，可不是每天都能碰到的。酷热的正午时分，我们一边在树下玩泥做"摔炮"游戏，一边不时向村口的路上张望。待到听见"嘭嘭嘭"的响声，就立马放下一切去寻找。小贩们常常用一个碗口大小的毛竹片子，中间打个眼儿，拴上一枚铜钱，骑上自行车到每个村庄，卖力地边摇边吆喝。自行车的后面，驮着自制的冰棍箱子，里面用小棉被左三层右三层地裹着那些可爱的冰棍。

"冰棍哎——"紧接着就是那铜钱敲打毛竹片子特有的"嘭嘭嘭"声，我们的耳朵早已熟悉这种诱人的声音，赶紧缠着大人去买冰棍。但是很多时候，囊中羞涩的大人们并不舍得花买油盐的钱，去买这种可有可无的零食。

即便被孩子纠缠不过，也只是偶尔买支最便宜的老冰棍，让孩子们解解馋。我们想吃大雪糕，就得自己想办法。于是，用酒瓶换，偷鸡蛋卖，都是小伙伴们惯用的方法。不过，迫于大人们的压力，这些办法不大能够经常用。后来，干脆钓龙虾，逮黄鳝，再到集市上卖了，大伙儿自己挣钱买冰棍吃。

想想现在的孩子真是幸福，想吃就吃各式口味的冰激凌，也不会再为了吃支冰棍绞尽脑汁想尽办法。每当夏天来临的时候，我就会想起童年时代的冰棍，想起围绕冰棍发生的有趣故事，便会唤起一段难忘而美好的回忆。

刊于 2013 年 6 月 1 日《榆林日报》

贺年卡里迎新年

到邮局办事，看见橱窗里陈列着大堆的新年贺卡，花花绿绿的，好看极了。

这才蓦然想起，新的一年又要到了。时间过得真快，一年到头，整日里忙于上班下班、接送孩子，人运转得像个陀螺。突然间看见这五彩缤纷的贺年卡，我的脑海中不由得唤起了尘封多年的记忆。

记得第一次认识贺年卡，是在小学三年级的时候。有一天，大概是星期天，我到同学家玩，看见她的桌子上有张漂亮的纸片，上面印着雪人，几片飞舞的雪花和一些活蹦乱跳的孩子，美丽而有诗意。

我问那是什么，她说是贺年卡，准备送给老师的。我羡慕极了，原来世界上还有如此好看的东西，便问她哪里能买到。她说那是她爸爸托人从城里带的，乡下买不到。我异常失望，只好轻轻地拿着那张贺卡，一遍又一遍地抚摸着，仔细地看了又看。

回家后，好强的我非常难过，一直闷闷不乐。母亲看出我的心事，问清了原因后，说傻孩子，你不是画画挺好吗，咱们自己做一个送给老师。母亲的话让我破涕为笑，我取出白纸，用铅笔在上面画了幅美丽的图画，然后拿出彩笔认真着色。母亲找到一个旧纸盒，用剪刀剪下一块方方正正的厚纸板，我用糨糊把画贴在上面，再装饰一下，一张贺卡很快就做成了。

我不知道老师看见我的手工贺卡有什么感受，只记得当我把它送到老师办公桌上之后，心里乐开了花，一路蹦蹦跳跳出了门。很多年后，当我自己也成了老师，每年的元旦，面对着桌子上雪片般的贺年卡时，我总是感到一阵阵幸福的眩晕。

这些贺年卡，大小不一，造型各异，有来自白雪纷飞的北国，有发自阳光灿烂的南疆，甚至还有从遥远的大洋彼岸寄来的，更多的则是校内的学生们直接送过来的。每一张都是一份祝福，每一张都蕴含一片温情，每一张都有一个故事，望着它们，我顿觉暖意融融，笑靥如花。

从邮局回来，我买回一大沓贺年卡。亲朋好友们，今年新年的问候，我不再发短消息，不再打电话，不再发电子邮件，我要亲笔在贺年卡上，工工整整地写下我的感恩与祝福。

第一份寄给老师，感谢他们曾经的辛勤培育。第二份给父母，祝愿他们新年身体康健。同事们必不可少，感谢一年来他们在工作上对我的支持和鼓励。久未联系的远方友人，让我们穿越时间，在贺卡的方寸之上，重温昔日的友谊。最后的留给妻子和女儿，她们是我快乐的源泉，给她们一份小小的惊喜，给自己一份深深的感动。

刊于 2013 年 1 月 4 日《中国老年报》

永远的逸夫楼

　　初中毕业那年，我以优异的成绩考入县里的师范学校读书。从偏僻闭塞的乡村来到繁华的县城里，一颗少年的心像是一只飞向蓝天的小鸟，展开扑棱棱的翅膀尽情地遨游。

　　上第一次音乐课的时候，老师把我们带到专门的音乐教室里。这是一座崭新的多功能教学楼，磅礴大气，造型美观，正前方的上面有三个金光闪闪的大字——逸夫楼。看着这个奇怪的名字，我们都很好奇，便询问名字的来历。

　　老师告诉我们，这座楼是香港著名慈善家邵逸夫先生捐赠建立的，以他的名字命名。他接着说，邵先生热衷于祖国的教育事业，知道我们县比较贫困，教育教学设施比较落后，于是捐款盖了这座全县最漂亮的教学楼，极大地促进了本地教育的发展。

　　从此以后，我便爱上了这座美丽的逸夫楼。每周的音乐课，我们来到这里上课，宽敞的教室，先进的多功能音响设备，让我们沉浸在音乐的美妙世界里。也是在这里，我平生第一次见到了黑白琴键的钢琴。每逢周末，我会和同学们一起到逸夫楼的钢琴室里练习弹琴。青春年少，琴声悠悠，泉水般清澈的美好时光轻轻流淌。

　　那时候，逸夫楼是我们最爱去的地方，因为这里最宽敞，也最为漂亮。每天早晨，我们来到楼前晨读，鲜花处处，盆景环绕，书声琅琅，美好的晨光迷人而充实。美术课也是在逸夫楼里上的，里面有专门的画室，在那里，我知道了什么是素描，什么是水彩画和中国画。毕业前夕，我们在逸夫楼前拍了毕业照，一张张年轻稚气的脸庞，一幅幅青春时光的剪影，就这样被定格在岁月的深处，成为永恒的美丽。

后来有一次，我到市里去看望读大学的表哥，惊奇地发现他们那里也有一座逸夫楼。这座逸夫楼规模更大，也更漂亮，同学们进进出出，在里面不断地上课下课。表哥告诉我，邵逸夫先生是个非常有爱心的慈善家，他捐建的逸夫楼遍及全国各地，很多学校里都可以见到逸夫楼的美丽身影。我听了，心里感到由衷的敬佩。

一百零七岁高龄的邵老走了，可是他的逸夫楼还在，他对教育事业的爱心还在。我早已成为一名教师，也培育了一届又一届学生，这是他爱心的延续，已经开花结果。回首逸夫楼里的往事和岁月，我懂得深深的感恩和珍惜。

刊于 2014 年 2 月下《中华魂》

摘豆吃瓜的童年

那年"六一"，老师告诉我们说今天是儿童节，是小孩子们自己的节日，希望大家开心快乐。对于我们这些懵懂的乡下孩子来说，这是第一次听说儿童节，大家都很兴奋。我们想着，既然大人们都定了个儿童节，我们自己一定不能闲着，必须好好庆祝一下。放学后，顽皮的孩子们仿佛得到了特赦令，一路疯跑着回家过节。

怎么热闹一番呢？那个年代，物质贫乏，日子艰难，大人们整日里忙着土里刨食，他们是没有兴趣陪孩子们过节的。对于这个难得的节日，我和几个小伙伴商量着怎么度过，一番激烈的争论之后，大家达成了一致。

我们先玩打仗的游戏。那时候，孩子们中间流行一种自制的弓箭，弓用柳条和麻线制成，箭很简单，就是那种细长的麻秸秆。大家分成两拨人马，隔开一定距离，或躲在墙角，或藏在树后，相互对射。我们玩得很开心，呐喊声如雷，漫天的羽箭雨点般坠落，欢笑声阵阵。

玩够了，我们决定到田野里去找点乐趣。孟夏时节，布谷鸟咕咕地叫着，麦子由青变黄，大地一片丰收在望的景象。然而吸引我们的并不是麦子，而是那些豌豆和西瓜。豌豆种在麦地旁，豆荚圆润饱满，散发着诱人的成熟气息。西瓜地里，一个个西瓜大小不一，有拳头大的，有碗口大的，绿油油的颜色，让我们垂涎欲滴。

看着四周无人，我们终于下手了。看准了一块豌豆地，大家一起坐在地里摘豌豆吃。你一把我一把，我们边吃边玩，高兴极了。旁边的西瓜地里，此时也成了我们的乐园。我们先是把那些西瓜当玩具，玩累了，开始打开来吃。可是西瓜没有熟，我们一连打开了好多个，里面都只是白生生的瓜肉，没有一点期待中的红瓤。

失望的我们坐在瓜地里，看到满地被我们打开的烂瓜，突然间意识到闯祸了。这可怎么办？为了庆祝儿童节，我们玩过了头，糟蹋了庄稼。最后，有人提议，大家各自回家后不准说实话，无论谁问都说不知道。

可是纸终究包不住火，家长们最终还是知道了一切。愤怒的父亲拎着笤帚，把我结结实实地揍了一顿。在我的号啕大哭声中，父亲说："你知道吗，你们糟蹋的庄稼是村东头老王家的。他是个六十多岁的单身汉，是村里的五保户，一个人全靠那点庄稼生活！"

父亲领着我，拿出家中仅剩的一点钱，来到老王家。刚到门口，我才吃惊地发现，我的那些"死党"们已经到齐了。孩子们道了歉赔了钱，然后由各自家长带回了家。

很多年后，我终于知道，父亲为了赔钱，把家里仅有的几只生蛋母鸡卖了，而他原本打算，晚上杀一只鸡给我庆祝儿童节的。

刊于 2020 年 6 月 1 日《大江晚报》

岁 月 是 一 双 旧 鞋 子

收拾房间，妻子拎出一双旧鞋子，说扔了吧，我赶紧上前夺下，告诉她我还穿呢。妻子笑了，说你这人就这样，好久都不穿了还舍不得丢，你看看这鞋架上，到处都是你的旧鞋子。

我笑笑，妻子是了解我的，对于旧东西，我向来是有着很深的感情的。那一双双旧鞋子，静静地安放在岁月里，就像一个个熟悉的老朋友，里面藏着无尽的往事。

关于鞋子，我最早的记忆，是一双破旧的雨鞋。那年我八岁，上小学二年级。学校离家很远，每天上学要经过一条泥泞的小路。我最怕下雨，因为家里贫穷，我还没有自己的雨鞋。每逢下雨天，我一手打伞，一手拎着布鞋，光着脚走到学校，然后在校门口的小池塘边把脚洗净，再穿上布鞋后走进教室。

后来，父亲不知道从哪里弄到一双雨鞋，让我好一阵儿高兴。这是一双旧雨鞋，外面的橡胶早已失去了光泽，最让人泄气的是，里面还有几个破洞，穿着漏水。看着我有些失望的神情，父亲拿来胶水和工具，耐心地打磨，一遍遍地粘贴，终于把那些破洞修补好了。第一次穿着自己的雨鞋去上学，尽管是旧的，但心里却乐开了花，甭提有多高兴了。

十七岁那年，我在县城的中等师范学校里上二年级。喜欢上了一个女孩，为了能给她留下好印象，我节衣缩食，买了一双运动鞋。夏天来临，绿荫如盖鲜花朵朵，火辣辣的阳光一如我初恋的热情。周末，我去她的宿舍找她，她看见我，一脸惊讶，说你这个傻子，天气这么热，你竟然穿了这么密不透风的鞋子，也不怕人笑话？顿时，我的脸羞得通红，赶紧逃也似的离开了那里。后来，尽管那段感情无疾而终，可是那双鞋子，我一直保存至今。

参加工作后，我开始穿皮鞋。记得第一次拿到工资，我兴奋异常，立马跑到专卖店买了一双上档次的皮鞋。每天上班之前，我总是拿出鞋油和软布，仔细地涂上鞋油，擦了一遍又一遍，然后带着愉悦的心情走向单位。

最使我难忘的，是结婚时候穿的那双皮鞋。那年，与女友结束长达数年的爱情长跑，我们终于等到谈婚论嫁的时刻。女友给我买了双漂亮的黑皮鞋，高贵典雅，风度翩翩。当我挽起她的手走进婚姻的礼堂，脚下踩的，不仅仅只是一双皮鞋，而是那份期盼已久的幸福。

每一双鞋子，最后都会变成旧鞋子。就像人生，我们终究会老去。它们旧了，有的褪色，有的破损，甚而蒙着厚厚的灰尘，仿佛一个个上了年纪的老人，静静地待在时光的角落里，怀想如歌般的往事，不忍与主人分离。

那一双双旧鞋子，引领我们一路走来，每一步都是曾经坚实的脚印，记载了一段段青春岁月，里面都是永远难忘的光阴的故事。

刊于 2013 年 7 月 11 日《吉林日报》

时光深处的老屋

　　老屋，是一个抽象而模糊的词。但凡房屋，无论大小、式样及材质，只要住过，年份有些久远，便在心中有了感情。很多年后，忽然想起，默念一声"老屋"，满含牵挂。

　　记忆中，最早的老屋是儿时的泥土坯草房子。幼时，家中有一套泥土坯祖屋，为祖父所建，前后两进，中间带大院子。此房共十余间，虽是乡下普通农舍，却场所完整、功能齐全，其内客厅、卧室、储物间、厨房、压井、鸡舍等应有尽有。祖父有六子一女，子孙众多。从记事起，我就和一大帮弟弟妹妹们在老屋里玩耍，每一块土坯，每一根房草，都成为儿时难忘的记忆。

　　这种房子，取材天然，所有的建筑材料都是原生态的。盖房子时，先请人在宅基地夯实地基。乡间壮实的汉子，有的是力气，大伙儿一边干活一边高喊着劳动号子。"哎哟——呼嗨——"巨大沉重的铁夯，随着号子的节奏一起一落，打夯人黝黑的膀子上汗珠层层抖落，在阳光下熠熠生辉。

　　房子墙体的材料是土坯，类似烧制的砖块。这种土坯，方方正正，比砖块大而厚，完全取自田野的泥土。脱土坯是一项技术活儿，比较原始的方法是直接在地里划。选择一块平整的土地，待到土壤上面干燥下面湿润之后，按照一定尺寸大小，人工划出一块块的土坯，取出堆放晾晒之后即可使用。更讲究一点的，选用黏土加入水混合碎稻壳，和泥，发酵，熟透，然后用木质的模子做成一块块土坯。

上梁，是乡村建房子的重头戏。房梁，是一个巨大的等腰三角形木头架子，乃是支撑房屋的骨架。架上房梁，意味着房屋主体建成，新房即将大功告成。上梁是有仪式的，东家蒸了花馍，买来糖果，将花生染成红、蓝等颜色，在架上房梁之时，将这些吃的从房顶上抛撒下来。择良辰吉日，风和景明，噼噼啪啪的鞭炮声里，孩子们一哄而上，抢着捡拾地上的吃食。满地红艳艳的鞭炮纸屑，叙说着庄稼人的喜庆与祝福。

芦苇做的房笆铺上之后，房顶上的材料——麦秸筒开始上场。麦秸筒，是麦子成熟后的秸秆，镰刀收割之后，不能用石碌直接辗轧脱粒，须手工轻轻摔打，以防麦秸筒被破坏。麦秸筒，修长挺直而中空，铺在房顶上，房屋冬暖夏凉，特别是下雨的时候，它能够引雨水顺流直下房檐，避免大雨淋坏房顶。农耕时代，这种优质的建房材料，体现了劳动人民的勤劳与智慧。

孩子们渐渐长大，祖父分给父亲的两间土屋，已经不能够再为一家人遮风挡雨了。十岁那年，父亲用省吃俭用的积蓄盖了三间瓦房。这种房子，红砖青瓦，水泥为浆，比泥土草房子坚固多了。每逢刮风下雨，再也不用担心房子漏风进雨，即便是下雪天，也无须害怕厚厚的积雪，完全不用担心它会压坏房顶。

生活越来越好，读初中的时候，我家的瓦房又变成了平房。酷暑的夏夜，屋内闷热难耐，我们爱到平房顶上睡觉。房顶凉风习习，满天迷人的星光下，孩子们开心极了，小的依偎在母亲怀里听故事，大的嘻嘻哈哈打打闹闹，一会儿唱歌做游戏，一会儿偷偷拧开父亲的长手电，把光亮射向星空，在无垠的夜空中写字。远处，暮霭飘起，晚蝉声声，间或有一些夏虫轻声嘶鸣。清水般明亮的月光下，蘑菇样的村庄，安详而沉静。

花开花落，转眼间我已到了成家的年龄。几经辗转，我走出世代居住的村庄，把家安在了小镇上。那是一所乡村学校的家属区，前面是两间小平房，后面是两上两下的二层小楼，中间有个小院子。在这座房子里，我结婚，教书之余读书写作，还有了可爱的女儿，开启了幸福的小家庭模式。直到八年后，我因工作调动离开小镇，搬进八十里外的小城居住。自此，这所房龄不大的房子，也渐渐成了我记忆中的老屋。

老屋之老，不在其旧，而在于屋里的曾经岁月。仿佛一位老朋友，儿时玩到大，后来各奔东西，及至多年以后的突然相遇，意外而惊喜。每一所老屋，当第一次住进去时，对于我们来说都是新屋，住了些时日后，它便与我们肌肤相亲，有了彼此的呼吸和气味。吃饭喝水在里面，读书睡觉在里面，想起一个人，思念一件事，也是在里面。这样的房屋，已经成为我们身体的一部分，纵使与人分离多年后，已经易主或者坍塌，但它永远不会消失，在光阴的深处，一直会守候在那里，默默等待着与你重逢。

光影斑驳的老屋，宛如一帧泛黄的黑白照片，伫立在怀旧者的记忆中，一砖一瓦的故事里，都有时光的醇厚味道。

刊于 2020 年 7 月 17 日《中国审计报》

后记：少年时光一支箭

　　三十多年前的一个乡村夜晚，还是点煤油灯的时代，七岁的我和村子里的一帮小伙伴在月光下玩捉迷藏的游戏。我躲了很久，也不见有人来找，就自己从黑黑的暗处出来了。四下里一看，大伙儿都走了，天上一轮皎皎明月，地上只剩下我独自一人。我没有害怕，也没有赶快回家，而是抬头盯着月亮看了好久，还情不自禁地背出了刚学会的古诗。

　　这是我第一次对着景物抒情，也是我能够回忆到的，最早可以跟文学扯上那么一丁点儿边的童年记忆。

　　1997年，读初三的我，是班里的优等生。面对枯燥乏味的数理化习题和众多的英语单词，学有余力的我，开始摆弄文字。那时候，学校为每人订了一本《初中生必读》杂志。它的首页为清新秀丽的卷首语，尾页是学生写的诗歌，皆优美隽永给人启迪。那时候学校没有图书馆，平时也见不到什么文学读物，这本小小的学生杂志，可以说是我最初的文学启蒙老师，直到一年以后，我终于在它上面发表了我的处女作——一篇简短的类似散文诗的卷首语文字。

　　时光如箭矢，一往无前。这些年，沉浸在生活的海洋里，整日里为生存奔波，有时候会忘了自己的年龄。某一日，对着镜子；发现对面的人儿早已陌生。当初那个青涩瘦削的少年，已然成为臃肿油腻的大叔。所幸，忙忙碌碌之中，一任人世沧桑，却始终有文字相伴。那一枚枚温热的文字，像一个个跳动的精灵，从岁月的深处走来，可以取暖，亦可以疗伤。

不能免俗，我也要出书了。

说出这句话，我的内心是复杂而认真的。曾经写过一篇《不敢出书》，大意是说现在出书泛滥，质量良莠不齐，怕自己不优秀的孩子惹人笑话。然而回头想想，父母并不会嫌孩子丑，丑孩子也终究是要见人的。马尔克斯在谈到创作《百年孤独》时说："我要为我童年时代所经受的全部体验，寻找一个完美无缺的文学归宿。"好吧，那么之于我，也要为散落在全国各地报刊的孩子们，找到一个能彼此取暖的家。

这的确是个好理由。结缘文学二十余年，虽无鸿篇巨制佳作美篇，却也在海内外一千多家报刊发表各类文学作品三千余篇。这些文字，多为千字文，刊发在报纸居多，期刊相对较少，尽管简短浅显缺乏深度，却终究还是自己的孩子，难免敝帚自珍偏爱袒护。我要给自己的孩子们一个交代。

本书结集录入作品一百三十二篇，已经全部在海内外各类报刊上公开发表。作为我的第一本书，里面这些作品的时间跨度较大，既有十年前的旧作，也有刚发表的新篇。体裁上，散文居多，亦有部分随笔、感悟、文史类文字。由于常年为报纸文学副刊写稿，囿于版面限制，所作文字篇幅大多极为精短。其中虽无大气厚重之作，却也是从好几百篇中遴选出来的，基本上代表了我这些年散文创作的整体风貌。

书名《相遇少年时》取自书中一篇文章的题目。这篇小文写少年时青涩朦胧的恋情，带有一点小说色彩。事实上，那个并不能算作恋情，充其量只能算是单相思。之所以用这个名字，乃是觉得，它很好地契合了我与文学结缘的那些青春岁月。相遇，在少年时；相守，就是一生。文字，永远不会抛弃我，我也不会远离文字。

谨以此书，献给我生活过的土地和岁月，献给我回不去的那些少年时光！

感谢淮南市作家协会主席金妤拨冗作序，感谢所有关注、关心我的人们，你们的大力支持是本书得以结集出版的主要原因，也是我在文学之路上继续前行的不竭动力。

马从春
2021 年春于淮南寿州